刘建东 著

黑眼睛

作家出版社

刘建东

生于1967年，1989年毕业于兰州大学中文系。
鲁迅文学院第十四期高研班学员。"河北四侠"之一，
中国作协全委会委员。1995年起在《人民文学》《收
获》《花城》等发表小说。著有长篇小说《全家福》
《女人嗅》《一座塔》，小说集《情感的刀锋》《午夜
狂奔》《我们的爱》《射击》《羞耻之乡》等。曾获人
民文学奖、十月文学奖、河北省文艺振兴奖等。小说
多次入选中国小说学会小说排行榜。

目　录

阅读与欣赏

那一年，我师傅冯茎衣三十岁。

我依然记得当时她风姿绰约的样子。她站在太阳地里，背后是车间的操作间，斑驳的墙上还写着"备战大检修"的大字标语。太阳就镶在她身后的房顶上。她微笑着，露在外面的黑色长发被微风吹拂着，头顶红色的安全帽干净明亮得能照出人的影子。我踏进院子的那一刻就想呕吐，显然不是因为七月耀眼的阳光，而是处处存在的混合着汽油、机油、铁锈的味道，角落里那些废弃的铆钉、螺丝、法兰、阀门、换热器更助长了味道的扩散。那是个孤独的欢迎仪式，我只是在她伸出的绵软的手心里，找到了一丝安慰。我不知道，跟着一个女师傅，是福还是祸。

刚刚从大学中文系毕业的我，迎来了最失意的一个夏天。本来分配我来厂里是到子弟中学做语文教师的，但不幸降临，就在我来之前的半个月，学校停办了。我只好被临时改派到了检修车间。那个夏天，我的命运就像是风雨中的小船。

劳动人事处的杨干事在把我分配到检修车间时特别安慰我说："按说应该把你留在政工部门，可是宣传部、党委都人满为患，你还是到车间锻炼锻炼，对你的成长也有好处。你师傅是个顶呱呱的技术能手。她是全厂最好的班长。她在上厂技校时就参加过市里的技能大赛，拿过第一名。她一定会对你好的。"

我刚刚和车间主任王铁汉分手，他把我从劳动人事处领回来，一路上都阴沉着脸，我明显感觉到他对我的排斥，从办公大楼到车间的路上，坐在电瓶车里的主任只说了一句话，而那句话让我在工作生涯的起始点郁闷而无奈，对自己辛苦学来的知识彻底失去了信心。他说："不是我想要你，而是你师傅。我磨不过她。"

"老王怎么没跟你一起回来？"师傅问我，她看我不明白，又补了一句，"就是王主任。"

"他去材料处了。"我愁眉苦脸地说。我回头看了看，主任和他乘坐的电瓶车早就没影了，可我还是觉得主任那张黑脸就跟在我的身后。

其他人都去干活了，院子里就我们俩。她把我领到车间里，把安全帽放在桌子上，坐到一张藤条椅子上，指了指那张长条凳。坐下来后我还是没有正眼看她，她和我印象里的女工不一样。

"是我把你要来的。劳动人事处的杨姐天天和我坐一个班车，她说起你来很是犯愁，不知道该把你分到哪里。你成了他们的难题。你不知道吧。我说，我这里缺人手呀，让你来这里。你是不是觉得来车间里委屈了你？"她丝毫不掩饰我地位的尴尬。

　　　　　　　　　　　　黑眼睛

我急忙站起来，"没有。没有。"

"那你知道我为什么非缠着主任把你要来吗？"师傅眼睛在火红色的安全帽的映衬下，黑得那么彻底和纯粹。

"不知道。"我有些局促不安。

师傅笑了笑，她笑的时候，嘴角有两个小小的酒窝，"我也是有自己的私心。我听说你是中文系毕业的就动了心。上大学，学中文，那可是我从小的梦想。你别看我现在天天和那些装置、设备打交道，我小时候可是语文课代表，我喜欢看书，喜欢写作文，我的作文是我们班的范文呢。"

"上小学、中学时我最不喜欢的一门课就是作文课。可是我却上了中文系，真是造化弄人。"我愁眉苦脸地说，"就如同现在一样，我没想来检修车间，却来了。"

"直到现在，我都羡慕那些能写写画画的人，连厂里在厂报上发表文章的通讯员，我都羡慕。你来正好，你一边学习铆工技术，一边可以当我们的通讯员。"此时，她已经摘下了安全帽，头发卷卷曲曲地垂落到肩上。

我小声嘀咕道："我可不是来当通讯员的。"

"那你想干什么？"

"写小说。"我的话一出口就有点后悔，我担心会不会给未来的师傅留下一个不务正业的印象。

师傅笑了，"那正好啊。这里有那么多的人物、素材，每个人都有不同的故事。每天发生那么多的事情，等着你去挖掘呢。这可是个生活的宝藏啊。毛主席不都号召要深入生活吗？你就当是深入生活吧。"

我权当这是师傅的安慰，心情仍然无法兴奋起来，倒是师傅随后的一句话让我郁闷的心舒展了许多，她说："我特别喜欢看小说，现在每月都买《小说月报》，你哪天把你的小说让我欣赏一下呗。"这句普普通通的话，在以后的二十多年时间里，都是我写作的动力和座右铭。

我像是得到了大赦一样长舒了一口气，从她的表情中看到的是真诚的期待，我急忙说："一定，一定，请师傅多批评指正。"

"以后别这样酸溜溜的，跟工人阶级少说这种酸文人的话，要不你在车间待不住的。"

小说，是我意想不到的一个开始，更令我意想不到的是，它竟然成了我和师傅之间一条紧密相连的纽带，直到如今。

我成了冯荃衣的第八个正式徒弟。工种是铆工，我特意在字典里查了这两个字，却没有查到，只是一个"铆接"的条目里这样写道：连接金属板或其他器件的一种方法，把要连接的器件打眼，用铆钉穿在一起，在没有帽的一端打出一个帽，使器件固定在一起。事实证明，不管我怎么从理论的高度去接受这个工种，在以后的实践中这些字眼都是苍白的。

第一天，师傅把我领到了一联合车间，登上催化塔，塔有三十多米高，站在上面，整个厂区一览无余，大大小小的装置塔、设备、密密麻麻的管线尽收眼底，环视这些的师傅的眼神里充满了自豪和骄傲，她说："你看到没有，这就是一个巨大的丛林，成功的机会多，也隐藏着重重的危险。这些装置、设备、管线，以及它们上面的每一个螺丝、法兰、垫片、衬里，甚至是管线中的每一滴油，都是这个丛林中的一分子，它们就像是狮子、老虎、大象、猴子、蛇，等等。如果它们其中的任何一位不高兴了，闹别扭了，使小性了，炸窝了，这块丛林就不太平了。而我们就像是猎人，我们不杀戮，我们只是给它们一个小小的警告。"

我第一次惊奇地感觉到，我眼前的女师傅是不同凡响的，"师傅，你的想象力太奇特了。"

师傅摇摇头，"这和想象力无关。我天天和它们打交道，我知道每台设备的脾气秉性。"

正式上班的第三天，师傅把五十块钱塞到我手里，对我说："你得摆谢师宴。你刚来，还没有工资，算我借你的。"

酒桌上的师傅豪气冲天，这让我一个不胜酒力的小伙子羞愧无比，师傅批评我说："你怎么能不会喝酒呢？不会喝酒怎么行呢？"令人称奇的是，师傅划拳的本事奇高，她教了我半天，我也没有领会其中的奥妙。她干脆抛开我，和张维山、小曹几个徒弟划拳喝酒，她的划拳声在屋子里回荡着，在我已经恍惚的意识里格外响亮。

在他们不管不顾地拼酒期间，我看到有一个中年男人推开我们包间的门，在门口站了一会儿，犹豫片刻又退了出去。之后师傅包里的BP机就一直响个不停，师傅说："烦死了烦死了。还让不让人喝个痛快。"到底她还是从包里拿出了寻呼机，看了看，然后推开椅子说："烦死了。我出去一下。回来再跟你们几个小子算账。"她站起来，摇摇晃晃地走出了包间。

过了大约十几分钟还不见师傅回来，张维山对我说："你去叫师傅回来喝酒。她就在隔壁房间里。我去洗手间时看到了。"

我没有质疑张维山为什么不去而非要我去。我不假思索地站起来，跨出房门时，我听到了身后张维山不怀好意的笑声。

果然不出所料，他们在隔壁的房间里，只有两个人，那个中年男人抓着师傅的胳膊，他们正在激烈地争吵着什么，这就是我推开房门时看到的一切。我发誓我是被张维山误导着闯入的，因为那个中年男人对于我的莽撞非常愤怒，他大喝了一声："出去。"

我还没有反应过来，就听到师傅说："是我让他来的，这是我新收的徒弟，大学生，学中文的，会写小说。你看书吗？你不看的。跟你说也是白说。"

中年男人穿着西服，脸上的表情焦躁不安，他对小说和对我，根本没有什么兴趣，只是草草看了我一眼喊道："你想找死呀！还不出去。"

"别走。你坐下。"师傅看着我，坚定地说。

在初出茅庐的我眼里，师傅是最大的官，所以我听从她的话，坐在圆桌的另一边，盯着那个男人，眼里没有丝毫的恐惧。如果当时我没有喝酒，如果我当时知道他就是厂里管销售的副总工程师王同信，我无畏的目光早就跑到九霄云外了。有长达五分钟的时间，我们就那样僵持着，我借着酒胆，也没有感到有什么尴尬，而他们两人，彼此盯视着对方，因为我的打扰，他们的谈话无法继续下去了。最后，男人坚持不住了，他丧气地说："不管怎样，我答应你的，我决不食言，我希望你也是。"

黑眼睛

师傅抢白说："我没有答应谁任何事，我从不承诺。"

男人松开她的胳膊，气呼呼地向外走，走到我身边时，狠狠地看了我一眼。我站起来关心地问师傅："师傅，你没事吧。"

"有什么事？"师傅毫不在乎地说，"走，喝酒去，不醉不归。"

那天晚上，师傅真的醉了，我把师傅搀回了生活区的家，这个家她不常住，平常她都会回二十公里之外市区的家。家里简洁而明净，从阳台上能看到远处燃烧着的火炬。这让我想到她的安全帽。师傅头上的火红色的安全帽永远是全厂最新的，仿佛刚刚从仓库里拿出来一样。这是她的招牌。我把师傅放到床上，刚要转身离去，手突然被师傅拽住了，她惺忪的眼里布满了忧伤，她问我："你说，我是个坏女人吗？"

师傅的话问得莫名其妙，也只是在以后的时间中我才慢慢地体会她这句话的深意。此时此刻，我被她问得张口结舌，不知如何回答。好在，喝醉了的师傅并不需要一个答案来满足自己的忧伤，她很快就松开我的手，落入了软软的床上。

而那个夜晚的忧伤，师傅眼中的忧伤，却深深地铭刻在我的心里，因为，在那之后几年的时间里，我很少从她的眼睛里找到那直抵内心的忧伤了。而她所有的生活，几乎被一个词所笼罩：放荡。

我父亲就是个工人，所以在得知我得从学徒干起时，他没有过多的埋怨，而是传授了我许多做徒弟必须要有的基本素质，比如早晨上班前给师傅泡好茶水。我从生活区的小卖部里买了一小袋茉莉花茶，第二天起了个大早第一个来到车间，到茶炉室打了开水。有一张四方桌是师傅独有的，黑褐色，核桃木的。它坐落在车间的一角，桌明几净，符合师傅的风格。桌子上摆着一个鱼缸，里面养着几条凤尾。凤尾鱼比我更早地送走了夜晚，它们在小小的鱼缸里追逐得正欢。桌子上还有一个瓷杯子，上面画着仕女的图案，很雅致。我猜想这就是师傅的喝水杯吧。我计算着师傅到的时间，她乘坐的班车从市区到厂区大概四十五分钟，从厂门口走到车间需要十分钟，这样算下来，她到达车间的时间基本是固定的，八点半。我提前五分钟泡好了茶，不住地向车间外张望。终于看到了师傅，她穿着淡蓝色的连衣裙，那种明亮的蓝色在色调单一的院子里很轻盈很显眼，像是缓缓飞过的燕子。换好了工作服，她坐到了桌子前的藤椅上，先看了看鱼缸里的鱼，我急忙把泡好的茶递到她手里。她接过来，看了看，扑哧一声笑了，她说："我不喝茶，只喝茉莉花。而且，这也不是我的喝水杯，它不过是给鱼缸添水用的。"她停顿了一下，"这样吧，你单身，也没什么事。你以后就替我打理一下我家里的茉莉花，收集新鲜的茉莉花朵吧。我天天回市区，没有时间照料，那些茉莉花都蔫头耷脑的。"师傅给了我她生活区家里的钥匙，我时常会给她的茉莉花们浇水施肥，她的阳台就是一个花房，只种植一种花，在我的精心照料下，那些茉莉心情大好，分外卖力地开花。

师傅对我的手艺大加赞赏："茉莉花很难伺候，看来你用了心了。如果你在铆工上多下些功夫那就更好了。唉，算了，我看你当我的徒弟也不会久，你的心不在这里。对了，你不是让我看你的小说吗？"

我仍然有些拿不定主意，"我还以为师傅说笑呢。师傅要真的喜欢，我明天就给你拿来。"

　　师傅认真地说："怎么是说笑呢。我是真喜欢看小说，《牛虻》《青春之歌》《钢铁是怎样炼成的》，我中学就看了。我同情冬妮娅，她有对自己未来命运的选择的权利。为什么非得要走保尔那样的路呢？我上初中时，我的中学语文老师喜欢名著，他家里的柜子里全是这些。有一天，他把我领到他家里，让我参观他家的藏书，我一下子就喜欢上文学了。"

　　师傅说起了她看过不久的《绿化树》，她说她也不喜欢这个小说中的女主人公马缨花，她觉得这个女人是作家凭空想象出来的，她说，你们作家把女人写得像是挂在树上的桃子，而不是脚踏在地上的人。"想象，真是个害人的东西呀！"她的观点真让我吃惊。

　　师傅主动要看我的小说，这比教我铆工的手艺还让我兴奋，第二天便把已经完稿的中篇小说《情感的刀锋》交给她了。当她接过那摞用三百字的稿纸抄写的小说稿子时，我觉得比把它投给《人民文学》还神圣。

　　一天一夜，我都忐忑不安。第二天一上班，师傅顾不上喝一口我泡好的茉莉花水，便把我叫到面前，对我说："你这篇小说不好。"

　　我对于这个中篇信心十足，正准备把它寄给《人民文学》，没想到遭到了师傅的无情打击，我反驳她说："为什么不好呢？"

　　"这么说吧，你里面写的女人不真实。你看看你师傅我。"她盯着我。

我茫然不解地看看她，眼睛、头发、安全帽，没有看出任何的不同。

师傅淡然一笑，"像我，才是女人，知道吗？女人就应该享受到做女人的一切，爱，被爱。"

虽说我已经上班一个多月了，可是对于师傅，对于一个女人的真实生活，我是一无所知。就是那天，我告诉师傅，我把我的宏大的计划透露给她，我说正在着手写一个现代家庭的长篇小说，女人是主角，她们在爱与被爱的漩涡中徘徊和挣扎。

师傅未等我说完，便打断了我的兴头，突然问我："你谈过恋爱吗？"

我张口结舌，很奇怪她怎么会问这样的问题，"我，我，没有。"

"那你了解女人吗？"

"我，我可以凭我的想象。"

师傅大笑着说："你们听听，他说女人可以凭想象得出来。女人是什么，连我自己都摸不清。凭你多上了几年大学。鬼才相信。"

一个一心想要写作的我，是检修车间的另类。我受到了工友们的嗤笑，整整一天，我都因此而落落寡欢，师傅的怀疑加重了我对自己能力的判断。但奚落显然不是师傅的目的，那天下班时她的一句话才让我释然，"我晚上要去跳舞。你跟我去吧，你应该到女人们活动的第一现场去感受一下，见识一下女人的生活。

那样你才能写好女人。"

师傅，她突然向我打开的生活，那些陌生而新奇的生活，那些色彩绚丽、爱恨交织的生活，令我有些猝不及防。

舞厅。那是我师傅充分施展她女人魅力的地方。一周一次的舞会安排在周末，厂工会的多功能厅。周六的夜晚是师傅雷打不动的固定节日，那晚，她会成为一个舞厅皇后。早就听小曹说过师傅在舞场上的风采，而一旦见到，我才真正领略到什么叫作曼妙。其实，我是舞厅中的多余者，我尾随师傅进入舞厅，像是一个毫无自信的密探。师傅一进入舞厅仿佛就踏入了自由的天地，像是鱼儿入了大海。而我完全失去了主张，张皇失措，不知道自己应该干什么，感觉到所有人都在用探询的目光看我。我突然想起师傅的嘱咐，急忙找到一个靠边的椅子坐下。整整一晚上，我都如坐针毡。而这样的情形，持续了将近半年，他们都说，舞会上的我是个落入湖中的兔子。

我并没有在乎他们强加于我的角色，保镖、跟班，或者什么湖中的兔子。我只是清楚地记得第一次，第一次踏入舞会的慌乱感觉，我坐在角落里，在昏暗的光线中，目光追踪着师傅的身影，她的舞伴时常在变换，这让我无法辨认那些舞伴的样子。一个男人，中年男人，大概五十多岁的年龄，现在，我已经知道了他的身份，他是王总，大权在握的副总工程师。让我欣慰的是，他和我一样落寞。与我的紧张不同，他有些心神不宁，他俨然没有了平时坐在主席台上的淡定自若，他看到了我，然后坐到了我的旁边，我叫了他一声"王总"，他没有回答，眼神落在舞池之中。舞曲交换期间，他试图想约师傅。但是师傅没有答应，她硬生生地把我拉起来，步入了跳舞的人流中。我觉得我的身体像是被捆绑起来一样，我说："师傅，我不会。"师傅在我耳边轻声说："别说话。不会跳，还不会装呀。"那尴尬的时刻我真希望早点结束。我几乎是被师傅拖着在跳。可想而知，舞曲还没有结束，师傅便大汗淋漓了，她又拖着我来到了工会舞厅外，冲着满是星光的夜空长出了一口气。师傅没有怪罪我，这让我心安许多。更多的时候，不识相的男人不会出现，他一定顾及他的身份。而没有他在的舞会，我可以完全待在椅子上，做一个合格的看客。

我师傅向我叙述了王总是如何从主角沦为彻底的看客的。她讲述的过程平静而镇定，仿佛那不是她自己的生活一样。

"我并不喜欢他，但是我跟了他两年。男人是脆弱的、幸福的或者不幸的，他也一样。你是个书呆子，你不懂这些，以后你会有喜欢的女人。你就会发现，女人就是找到男人脆弱的钥匙。我是万能钥匙。"她笑了笑，接着说，"我接近他是为了从他手里拿到汽、柴油的油票。再把它转手。你不知道有多抢手。他是个刻板而严谨的男人，总是拒人于千里之外，但是他只有一个爱好，就是爱跳交谊舞。我以前根本不会跳，为了接近他，我在市工会请了一个专业的舞蹈老师，一个月就出徒了。我第一次进入厂工会的舞厅时可没你那么紧张，开始我并没有刻意地去直奔主题，主动和他套近乎。而是脚踏实地，用我的舞技来引起他的注意。一个漂亮女人，而且我自认为舞蹈水平比那些平庸的女人要强许多，自然会在那狭小的空间引起别人的关注的。我相信，他也注意到了这一点。但是我观察他，好像这并没有起到任何的作用，他仍然和他固定的舞伴在一起。他的舞伴是雷打不动的，检查科的副科长，那女人姓徐，都叫她小徐。她是抚顺石油学院毕业的。身条很好，一米七的个子，但是长相平庸。多年来，王总从来没有换过舞伴。两人总是出双人对，小徐因为生病而缺席了，舞厅里便也看不到王总的身影了。要拆散他们真是费了我不少心思。我先是找借口与小徐成了好朋友，因为我们俩同在市里的军区大院住，每天坐一辆班车上下班，很容易成为朋友。然后在小徐要去金陵石化进修一个月时，我适时地向她提出了我的要求，同时加上一条真丝围巾，我特意强调，等你回来的那一天，我原封不动地把他还给你。真丝围巾戴在小徐脖子上真的很漂亮，她整个人的气质都变了。她说，他又不是我家的，更不是我专用的，我和他说。事实上，当一个月之后，你想想看，以你师傅我的魅力，王总再也没有回到过小徐的身边。从那以后，我和小徐也成了冤家路窄的对头。她把那条丝巾剪烂扔到了我的脸上，而且发誓再也不回到舞场了。我和王总，我们两人谁也没再提那个过客小徐，就像她从来没有出现过，犹如那个和他在舞厅里出双人对的人一开始就是我。即使是这样，要想向他说出我的想法也不能一蹴而就，他铁面无私，是党的好干部。我陪他跳了整整半年的舞，才找到机会。在一个风雪交加的夜晚给了他致命一击。"

我不合时宜地插嘴道："什么致命一击？"

师傅打了我一下，"你这个笨蛋。女人给男人致命一击，当然是在床上。你脸红什么，又不是你。在市里，我们在市区吃完饭，走出饭店时突然发现已经大雪封路，他无法赶回厂区了。那晚之后，我们的关系便突飞猛进，我再说什么都水到渠成了。他好像白活了四十多年似的，如饥似渴地扎入了爱情的海洋。他会找到各种理由和机会与我单独相处，在他家里，在市区的宾馆中，在已经废弃的操作间里，在出差的路途上。他的想法层出不穷，像是一个发明家。"

"那他妻子呢？"我又冒失地问。

师傅看着我，像是看一个怪物："你的想法太奇怪了。我从来没想过类似的问题。实际上他也是，他好像突然对其他的一切失去了兴趣，家庭、事业，甚至名声，有一次他竟然带着我去开一个关于销售的会议。我们一路从黄山到漓江、三峡，总共十几天。他根本不去想，在我们出去的这十几天里，关于我们的风言风语是如何在厂里的各个角落疯狂地生长着，如同夏天的野草。在长达两年的时间里，虽然没有人和我说过，但是我知道，他们把我描绘成一个什么样的人。就和你们书中写的那些女人一样。我看你的眼神，是不是也要把我写成那种道德败坏的女人？"

师傅如此直接的问话让我无法正面回答，我支支吾吾地表明了我的态度："反正我是不赞成的。"

"你喜欢也罢，不赞成也罢，那都是你们的观点。反正我是快乐的。我遵从我内心的需要而活着。"这就是我师傅的生活格言。她没有想过要说服我。她从来没有被流言所左右，即使多年之后，她决然选择了截然不同的生活方式。

我虽然不认同师傅的生活方式，但是她率真和诚恳的态度，又让我对她的生活欲罢不能。我像是一个小心翼翼的探险者，明明知道前路崎岖多险阻，却乐于前往。又像是一个吸毒者，她美丽而带刺的生活像是毒品一样吸引着我。

在我师傅给我讲述她和王总的故事之后，我的长篇开始了，我这样写道：

　　妈妈那时穿着我们家唯一的一双皮鞋，那是一双猪皮皮鞋，颜色并不鲜亮。但是它平凡的外表并不能掩盖一个事实，那就是它的的确确是一双皮鞋。为了保护好它，我妈妈坚持要每天擦一遍，擦皮鞋的任务落在爸爸的肩上。爸爸为了能把妈妈的皮鞋擦得亮一些，想了许多办法。没有鞋油，他就找来了猪油，每次擦鞋他都往上擦点猪油，那样，皮鞋就四季保持一种颜色，而且在灯光下还能闪闪发亮。

在我写下这个开头的第二天，我和焊工毛小宁打了一架。地点是厂区食堂。毛小宁是个技校生，比我还小一岁，但已经是个老工人了。我打了饭来到他那一桌时，他正和其他几个工友眉飞色舞地讲着什么，看到我过来都窃笑不止。毛小宁故作严肃地对我说："小刘，你过来，离我近一点，我说的这些事你肯定没听过。"

我不明就里，便挨着他坐下来。他开始绘声绘色地讲我师傅的风流韵事，他讲的那些事远远比我师傅告诉我的王总的故事要丰富许多。我没有听完便怒不可遏地站起来，抓住了毛小宁的后脖领子。他的声音瞬间变了调，像是公鸭似的厉声说："你要干什么？"

我愤怒地说："给造谣者一个教训。"

因为我和毛小宁在食堂打架的事，我们俩都背了一个处分，我的实习期也因此延长了整整一年。但是当我鼻青脸肿地站在师傅面前时，我仍然没有一丝的悔意。师傅什么也没有说，她没有责怪我，只是把我拉到厂区外面的小饭馆，把一瓶酒放到我面前，命令道："把它喝掉。"

受到了委屈的我像是得到了一瓶温暖的安慰剂，我听话地抓起酒瓶，狠狠地灌了几大口。在那个寒冷的小酒馆中，我师傅异常冷静的表现让我终生难忘，二十多年过去了，透过迷茫的眼神看到的美丽而充满爱怜的师傅仍然浮现在我的眼前。半个小时的时间，我不知哪里来的勇气，竟然把一瓶酒喝了个精光。师傅把我架到了她生活区的家里，我在她的床上昏睡了足足两天，当我醒来时，我看到未施粉黛的师傅坐在床边，轻声对我说："他说的都是事实。"

我摇摇头，头炸裂似的疼，"我不信。所有人都这么说，你自己也这么说，我也不信。"

师傅伸手摸了摸我的额头，叹了口气，"也许我不该把你要来，也许你不该做我的徒弟。"

在我昏睡期间，师傅没有回市区，她一直守在我的身边，我真的想象不到，她就坐在像是一个死人的我旁边，读着我刚刚开始的小说。此刻，她突然转换了话题，欢欣地说："我喜欢你这篇小说。"

我立即感觉不到头疼了。我问她喜欢书中的哪个人。她说："徐琳。我觉得你应该把她写成一个敢作敢为，不受任何束缚的姑娘。"

我老实地说："师傅，我得向你坦白，当我构思这个角色时，我想到的是你。"

"你会写我吗？"

"我不知道她是不是你。"我有些迷茫地说，"母亲的角色，你不喜欢吗？"

师傅想了想，然后回答道："就像你不能确定你写的那个人是不是我一样，我也无法确定，我喜欢不喜欢这个角色，母亲，唉，真是一言难尽啊。"

师傅的感叹之后没多久我就知道了原因，当我看到那个衣着讲究、烫着大波浪鬈发的中年女人在家庭和情人之间奔波时，我似乎明白了师傅的基因出自哪里。

师傅对我的过分信任，使得我和她之间，有了某种互相配合的默契，我甚至觉得自己是她的帮凶。对于男人的热爱使得她年轻而精力旺盛，她时常会在和男人约会之后，把我拉到酒馆里，让我喝各式各样的酒，白酒、啤酒、葡萄酒、雷司令……在很短的时间里，我就告别了不胜酒力的历史，她培养了我喝酒的能力。我听着她和她频繁更换的男人的故事，像是在上一堂堂有关女人、有关社会、有关欲望的社会课。在那些绚丽闪烁的故事情节中，我师傅，那个叫冯茎衣的女人，已经不再是一个看得见摸得着的人，她渐渐地成为一个我艺术想象中的人物，美丽、奔放、放浪形骸。她像是浓艳的花，开得热烈而凶猛。

有时候，师傅会让我做一些更加私密的事情，比如为她和她的那个男人望风，我虽然一百个不愿意，痛恨自己的所作所为，却又无法拒绝。最让我难以忘怀的是在厂区以外的玉米地里，从厂东门向东约一千米。在秋风里，我骑着自行车，载着师傅和她的情人去约会，风已经有些微微的凉意，师傅坐在自行车的后座上，反复地叮嘱我，你要是无聊就看看我给你买的书。师傅时常会从市里的书店给我买一些书，在邮局里买一些文学杂志。那几年里，我看到的《收获》《人民文学》都是她买的。她刚给我买的书是塞万提斯的《堂吉诃德》。在每一本书的扉页上，她都会工工整整地写上一句话，都是鼓励我发奋努力的话，这本书上写的是：

赠我的徒弟刘建东　一个疯子的故事，真他妈的疯狂！冯茎衣

她的字隽秀，干练，一点也不拖泥带水。她说她临过庞中华的字帖。

迎面而来的男人并不是我们厂的，他是在炼油厂施工来的省安装公司的一个项目经理。男人看上去挺年轻的，戴着眼镜，师

傅附在我耳边说，和你一样，大学生，西安交大毕业的。那个交大毕业的项目经理在长达一年的时间里都和我师傅保持着亲密的关系，直到他负责的工程结束。我师傅的男人，就像是飞来飞去的候鸟。

男人看到我，略微有些意外和尴尬。仅此而已，他并没有因为难堪而放下与师傅的幽会。他们抛下我，钻入了华北平原浓密的玉米地中，而我，则支起永久牌自行车，坐在玉米地的田垄上，读起了《堂吉诃德》：不久以前，有位绅士住在拉曼却的一个村上。他那类绅士，一般都有一支长枪插在枪架上，有一面古老的盾牌、一匹瘦马和一只猎狗。在堂吉诃德与风车做着殊死的搏斗时，浓郁而汹涌的玉米已经淹没了我师傅和她的男人，除了听到堂吉诃德誓言般的高谈阔论之外，我相信，那强劲的风声也来自遥远的十七世纪，来自堂吉诃德和桑丘共同征讨过的土地。

我并不是刻意去渲染我师傅冯荃衣的艳情故事。这不过是她生命中的一部分，而且是重要的一部分，甚至我可以断定那是流淌在她血液里的，是与生俱来的。虽然，在若干年后，这个过程会以悲壮的方式结束。我至今记得师傅的忠告，要写真实的女人，真实的人，不要只靠想象，现在，我就是这样做的，我在记录一个完全顺着自己内心的意愿生活的女人。

师傅的母亲进入我的视野是在冬天。

奉师傅之命，我提着一个塑料袋子站在棉六生活区一栋宿舍门外，袋子里装满了各种各样的药，治感冒的、治鼻炎的、治糖尿病的、治口舌生疮的、治失眠的，消炎药、止泻药、中成药、西药，五花八门，应有尽有。我纳闷为什么一个人需要这么多的药，师傅说："从小我们家就像是一个药铺子，桌子上、茶几上、书柜里、电视上、床头边，到处摆满了药。我妈妈爱好这个，有时候我觉得不管什么药，只要吃下去她就觉得心安。"

我站在门外有十分钟也没等到有人来给我开门。我只好放弃了。我的手里还攥着一个纸条，上面提供了另外一个地址，看来，师傅早就预料到了。我坐5路公交车去了桥西的一处省直住宅，那个生活区看上去要整洁干净许多，中央还有一个大大的喷水池，只是池子中的水已经结成了冰，上面散落着一些枯萎的树叶。给我开门的就是师傅的母亲，她身后站着一个花白头发的男人，男人文质彬彬。她警惕地看着我，目光犀利，看上去比实际年龄要年轻，也就是四十多岁的样子，穿着一件朱红色毛衣，头发黑黑的，发型是时髦的大波浪。

我急忙说："我师傅，冯荃衣，她让我来送药的。"

"她怎么不来？"师傅的母亲仍然没有放松警惕。

"我不知道。"我摇摇头，"也许她有更重要的事。"

她没有礼貌地请我进去，只是随手接过了药，冷冷地说："我收下了。"

我尴尬地站了一会儿，便知趣地告辞而去。走到二楼时，文质彬彬的男人追了下来，抱着歉意说："我来送送你。她就是这样，对谁都这么冷淡。"

我说："谢谢叔叔。没事，我的任务完成了。"

不管我如何拒绝，花白头发的男人坚持一直把我送到生活区门口，路上他不停地说着一句话："她是个好人。"他说的是师傅的母亲。

在那个冬天里，我总共见过师傅的母亲三次，另外两次给她送去的是一条香烟和我们厂发的一箱苹果。基本上都是在省直住宅，有一次我还看到师傅的母亲和花白头发的男人手挽手从生活区大门外归来。她的脸上洋溢着幸福的笑容。我想起了自己的父母，他们几乎天天在吵架，对师傅说："你父母真美满。"

师傅对我的评价未置可否，几天之后，一个寒风凛冽的傍晚，我跟随师傅坐班车到了市内，她把我带到一个饺子馆，我注意到，那个饺子馆距离棉六生活区不远，一条窄窄的小路上，并排着几家小饭馆，饺子馆是其中之一。师傅随身带着一瓶大曲酒。一边喝酒，师傅一边向我炫耀她最新的战利品，安装公司的项目经理早就成为了历史，最近这个男人和她一个小区，马上要结婚了。师傅说起那个准新郎爱上她的情景，在小区的小卖部前，他买了一包烟却发现忘了带钱，师傅解了他的围。师傅的一个媚眼就让他爱上了师傅。我揶揄她："你的爱情就像是空气一样，说来就来。"

"其实没有爱。"师傅笑着喝了口酒，"我早就不相信爱了，我只是喜欢在其中的感觉。我喜欢这种状态。我想爱的时候就毫无顾忌地去爱。我问问你，你们男人最想成为什么样的男人？"

"我就想当一个小说家。"我诚实地回答。

因为喝了酒的缘故，师傅的脸色微红，在酒馆昏暗的光线之中，分外迷人，"那只是你现实的理想。你通过自己的努力，可能达到。但是你们每个男人心里都藏着另外一个遥不可及的梦想，那就是让天下所有的女人都爱你们。女人也一样呀。我看到我喜欢的男人对我垂涎三尺，我也会心花怒放。"

"我不同意。"我声音提高了八度，"要都是你这样的想法，社会不都乱了套？也许每个人心里或多或少有这样的想法，但每个人都不是独立于社会之外的，所做的每一件事，不仅要对自己负责，还要对社会负责。责任会纠正你内心的冲动、盲目和错误。"

师傅举起酒杯，"喝酒吧。你说服不了我。这足以证明你们文人是多么虚伪。"

在冬天的小酒馆，我们的争论继续着。借着酒胆，那天晚上我问了师傅一个十分刻薄的问题，问完我就后悔了，但是师傅淡然的回答让我释然了。对于我，她真的太过包容。我的身份已经超越了徒弟的角色。

我问她："师傅，你到底有多少男人？"

师傅默默地想了想，"七八个是有的吧。我算不清楚了。这还不算对我有企图的人。唐文生副厂长，主管人事的，胖胖的，你认识他吧，他是实权派，他一直在追求我。但我就是不喜欢他，主要是他说话的声音，别看长得粗粗壮壮的，说起话来却像个妇人。"

这就是那个年代的师傅冯荃衣，她的世界是自我的、封闭的，她沉浸在情欲的暖流之中。她放荡不羁，随心所欲，把我善意的揶揄和劝解当成耳旁风。唐副厂长，在那之后我曾经观察过他，他是个一本正经的领导，没有任何的不良嗜好，对一切事情精益求精，关于他最让我印象深刻的是一次厂报上的名字风波。厂报一版的消息后来我找来看了看，那张报纸在我的工友们之间传来传去，已经变得油渍遍布，像是刚刚擦过工具。我艰难地在油渍中寻找到了那条位于头版的报道，就像传言中的一样，报道的副标题是这样写的"康文王副厂长做检修动员"，一字之差，报社的主编欧阳险些丢了官位。此事闹得沸沸扬扬，唐副厂长开始不依不饶，非要把欧阳调整出宣传部门，不知何故，后来突然偃旗息鼓。而那个书生气十足的欧阳主编，也张口闭口地夸赞唐副厂长。这个世界，许多事情都是在暗里进行的。

冬天的夜显得悠长而温润，饺子馆不大，人来人往，已经换了好几茬人。一瓶酒也快要喝完，我看了看表，因为我还要赶末班车回厂里。师傅突然打了一下我的手背，轻声说，你注意一下我身后第三张桌子上那个人。我的目光越过师傅的肩膀，看到一个年老的男人，弓着背，刚刚坐到桌前，他沙哑的声音在不大的饺子馆里回荡："三两饺子，三两酒，一盘花生米。"

我问师傅："你认识他？"

师傅示意我不要说话，"看着他。"

男人六十多岁，头发乱糟糟的，像是几天没有洗脸，眼神恍惚。酒壶端上来之后，男子颤抖着手从口袋里掏出一个白瓷酒杯，用袖口擦了擦，举在灯光中照了照，又擦了一遍，这才放到桌子上，倒了一杯，仰起脖，响亮地喝了一口。低下头又看了看杯子里，再次仰脖，喝了一口，这次因为杯子里没有了酒，声音尖锐刺耳。因为观察男子，我们喝酒的速度明显减缓了，师傅则把身子斜向墙壁，她似乎是怕被那个男子看到。男子把三两酒喝完，饺子才端上来。三两酒下肚，男子的手很明显颤抖得不那么厉害了，他拿起筷子，在盘子里拨拉着，突然，动作停了下来，坐在那里的落魄男子愤怒了，腰挺直了，脖梗向后仰着，头发越发凌乱，他尖叫道："服务员。服务员。"

女服务员跑过来，问他什么事。

男子的手又开始颤抖，声音有些结巴："饺子，一两几个？"

"六个。"

"我买了几两？"

"三两。怎么了？"

"三两总共多少个？"

服务员说："十八个。"

"那你数数。到底多少个？到底多少个？"

服务员怯怯地数了数，小声说："十七个。您，不会是吃了一个吧？"

就是这句话惹恼了男子，男子拔身站起，手麻利地抓住了女服务员的胳膊。女服务员吓得尖叫着哭出了声。幸亏老板及时出来，阻止了男子做进一步的动作。老板赔罪道："不管怎么着，我们店奉送您老一两饺子成不。"

男子摇着头，"什么叫不管怎么着，她就是少给了我一个饺子，我是讲理的人。我只要一个饺子，一个也不多要。我是个讲理的人。因为我付了钱，那个饺子就属于我，而不属于你那个煮饺子的锅。"

男子把十八个饺子快速地吃完，这才站起身，慢腾腾地向外走。师傅说："我们也走。"

出了饺子馆，我们跟在男子身后，他走得很慢，走几步就停下来，像是想心事。师傅说："你知道他要干什么去吗？"

我几乎是惊呼道："你认识他？"

师傅拧了我胳膊一下，"你不能小点声吗，一惊一乍的。我当然认识，他是我爸。"

这次，惊愕让我无言以对，我曾经看到的那些场景在我脑海里交织错落，把我的思想搅得杂乱无章。"这，这怎么可能？"

师傅小声说："这是事实。他的的确确是我爸。你前几次见到的那个和我妈在一起的人不是我爸爸，他是我母亲的相好，已经有二十年了。"

"这怎么可能？"语言仿佛从我的思想里溜走了，世事太难预料，也太令人意外了。

"这个时候，他只有一件事可干？"

"这怎么可能？"我仍旧沉浸在巨大的疑惑之中。

师傅打了我一下，"他是我爸，我都不吃惊，你看你那点出息，什么都没见过，你怎么能写出好故事来，怎么写出生活的深刻来。"

我连连点头，"他要干什么？"

"打人。"师傅轻描淡写地说。

我心急火燎地说："那我们还不去制止他，你看他那样子，摇摇晃晃的，只有被别人打的份儿。"

师傅叹口气："他哪敢打别人呀。他打我妈妈。"

那天晚上，关于师傅的父亲和母亲，有太多的疑问郁结在我心头，因为末班车的时间，更因为师傅已经没有了讲述的兴致。我匆匆忙忙地瞥了一眼那个蹒跚的男子，师傅的父亲，他已经坐在路边的便道上，把头埋在两腿之间，像是要睡着了。而师傅，则显出了疲惫之态，今天，我们在催化车间干了整整一天的活。

"我爸爸是个懦弱的人。他胆小怕事。我从小就看不起他。"说这话时，已经是数天之后，我和师傅坐在常减压塔的上部，塔离地面有三十多米高，天空很近，而地面的人看上去很小。她坐着我的安全帽，她的安全帽在我的手上，大红色的安全帽能映出天上的云朵。我坐在坚硬的铁板上，闻着四处弥漫的铁的味道、油的味道，听她讲述父亲母亲的故事。

"我父母的婚姻从一开始就是错误的。母亲是那种特别强势的人，说一不二，而父亲则唯唯诺诺。母亲从来没有对父亲正眼相看。从我记事起，我就知道母亲在外面有一个男人，那个男人长得很标致，浓眉大眼，国字脸，一看上去就是电影里的正面形象。我也很喜欢和他在一起，我们都叫他杨叔叔。他关系很广，经常能给我妈妈弄到一些票，买到紧俏的东西，比如排骨、白面、白糖，我们家的那辆红旗牌自行车也是他给找来的票，包括后来12英寸的黑白电视。他还经常有出差的机会，我最喜欢的是他去上海给我们带回来的大白兔奶糖。杨叔叔的存在，对于我们小孩子来说并没有什么，因为我们也无法去弄懂，杨叔叔、母亲和父亲之间的关系。我们只是觉得他很亲近，见到我们就笑容可

　　　　　　　　　　　　　黑眼睛

掬的。初中三年级时，我才意识到杨叔叔对我们家是一种威胁，才意识到这个笑容可掬的男人背后隐藏着一颗定时炸弹。从那年春天开始，父亲开始酒后殴打母亲。酒后的父亲陌生而令人惊奇，完全变了一个人，他像是一头凶猛的豹子，特别有攻击力。遭到父亲殴打时，母亲并不还手，也从来没有喊叫过，她都拼命咬着牙，把疼痛咽到肚子里。当第二天，我们看到母亲脸上和身上的伤痕时，真的不知道母亲是如何强忍着疼痛的。而父亲的疯狂也只是昙花一现。第二天酒醒之后的父亲又如出一辙，又变回了那个邋遢、委琐、目光飘移的男人。唉，该如何评价我自己的父亲呢？这真的是一个难题。"在她的身后，平时看上去高耸入云的火炬此时并不高大，熊熊燃烧的火焰在蓝色的天空背景下更加浓艳。

师傅父母的故事，给了我极大的写作空间，在以后的许多天里，爸爸妈妈都处于一种冷战的阶段中，他们尽量都在躲避着对方，以免稍不注意就点火烧着了。实际上爸爸是最痛苦的，因为他经常用自行车驮着我到处乱逛，所以对于1980年的爸爸我最为了解。我时常在后座上听到他一边骑着自行车一边发出一声长叹。我爸爸一叹息我脚下就有些慌张，我的脚没有着地，它一慌就往车辐条里面钻，所以在我爸爸病倒之前的那些日子，我的脚经常被车辐条无情地卡出斑斑的血迹。所以在我六岁时，我的脚上经常涂满了紫药水。而我的哭喊成了爸爸那个最灰暗的日子的一段悲怆的伴奏。现在每当想到这里，我都会流下眼泪。这些小说中的段落，在那些岁月里，就像是一扇通向社会的窗口，那个时候，我也不再感觉到炼油厂的偏僻，也不再感觉到我身处一隅的孤独，我仿佛来到了嘈杂的集市，芸芸众生之中，看到了他们的喜怒哀乐。

而我的师傅，冯荃衣，她的喜怒哀乐，对我则是一个永远无法解开的谜。身处嫌疑之中的王总突然来了一个华丽的转身，不仅没有受到任何的处罚，相反，在秋天到来之际，他从副总而升为厂里的总经济师。那是一个令人疑惑的年代。他又开始频繁地出入舞厅。他身边的舞伴换了一个又一个，却终究无法忘怀师傅冯荃衣，于是在他升为总经济师两个月后，我的师傅，让我失望地又成了他固定的舞伴，那些场景，舞厅中的场景，从其他人的描述中，已经变成了一个曲折而淫荡的情爱故事。我的失望开始燃烧成怒火。

"师傅，我对你有意见。"那是第一次，我与师傅面面相觑，面色凝重。我语无伦次地向她诉说我内心的不安，我告诉她当我听到舞厅里发生的一切时，我的焦虑，我对她的失望。我喋喋不休的话语丝毫没有影响师傅美好的心情，她吃着香蕉，伸出左手摸了一下我的脑门，故作吃惊地说："你发烧了吧？你做了我两年的徒弟，铆工的活没见你长进多少，奇谈怪论可是学了不少。这不是我教你的吧？"

"这可不是奇谈怪论，师傅。"我诚恳地说。

师傅把香蕉扔到地上，香蕉的味道围绕在我们四周，暂时压制了车间里的机油的味道。师傅也是那么少见地严肃起来，她告诉我："我不是一个水性杨花的女人，我和你在小说里看到和写到的女人不一样。我只是一个现实而利己的人而已。这没有什么可大惊小怪的。你以为你写作，你的思想境界就比别人高一等，你就能脱离了低级趣味，不食人间烟火？"

她说得我哑口无言，脸红红的，憋了半天才挤出一句话："我不想让别人对你指指点点的。"

"你是不是觉得做我的徒弟脸上无光了？"

我急忙否认，"我不是那个意思。我，我，我也觉得你做得太过分了。"

她想了想，"有那么一句话，这是谁说的，但丁吧，走自己的路让别人去说吧。当好你的徒弟，干好你的活，写好小说，让别人去说吧。"

师傅调侃似的话语并没有完全打消我内心的顾虑。师傅的形象变得越来越模糊，越来越难以捉摸。当夏天来临，整整两个月的大检修期间，师傅的身影在常减压塔上，在蒸馏塔上，在密密麻麻的管道之间上下穿梭，看到她干净的红色安全帽，看到她坚毅的目光，我才觉得这漫长的检修期总有结束的那一天。即使这样，她可以两周不回家，吃住在车间里，可是这阻挡不住她和王总的约会。她会突然消失几个小时，彻底脱离我们的视线。等夜幕降临，她迎着我满是疑问的目光走过来时，她打了我一下，"没见过男人女人约会呀。"

但是在一次检修的间隙，消失了一上午的师傅并没有去约会。她回到检修现场时，递给我一本书，她说这是她特意跑到市里给我买的。她说："你好好看看这本书，我看不懂。好多人都在买。你看后给我讲讲。"她给我买的那本书是弗洛伊德的《梦的解析》。那几天，在塔顶，在管道之间，在工作的缝隙之中，我狂热地爱上了弗洛伊德，看完那本神奇的书时抬头看了看天，晴空万里，可我却意识到，黑夜温柔地降临了，我感觉周围的人，那些头戴安全帽、身穿工作服、忙忙碌碌的人，那些塔，那些设备，都宛如梦中。而所有的人，原来都是拥有着无数个奇奇怪怪、五花八门的异想的人，是一个个难以解读的梦中人。

有人推了我一把，"做梦呢？干活去。"是师傅。

我拎上风把、工具箱，跟在师傅后面，来到换热器旁。风把开动前，我问师傅："师傅，你做梦吗？"

师傅瞪了我一眼，"不做梦那还叫人吗？当然了。我每天都做。"

"那你都做些什么梦？"我紧追不舍。

"做什么梦？干完活再做。"师傅恼怒地说。

那是疲惫的检修期。我们像是机器和装置一样上紧了发条，平日里轰鸣作响的装置此时像是在温柔的梦境中一样，难得地有休息下来的机会，安静地被我们修理着。也许，当检修期结束，它重新踏上另一个漫长的工作周期时，它会怀念这段日子，怀念我们。也许，它也有潜意识，在它的梦境里，师傅、我，还有我的工友们，都是它梦境中的一分子。

"我经常做同一个梦。我的身体轻飘飘的，我在跑步。和别人一起站在跑道上，我以为自己跑得飞快，可最后我总是落在最后，我发现跑道上只剩下我一个人。特别恐惧，周围雾蒙蒙的，天空是灰色的。不知道他们是早就跑完了，还是我自己把他们甩下了许多。我总是在这个时候被惊醒。"在一联合车间的操作间里，我们坐在长条椅子上，师傅才回答我那个问题。小曹他们几个跑到墙头外面去偷偷抽烟了，操作间里只有我和师傅。

我一本正经地坐端正了，感觉自己就像那个拿着雪茄的白胡子老头弗洛伊德，"其实你是孤独的，你潜意识里是不想做某件事的。你只想和别人一样，跑在他们当中，既不想跑到他们的前面，也不想落在他们之后。你潜意识里是痛恨某件事的。"

"什么某件事？"

"就是，和男人们之间的事。"我鼓足勇气说道。

师傅重重地打了我一拳，"你瞎扯什么。那本书里就是这样讲的呀，那就太浮浅了。"

我辩解道："我分析得有道理吧。梦境反映了你真实的内心世界。潜意识里的那个你才是真实的你。现实生活中，你最为突出的表现往往和内心里的那个你是相反的。"

"你是想劝我是吧？你觉得你能成功吗？"师傅盯着我的眼睛。这让我心虚得直冒汗。

"不能。"我老老实实地说。

没有人能够阻挡师傅的脚步，即使我借用那个叫弗洛伊德的老人也没有用。远来的和尚在我师傅这里行不通。就在我以为，我的师傅冯荃衣，要在她认定的道路上一路狂奔时，却出现了意想不到的转机。她随心所欲的生活停在了痛苦的十字路口。

检修的记忆停在了秋风之中。周一，师傅一反常态地没有来上班，王主任还问我和小曹，师傅怎么没有来。我和小曹都摇摇头。到下午的时候，我接到了师傅的电话，电话里师傅的语气很沉重。她让我给主任请个假，说她要休息几天。她没有说请假的原因。我追问了一句，请什么假呢？师傅沉默片刻说："你随便说吧。"

下班后我去了市区。她沉重的语气一整天都在我脑子里回荡。师傅一个人独自在家，她打开门，屋子里的灯光很昏暗，灯光似乎在她背后很远的地方，她的脸掩在黑暗之中，无法看清她的表情，她怔在那里，反应了几分钟，似乎才看清是我，她把我拥抱在怀里，失声痛哭起来。一向乐观的师傅，从来没有在我面前表现出她软弱的一面，所以，在她的拥抱下，在她号啕的痛哭之中，体味着她的泪水，我一时手足无措，我的双手支在她的肩膀之上，不知道应该做什么。我轻声道："师傅，师傅。"哭泣持续了十分钟，师傅泪眼婆娑地宣布："我要死了。"

死了的人不是师傅，而是师傅的丈夫。她的丈夫姓杨，叫杨卫民，在部队大院长大，父亲是军分区的首长。以前从来没有听师傅说起过。在我的感觉里，师傅一直回避谈到他，她可以向我敞开她父母的生活，可是却从来不去触碰那个她最亲密的人，我不知道她在躲闪什么。师傅悔恨地说，他是因为我死的。据师傅说，杨卫民和师傅大吵了一架，然后摔门而出，她怎么叫也叫不回来。他开着一辆军用吉普。师傅说她听到了楼下吉普车发动的声音，仿佛是他愤怒的吼叫声。"他离开的时间是晚上七点钟左右。"师傅说，"我接到电话是夜里十一点，他妹妹杨卫宁给我打

　　　　　　　　　　　　　　黑眼睛

来的。我再见到他时，他躺在医院里，身体已经完全变了形，他的车在谈固大街和裕华路口出了事故。杨卫宁埋怨我，都是因为你，他失去了理智，和一辆重型货车撞在了一起。她说那句话时，我看到了我婆婆愤怒的目光，她坐在楼道一角的椅子上，身体完全躺在椅背上，脸上全是泪水，虽然在我和她之间，不断地有人走来走去，可是她脸上的怨恨却那么有力，像冬天的狂风那么强劲，我一辈子都不会忘记。"

"我是一个罪人。"师傅悲伤的表情使那个夜晚凝重而凄凉，秋日的夜晚，师傅最早感受到了凉意袭人，她蜷缩着，身体瑟瑟发抖，我拿过一条毯子，盖在她身上，"一个不可饶恕的罪人。不管我说什么，解释什么，都徒劳无益。人毕竟是死了，人死不能复生。"

背上沉重的心理包袱的师傅，是无法被安抚的一个受伤的女人，她呆滞的目光，绝望的神情，都在酝酿着生活中转机的开始。在那个充满了忧伤的夜晚，我和师傅相对而坐，我都忘记了对师傅滥情的不满，忘记了师傅留在我印象中的形象。

"我们之间没有什么爱情可言，从一开始就是这样，我看中的是他家的家世和地位，他看中的是我的美貌和容颜。"凌晨时分的师傅，在自责与悔恨之间徘徊不前，"我与丈夫，我们俩结婚八年了，没有孩子，所以更没有了维系我们之间情感的东西。他是个浪荡公子。从结婚那天起我们就形同陌路。我不过问他的事，他也从来不过问我的事。在远离市区的炼油厂，你肯定会意识到，我是自由的。我自由地按自己的意志生活着。我想，是我自由过分的生活给他造成了影响，这八年中，他一事无成，每天游手好闲，和一帮朋友搞外贸，开公司，没有一个办成功的。我想，都是因为我，因为我自己的放荡不羁，自己的随心所欲。所以他才会放任自己，放纵自己。最后铸成了大错。"

　　师傅把丈夫的死定性为自己的过错，这个阴影在她之后的生活中始终挥之不去，我的师傅，一夜之间性情大变，她告别了以前喜爱而热衷的生活，告别了男欢女爱，告别了情人与浪漫，断绝了与王总的关系。我曾经见过疑惑不解的王总在施工现场委屈地站在师傅的身边，请求她重新回到舞场上，回到他的身边。异常冷静的师傅，没有停下手中的工作。在嘈杂的风把声中，她不做任何的解释，只是告诉王总，她的心以后只会放在这里了，她只会和风把，和装置，和需要修理的设备、换热器在一起了。我看着落寞而去的王总的背影，不知道怎么却有些兴奋不起来。以前我不欣赏她颓废而糜烂的生活方式，而如今当她告别过去、迎来新生，我却有些莫名的惆怅，我一直不知道这种惆怅来自何处。直到在随后的日子里，我师傅冯荃衣，不断地走上主席台接受奖励，各种名誉纷至沓来，她的身上渐渐笼罩上光环时，我才意识到，我是无法接受一个人能够脱胎换骨，能够变得不像自己。而哪个师傅更加真实，我疑惑了，茫然了。

　　据说，失意落寞的王总再没有出现在舞场之中，他尝试着找到一个能够替代师傅的舞伴，比如那个曾经的最佳搭档小徐。小曹看到过小徐，他说小徐像是焕发了第二春，她身材越发苗条。但这只是昙花一现，小徐的第二春还没有完全绽放便步入了冬

　　　　　　　　　　　　　　黑眼睛

天。失去了师傅的王总对舞蹈也失去了所有的兴趣，即使身在舞场之中，他也像个幽灵一样。没过多久，王总也从工会舞厅中消失了。对师傅的突然转变，王总有些不明所以，一天，他把我叫到他的办公室，简单寒暄之后，他便毫不隐讳地和我谈起了师傅，他说："我知道你师傅对你最信任。她什么话都和你说。"

我紧张地站在王总对面，他的办公桌上摆着一个金属的永动仪，它就在我眼前不停地晃啊晃。王总显然也没有意识到我一直站在那里，我的局促不安，他想着的是他的心事，他继续说："她不是一个追求上进的人。她对那些名呀，利呀，从骨子里不喜欢。她是一个享受生活的人。你觉得这正常吗？"

我突然之间不知从哪里来的一股勇气，紧张陡然间从我脑门的汗珠里、从我手心的汗里溜掉了，我盯着他沮丧的脸，有些愤慨地说："王总，恕我直言。你到底喜欢哪一个师傅，是以前那个水性杨花的，还是现在这个一心扑在工作上的？"

王总其实一直就没有正视我，听到我的话，他万分诧异地看着我："你这是什么意思？"

我说："我就这个意思。我就想知道我师傅在你眼里是什么样的人。"

"我可是为她好。"王总在我的逼视下目光明显地胆怯下来，"你回去告诉她一句话。"他顿了顿，摆摆手说："算了，说这些还有什么意义。"

我走出王总宽大的办公室时，狠狠地吐了一口痰，我从心里有些瞧不起他。说到底，他心中的师傅只是颜色艳丽的一朵花而已。

我曾经陪同师傅，在无数个周末，在节假日，去杨卫民的父母那里。她压根儿就没有想得到他们的原谅，尤其是杨卫宁和她的婆婆，她们的冷漠甚至仇恨并没有随着岁月的流逝而减退，她们把师傅送的礼物扔到她的身上，扔到屋外，她们冷冰冰的目光就像是刀子。有一次杨卫宁破天荒地走到楼下，她铁青着脸，质问师傅："你想得到什么？"

师傅略微犹豫了一下，她没想到杨卫宁这么直截了当，她说："我想得到妈妈的原谅。"

"妈妈心里没有原谅这个词，你也别想见到她。在她心里，你和杨卫民都已经死了。"

杨卫民车祸后的第二年，师傅的婆婆收回了属于她儿子的那套房。当杨卫宁来告知师傅这一决定时，师傅二话未说，当天就让我找来一辆皮卡车，搬走了属于她的日用品。坐在回厂区的路上，师傅的整个家就在车的后备箱里，显得是那么轻，那么简单。我以为我能从她的表情中读到悲伤，但是没有，师傅异乎寻常地平静。她看了一眼我，笑着说："哪里不都是一样。"

如此绝情的态度，我的师傅都没有退却。我想，师傅这么做只是想得到自己内心的安慰。她不在乎他们拒之千里的冷漠。她赎罪的过程残忍而又漫长，一个雪天，我俩站在冰天雪地里，她抬头看着楼上那紧闭的冰冷的窗户，她多么希望，那扇窗户能为她打开。我劝她："师傅，算了吧。你不可能改变她们。"

师傅的脸被雪映得白灿灿的，自言自语道："为什么呢？"

　　　　　　　　　　　黑眼睛

她不需要答案。她的疑问与忧伤都融化在了那漫漫的大雪之中。我知道，任何多余的解释和回答都是徒劳的。

但是她没有告别自己的外表，她仍然注重自己的容貌，她的红色安全帽仍然是全厂最干净的，我经常把她的安全帽当成镜子。戴着明亮安全帽的师傅，当她的心思完全地用在工作中后，竟然成了炼油厂一颗冉冉升起的明星，她带领她的班组，在几次重要的抢修工程中大显身手。尤其在催化装置加热器泄漏事故中，她在装置上待了整整一晚上，当第二天凌晨，黎明伴随着装置重新启动时，师傅也昏倒在临时搭起的架子下。她的红色安全帽跌落在她的身边，我注意到，安全帽上满是油污。

就是那次抢修，改变了我的人生轨迹。

下半夜，浓浓夜色包裹住的光亮显得逼仄而拥挤，像是一团徘徊的云朵。而我，是云朵洒下的一滴雨。在光亮之外，是焦急等待的厂领导们，他们的目光都聚集在我师傅身上。师傅的技术，加上她的勇气和胆量，是厂长们能够从容围观的理由。他们相信事故会很快结束。但是抢修工地上突然响起了师傅的怒吼，她吼的是我，我错拿了风把。她骂我是个猪，跟她学了三年还一事无成。在那么多关注的目光中，我无地自容。我灰溜溜地从架子上爬下来，跳上电瓶车，落荒而逃。重新拿到大号风动扳手的我仍然是那晚的落寞者。我知道，没有人会注意我，人们的注意力只是在与时间赛跑的抢修。我偷偷地看着师傅，她的身体随着风把的抖动而晃动着，她冷峻的面庞与那个娇艳的女子判若两人。

"师傅，我要从车间调走。"我向师傅摊牌时，深夜抢修时的景象还在我脑海里闪现，师傅的吼声犹在。师傅刚刚在车间的休息室睡了一觉，她揉着眼睛，满是疑问地看着我，她不明白我要说什么。

我解释道："我感觉自己在车间里是一个多余的人，在这里没有任何前途可言。正好有一个机会，厂纪委监察室缺一个人，原先的那个张娜大姐，调到齐鲁石化了。他们需要一个写材料的。"我手里拿着一个崭新的红色安全帽，那是我刚刚从材料员那里替师傅领来的。

师傅接过安全帽，"不是因为我骂了你吧？"

我摇摇头，"决不是，师傅。"

师傅又问："那就是你再也不屑做我的徒弟了？你一直不喜欢我的生活方式和态度。"

"师傅，这更不是了。"我辩解道，"再者说，你都已经……"

"已经什么？改过自新了？"师傅笑着说，"算了，你不用解释了，我早就预言你不会在这里干长久的，你的志向不在这里。去吧，到那里，你好歹还能和文字打打交道，不像在车间里，除了那些风把、换热器，就只能天天看到一个道德败坏的女师傅，烦不烦呀。"

我知道这是师傅的玩笑话，并没当真。师傅同意我离开，这才是最让我感动的。"但是，"我补充道，"事情可能并没有我想象的那么乐观。"

"怎么了？"

"唐副厂长不同意。"

我调动的难题出在主管人事的唐副厂长。他与纪委书记长期不和，所以，凡是纪委想进个人，他总有理由推三阻四。

师傅稍微犹豫了一下说："唐厂长的事我来解决。你准备好去纪委吧。"

我是多么迫切地想要调到机关工作呀。那时的我爱慕那一点点虚荣，羡慕那些和我同时进厂的大学生，他们可以在那座十层的大楼进进出出，那是身份的象征呀。而不像我，进厂这么久了，还混为一个工人。因此，那点急切的虚荣心、骄傲的自私淹没了我的判断力，当时我没有去想师傅如何去帮我解决。我只是兴奋而情不自禁地说："谢谢师傅。"

秋夜难眠。想起白日师傅的允诺，我突然意识到了问题的严重性，她有什么资本与唐副厂长做交换？我想起了那个秋夜师傅曾经说过的话，便冲出宿舍。刚跑到师傅住的宿舍楼下，我便看到师傅从楼门洞里出来，纵使光线昏暗，我也看得出来，师傅是精心打扮的，那件红色的裙子已经很长时间不见她穿了。"师傅。"想躲已经来不及了，师傅已经看到了莽撞而来的我，我只好硬着头皮冲上前去。

"你来干什么？"师傅并没有等我回答，便说："你来得正好，我正要去见唐厂长。你送我过去吧。"

他们见面的地点约在厂里，今天晚上唐厂长在厂里值班。我骑着自行车，师傅坐在我身后。还不到换班的时间，通往厂区的公路上空荡、寂寥。两旁的白杨树被风吹动着，在暗夜与路灯光的交错中，黑色而互相碰撞的树叶像是在诉说着黑色的故事。一路无话，我内心挣扎着，在心灵深处，有一个我在呼喊着停下来，让师傅停下来，可是我的身体并没有听它的指挥，我骑车的步伐虽然慢一些，却并没有停止。我能听到师傅平静的呼吸声，能够闻到她身上散发出来的茉莉的花香。她也一路无话。来到厂区办公大楼下面，我抬头向上望去，幽深的夜里，大楼显出几分神秘，对于我来说，它是一个通向梦想的楼梯。我和师傅挥手告别，我们俩像是有某种默契似的，谁也没有开口说一句话。师傅转身而去的时候，轻松自如，就像以前任何一次，我去送她约会的场景再现。唐副厂长的办公室在大楼的三层，向阳的一面。我听着师傅的高跟鞋声渐渐消失在大楼里，心里突然像是被谁揪了一下似的。我在大楼下面徘徊了整整一夜，没有勇气冲上楼去，闯进唐副厂长的办公室，夜色残忍如勒紧心脏的尼龙绳，而那座大楼，却如此友好地在黑暗中召唤着我。

我一直想忘记那一幕，师傅第二天清晨从大楼里出来的那个场景。她微笑着，头发整洁，红色的裙子随风摆动。

那就是我，二十多岁时的心智，为了早日离开车间，能够在办公室里工作，早日脱离工人岗位，师傅的境遇早被我抛到了九霄云外，如今，二十多年过去了，想起那个秋夜的我，便羞愧难当。

在我离开检修车间的前一天，师傅再次把我带到了催化塔的顶端，我们一起俯视整个厂区，师傅形容的丛林面积更大了，装置在不断地向南扩展，尽头那些绿油油的麦地显得弱小而可怜。

师傅问我怎么看待这片广阔的丛林。我老实地回答："师傅，这么多年了，我没有觉得这是片丛林。"

"在你眼里，它是什么呢？"

我想了想，"它是一道障碍，就像赛马比赛里的障碍。"

"你是想越过它。我知道，这里不是你的丛林，它是我的。"师傅感伤的话语像是一片叶子，慢慢地飘落到装置上、设备上、管线上。

第二天我就离开了检修车间，如愿去了纪委监察室，在那栋大楼的六层拥有了一间办公室。那一年我师傅三十五岁。我去报到那天，和我一屋的马大姐一见面就问我："你是冯茎衣的徒弟？"

我笑盈盈地说："是啊。你认识我师傅？"

"她呀，天下谁人不识君。"马大姐引用了一句古诗词，脸上神秘的笑容很短暂，很快就消失了。

如果说三十五岁之前师傅的盛名还是被负面的传言所堆积起来的话，那么，这之后的师傅，她的名声越来越大，也越来越令人尊敬，她成了名副其实的"铆焊大王"。她的名声是与无数次的抢修、无数次的彻夜奋战、无数次的上台领奖联系在一起的，虽然，我的办公室在象征着权力与欲望的办公大楼的六层，我也由衷地感觉到，我必须要仰视她，用另外一种眼光去迎接她已经变化的坚毅的眼神。在短短几年时间里，师傅威名大振，她的事迹不再局限于厂报，《中国石化报》《河北日报》，而且已经上了《工人日报》《人民日报》，在通往成功的道路上她一路狂奔，令人目不暇接。她从厂劳模，到区劳模、市劳模，一跃成了石化系统和省里的劳模，在"五一"前夕还受到了表彰。据马大姐说，下一步就要提拔她做检修车间的副主任。马大姐感叹道："你说，你师傅怎么可能成了这样一个人！"按照马大姐固有的想法，我师傅就应该是三十五岁以前的冯荃衣，她就应该风流成性，招蜂引蝶，这是她的宿命。马大姐的消息很可靠，因为她丈夫是劳动人事处的处长。马大姐补充了一句让我很是不满，她不屑地说："转变得跟神似的，不见得是什么好事。"就是那天，我和马大姐为了师傅争吵了几句，我提醒她别忘了电影《流浪者》中那句经典的台词"法官的儿子永远是法官，贼的儿子永远是贼"，那天我说了很多过激的话，就差没说出她以前不过是个办公室的打字员的话。马大姐显然比我有城府，她生气归生气，却并不像我那样慷慨激昂，她说："我不跟你抬杠，不信咱们走着瞧。"

我师傅，在变化着，我能够深切地感受到。我和师傅的关系，并没有因为我离开车间而疏远，反而更加亲近。我们几乎每天都会见面，我把我写的长篇的新章节交给她，听听她看过的前面章节的意见，虽然那些意见并不大被我采纳，但是我仍然喜欢她那种越来越较真的样子，她投入的表情，沉浸其中的情绪，仿佛她就是小说中的人物。当自己的一部作品被一个人如此看重时，我内心的欢喜还是不言而喻的。还有的时候，是她在倾听，她在倾听我的想法和意见。她的发言稿，她每次在台上令人振奋的故事都出自我的手。她的每一件先进事迹、每一个抢修场景都是我头脑中的一条神经，那些密密麻麻的神经都能在深夜里像水一样汩汩流出，在我伏案时化作一串串或是高昂或是煽情的词

　　　　　　　　　　　黑眼睛

语。所以说，我师傅在走向成功的道路上也有我的一份功劳。而师傅，也越来越依赖我，离不开我，我就像是她前进路上的大脑，成了她的一部分，所以当石化系统的劳模巡回讲演开始时，她向党委于书记提的唯一的要求就是带上我，替她酝酿和撰写稿件。没想到的是，于书记欣然应允，于是我和她踏上了漫漫的巡回讲演之路，在历时一个月的时间里，我们先后去了东北的抚顺炼油厂，北京的燕山石化，河南的洛阳炼油厂，山东的齐鲁石化，湖南的岳阳石化，湖北的荆州石化，南京的金陵石化。光是旅途劳顿，不出半个月我就感到疲惫不堪了，我师傅却始终保持着旺盛的精力，每换一个地方，她都像是首次演讲那样激情四溢。她很在意每一个细节，每次讲演结束，她都会虚心地听取我的意见，以便下次改进。团里有一个来自燕山石化的丁劳模，一表人才，声音浑厚有力，每次都邀请师傅去当地的舞厅跳舞，他眼光很毒地说："一看你就是你们厂的舞星。"师傅每次都婉言谢绝了，她说她真的不会，而且对跳舞没有丝毫的天分和兴趣。一个月中，丁劳模都在锲而不舍地向师傅发出邀请，最后当告别时，他还请师傅到金陵石化招待所的花园里去赏月，师傅没去，代替她去的是我，我代替师傅向丁劳模传话说："希望我们在各自的岗位上努力拼搏，实现自己的人生理想和价值。"我说完话，没等观察丁劳模的反应就匆匆离去。在房间里，师傅还在等待着和我一起讨论这次巡回讲演的汇报总结如何写呢。后来丁劳模并没有死心，回去之后他给师傅写过十封信，师傅根本没有拆开，她把那些信通通交给我，让我来处理。那些信我也没拆，我把它们放在了我的箱子里。

师傅的变化不仅仅是在身份上，更多的是在心理上。她的自信在泛滥。她觉得在任何事情上她都掌握了主动，而且她想当然地以为，那个深刻在她头脑中的阴影也会从此烟消云散。4月30日上午，省总工会的表彰大会，作为省劳模代表，师傅要上台领奖，她提前把两张票送给了婆婆家，她希望她们能出席。我师傅，天真地以为，她的成功会化解她们之间的仇恨。会场上师傅穿着一套乳白色的裙子套装，很有职业女性的范儿。坐在前排的师傅，我能感觉到她的心神不宁。她不停地转头向我这边张望，我知道，她看的不是我，而是我身边的两个空荡荡的座位。直到表彰大会结束，那两个位置都没有人来。我知道师傅的失望有多深。所以散场之后，我安慰她说："她们也许有别的事，赶不过来。"

师傅淡然一笑，"她们只有一件事。那就是恨我。我都习惯了。没关系，还有下一次。"

她的责任心也在不自觉地膨胀。她觉得自己有义务让她的父母重归于好，成为一个完整的家，她断绝了父亲的零花钱，希望切断他喝酒的资金来源。但是父亲仍然能从母亲手里拿到钱。母亲无辜地说："我早就对他没有任何指望了。"母亲的意思是说，听之任之吧。而对母亲，她满指望能做通母亲的工作，停止与杨叔叔的来往。母亲的反应异常激烈，"你还不如杀了我。"母亲的话就是一个宣言。师傅所能做到的唯一的一件事是把他们全家拉到一起照了一张全家福，拍照时我在场。丽人照相馆。照相师傅很有耐心，不停地引导他们要表情自然，要发自内心地露出幸福的微笑，可是没有用，我至今记得照相那天的情形。师傅的父亲穿着一件深蓝色的中山装，胸前的油渍虽然洗过，却依然顽固。他的头发还是被师傅强迫着去理发馆理的，所以看上去比平常要精神许多，眼神却怎么也是浑浊的。母亲的左脸颊有一块瘀青，那是她父亲三天前的杰作。她擦了一些脂粉，却还是没有能完全遮盖住。她的弟弟，一个卡车司机，根本没有在乎什么拍照，他进来时还穿着蓝色的牛仔工作服，油迹斑斑的。师傅训斥了他一顿，临时穿着照相馆的一件灰色西服。而妹妹，则因为穿着太过艳丽同样被师傅批评一番，好在人是到齐了。不管照相师傅多么努力，那张拍于1994年的全家福并不成功。照片出来后，每个人的表情各异，除了师傅是发自内心的微笑之外，其他人都像是藏有心事似的，要么板着脸，要么哭丧着脸。师傅叹口气说，好歹也是张全家福。那天晚上，当我在宿舍里写作时，看着摆在我面前的师傅那张全家福，我突然灵光闪现，立即冲到楼下给师傅打电话，我像是能触摸到那个词一样，它就在我的心尖上跳动，我兴奋地告诉师傅："我想好了我这个长篇的名字，就叫作《全家福》。"师傅沉吟了一下，"好啊。这个名字挺好的。"一连好几天，我都被那个小说的名字感染着，亢奋、干事毛手毛脚。连马大姐都看出来了，她问我这几天是不是受什么刺激和打击了。我脱口而出："马大姐，你们家照过全家福吗？"

"有啊，有啊。"马大姐第二天就拿来了他们家的全家福，一共是八张，照全家福是她们家的传统，一直延续到现在，从她十岁那年开始，每四年照一张，马大姐给我介绍着每张照片拍摄的时间、背景、人物，她感叹道："不能看照片，一看照片就感觉到自己老了。"那八张照片，风格基本上是统一的，每个人脸上的笑容也都是一成不变的，唯一变化的就是悄悄爬到脸上的皱纹。马大姐的那些照片我早就忘记了，但师傅那张唯一的全家福，多年之后我还记忆犹新，那上面的每一个人，每一个表情，似乎都散落在我小说的章节中。

实际上，师傅即将被提拔的消息不是空穴来风，组织部门已经找她谈过话。师傅没有丝毫走上新岗位的紧张，那个位置好像早就在那里等她似的。坐在我对面的师傅，目光中透露的是信心和对未来的憧憬。她在滔滔不绝地给我说着她当上副主任之后的设想和规划，我不忍心打断她，直到她停下来喝口水，我才提醒她："师傅，你说的这些宏伟理想，好像都应该是主任去想、去做的。"

师傅说："早晚有一天，我也能当检修车间的主任。"

我相信，按照正常的轨道，师傅的豪言壮语并不是夜郎自大，我也相信，师傅完全能够胜任车间副主任乃至主任的重任，但是事与愿违，我师傅的仕途还没有开始就夭折了。

那天上午十一点半，我正在办公室写材料，消失了一上午的马大姐推门进来了，她突然冒出一句话："不是不报，时机未到。"

我问马大姐："你说谁呢？"

马大姐故作神秘，"谜底很快就要揭晓。"

我没想到马大姐所说的谜底与师傅有关。是旧案，王总多年前抹平的倒卖成品油事件重新发酵，被纪委立案调查了。马大姐所说的很快其实就是第二天，我们成立了一个调查组，我和马大姐都是调查组的成员。因为证据确凿，重要的证人也在河南濮阳被抓，所以王总没有坚持多久就全部说出了实情，除了倒卖成品油之外，更令人震惊的是他们在买原油过程中的以次充好、以水代油。王总的头发仿佛一夜之间就白了许多，年龄也老了十岁。马大姐让他说说走上邪路的心路历程。王总抬起绝望的脸，突然间就泪流满面，他忏悔道："我以前不是这样，我奉公守法，克己自律。都是因为她。"

王总所说的她就是我的师傅冯荃衣。一听到他提到师傅，我立即有些紧张，马大姐显然注意到了我的这个变化，她盯了我一眼。我镇定了一下情绪，继续听他深挖思想根源，"大家都知道，我只有一个爱好，就是超级爱跳舞，尽管如此，我的思想也并没有任何改变，我兢兢业业，可以说为这个厂做出了巨大的贡献。都是因为冯荃衣，她是我的克星。"我是在越来越愤怒的情绪中听完他的陈述的，在他的描述中，师傅是一个邪恶的魔鬼、女妖精，用尽各种妖术迷惑他、引诱他，以至于他迷失了前进的方向，走上了犯罪的道路。"她的欲望是个难以填满的沟壑，我所做的一切都是为了她。"我终于忍不住插话道："她要那么多钱干什么？"

王总斜眼看了看我，"那谁知道呢，买衣服，打麻将，买房子，买车，总之她太多的欲望需要我去满足。"

我还要问，马大姐善意地提醒我说："与本案无关的不要问。"

在他的供述中，我师傅是那个具体的操作者，他只是通过打电话疏通关系，搞到油品，而具体实施的是我师傅。师傅从运销部门拿到油票，然后再找到下家，以高价卖出去。王总悔恨地说："我是鬼迷心窍了，对她百依百顺，失去了对事情的判断力，放松了对自己的要求。"

他把自己包装成一个无辜的受害者，这让我无法接受，在谈话结束之后，我对马大姐说出了我的忧虑。马大姐说："我们不会冤枉一个好人，也不会放过一个坏蛋。"她补充道："你师傅有没有事，不是我们说了算，也不是他说了算，而是事实说了算。"

我不知道是不是马大姐和白帆处长说了什么，约谈我师傅时，我意外地成了主角。马大姐坐在我身边做记录。她充满激励的眼神并没有给我足够的勇气。看着师傅走进来时，我的脸上感到热辣辣的，羞愧地低下了头，就像是我做了天大的错事。我从来没有想过，我们师徒会在如此的场合下见面。师傅今天没有穿工作服，她穿着一件淡紫色的紧身西装。师傅却很坦然，她坐在我对面，像是什么事情都没有发生一样，她说："你问吧。你该怎么问就怎么问。别把我当你师傅。有什么我就说什么。你们问完我，我还要去参加区里的人大会。"我这才抬起头，理了一下思路，才开始提问。

"王同信，"师傅不假思索地说，"我们早就认识了。他是厂里的副总，没有人不认识他。我知道你要问什么，我来说吧，我不是因为他舞跳得好才与他好上的，而是他手里的权力。我以前根本不会跳舞，就是为了能和他接触才学的。90年的春天，通过跳舞我们慢慢地走到了一起。"

"你是不是通过他从厂里领出油票，然后再高价卖出？"

"是的。"

"什么时间？"

师傅想了想，"90年到93年间。"

"一共领过多少次，有多少张？"

"我不记得了。"

"得到多少钱？"

"一万多块钱吧。"

"是你主动做的，还是在别人的指使下做的。"马大姐皱了下眉。

"我自愿的。"

"你为什么要那么做？"

师傅笑了笑，"那时的我就是那样，爱慕虚荣，贪图享乐。现在回想起来，那真是一场虚假的梦境。我现在经常在想，为什么当时我会是那样的一个人，我会那么随波逐流，为什么我的思想境界会那么低下，那么形而下。究其原因，是因为我的世界观是漫无止境的，是天马行空的，是不加约束的。这是极其危险的。"

"你痛恨以前的那个冯茎衣？"

"是啊。"师傅目光坚定，我觉得坐在那里的师傅，就像是一个庄严的教师，有着强烈的责任心和正义感，"现在想来，我自己都在问自己，那是我吗？真是一场梦啊。好在，这场梦现在醒了。我看清了一切。"

我听到了马大姐敲击桌面的声音。我知道我的思路被师傅引导了，我接着问："你知道你为什么能得到汽油和柴油的油票？"

"当然知道。因为王同信。我一个破工人怎么会有那么大的本事？"

"这么说，你是受王同信指使的？"

师傅还没有回答，马大姐就果断地中止了我们之间的谈话。她把记录本合上，说，今天就到这里吧。

那次约谈，很明显没有向处长所要求的正确的方向前行，按照白帆处长的说法，它步入了一潭泥泞。白帆处长凝重的表情是对我工作的否定，他告诫我，一个纪委干部，感情用事是大忌、是大敌。我没有做任何的解释，事实是不容辩驳的，我心情郁闷，明明知道私下去见师傅是违背职业道德，仍然无法抵制住内心的情感。我约师傅在生活区北边的麦田旁见面。毕竟这有违我的良心，所以，我特别挑选了那么偏僻的地方。是一个阴沉的夜晚，夜色浓重得像是无法推开的山，没有一丝的星光，黑暗中我看到了一束微弱的手电筒的光亮，那光亮艰难地推开了山一样的夜，畏畏缩缩地向前挪着。走近来，师傅埋怨我不该来这个鬼地方，她说："前两周机工车间的小余就是在这一带被坏人强奸的。"她手里的手电筒光在路边的麦田里晃来晃去，更增添了恐怖的气氛。我幽怨地说："师傅，再害怕也抵挡不住我的担心。"

"你担心什么？"她抓住了我的手，很显然，她也被周围森然的气氛吓住了。

茫茫的夜色仿佛是一块坚硬的地板，我们的脚步声被放大了，它比平日里更加响亮。那越来越大的声音不仅敲击着我的耳膜，还敲击着我的心。我的手也用上了力，我能感觉到师傅的手心里凉凉的。我说："你知道我担心什么。"

师傅叹了口气，"你不用为我担心。我做的事绝不反悔，也不会后悔。我知道这一天会到来的。只是晚了一点。"

那个夜晚，我的劝说基本上是无效的，我希望她不要被王总牵着鼻子走，不要把责任往自己身上揽。师傅却轻描淡写，她用手电筒的光指着暗黑无界的夜空，"你看看这夜，你再怎么去描绘它、去形容它，它都是黑的，它不可能是白天，这一点是不会改变的。"

我的师傅，再次遵从了她内心的安排，她没有像王总那样，把责任全部推开，她说出了她参与的所有倒卖油票的事情，她对我和马大姐说："我为以前的我感到羞耻。"她说的是肺腑之言，如今的师傅冯荃衣脱胎换骨，一身正气，装置哪里出了问题她都会出现在哪里。她在全厂的表彰大会上慷慨激昂；她在区人大、市人大的会议上激情澎湃。

王总进了监狱，而师傅背上了一个党内严重警告的处分，她的梦想就此断送了，我不知道她还做不做当车间主任的梦，我只知道，这件事给她的打击是巨大的，她付出了沉重的代价，相继丢失了厂、区、市、省、中石化劳模，被区人大和市人大罢免了资格，副主任也成了天上自由的云朵。在那段难熬的岁月里，师傅有她自己独特的方式打发她的绝望与落寞。有时候她会拉上我，两个人漫无目的地骑着自行车，大部分时间都是在炼油厂厂区附近的乡间公路上，我们一言不发地就那么骑着，仿佛我们的世界就是那些四通八达的乡间公路。但偶尔我会随着她不知怎么就骑到了市区，她熟练地穿过裕华路，拐上建华大街，我们汇入了中山路滚滚的车流之中。我留意到，在我们骑行的路线中，我们先后经过了长安区人大、市人大的办公地点。到了门口时，师傅都本能地停下来，向里张望片刻。她的脸上露出怅然若失的表情。返回的途中，一直一言不发的师傅突然张口道："你知道我今年的提案是什么吗？"

"不知道。"我回答，其实那个提案是我帮她写的。

师傅沉默了一会儿说："我想呼吁一下，让全社会都重视一下技术工人，大力开展技术工人的培养。你想想看，社会不就靠技术在推动着吗？你再看看像我们这样的技术工人，厂里重视吗？国家重视吗？没有。你觉得这个提案可行吗？"

我说："可行。我支持你。"

失意的师傅开始和我探讨她的提案，怎么合理，怎么搞调查，怎么写。尽管这已经是重复在做的一件事，我仍然随声附和着她，我觉得她完全沉浸在她辉煌的日子里，我又何必打扰她呢。

最后，在我们看到炼油厂的火炬时，师傅发出绵软无力的叹息，那声音在乡间公路上如尘土样细弱，"可惜了。只差半个月，我就能把提案提出来了。"

她还会突然把我叫到她的家里，像以前那样铺上稿纸，准备好钢笔，这是要写发言稿的架势。我看了一眼桌子上的一切，心里发酸，我叫了声师傅，便不知道再说什么。师傅却淡然一笑，"我都习惯了，你让我一下子改变不可能。你知道我当初从那样一种放任自流的姿态变成这样有多难，付出的代价有多大，我的丈夫走了，我和我丈夫的家人成了仇人。这一次，我的代价更大，因为我的心死了。"

我把师傅揽在怀里，在我的怀抱中，她的身体竟然那么娇弱。我能感觉到她的眼泪流到我的肩膀上，钻透衣服，渗到了皮肤上，凉凉的。我安慰她："师傅，生活总是要继续下去的。"

师傅突然推开我的怀抱，她抹去脸上的泪水，粲然一笑说："你放心吧，我想了一夜，已经想通了我的人生，它就是海上的一只小船，想漂到哪儿就漂到哪儿吧。不过，你看看我，为了写发言稿，买了那么多的稿纸，不能就这样浪费掉。我想好了，我给你誊写小说吧。你就在我家里写作，你写完一章我给你誊写一章。"

于是，在无数个夜晚，我的长篇原稿就放在师傅家里的梳妆台上，她仔细地辨认着我歪七扭八的字体，认真地抄写着。对于十几年都很少拿笔的师傅，其实这不是一个省心省力的活，相比她遇到的那些检修、抢修，这更难。我坐在她的书房里，侧身看着卧室中的师傅，几次不忍心让她放弃，但是我还是重新理清了思路，回到我的故事中，我觉得，那个与我同处一室、逐字逐句阅读并抄写的师傅，何尝不是活在我虚构的故事中的人物呢？

跌落到人生最低谷的师傅，已经彻底无法改变她工人的身份，她像是没事人一样，甘心做着她的工作，做好一个铆工工人，一个班长，一个好师傅。按马大姐的说法，你师傅是一个胸大无脑的人。我虽然不喜欢她用的那个词，但是师傅这样的心态也让我放心许多，因为我非常担心她会想不开，会钻牛角尖。在那一年，有两个从技校毕业的学生成了她的新徒弟，一男一女，男的姓童，女的姓黄。按照惯例，师傅又自掏腰包让他们请客，并特地叫上我。两个小徒弟有着与我当时一样的青涩与拘束。那天晚上师傅喝醉了，她趴在桌子上不省人事，把两个小徒弟吓得脸色发白，张皇失措。第二天一上班，小黄就在办公大楼门口堵住我，向我请教如何当好一个徒弟，我想了想说："你会种茉莉花吗？"

她摇摇头，"什么花我都不会种。"

我说："那你好好学学吧。"

在师傅的阳台花房里，茉莉花已经被冷落，它在日渐地凋零和枯萎，开花的季节早就过了，但它们仍旧固执而孤独地想念着花团锦簇的日子。

师傅纷繁生活的谢幕远比那些茉莉花要悲凄。

一个冬天的夜晚，这让我想起师傅丈夫出车祸的那个夜晚。不过，这次师傅的语气显然比上一次更加令人不安，她说："你快点过来。出大事了。"已经是夜里九点，我知道她回了市区，快下班时她让我在办公大楼下等着她，她把她家里的钥匙交给我，嘱我好好写作，她回市区给母亲做寿。她笑着说："我妈今年六十了。不知道我活到她这个年龄会是什么样。"她轻松的样子不像是要发生什么大事的前奏。

我赶到她家里时她并没在家，家里只有她的小外甥，正抱着小猫，瑟瑟发抖，我问了半天，他才断断续续地说出他们已经去了医院，他姥爷摔了一跤。去往医院的路上，我也没有意识到问题的严重性，开车的小张以前也是师傅的徒弟，他还埋怨师傅小题大做。

医院里哭成一团，师傅的酒鬼父亲，已经告别了人世。我没有看到他躺在那里的情景，我只看到了蹲在走廊墙角的师傅，她蜷缩着身体，比一只受伤的小猫还可怜。她看到我，眼泪才流下来，只说了一句话："我害怕。"

她父亲死了。送到医院的那一刻停止了呼吸，喝得烂醉如泥的他顺着楼梯滚了下去，脸都变了形。他不是自己摔下去的，"我也是疯了，我就那么轻轻一推，谁知道他的身体像是一个空壳，像是空气似的，那么轻，那么没有重量，就像是一个板凳。"具体的细节是在她母亲多次的言谈之中拼凑出来的，她自己始终不肯去回忆当时的情景，她说她宁愿那个摔下去的人是她自己。在记忆中还原的事实是这样的，最先疯狂的是她的父亲，为母亲祝寿的酒宴还未结束，父亲就开始殴打母亲，他不知道哪里来的那么大的劲，他把师傅母亲的头打出了血，可是仍旧没有停下来的意思。父亲向外拉扯母亲，拽出了门，仍然挥舞着拳手击打着母亲的头部和脸部。愤怒的师傅追出来，轻轻一推，就像她形容的那样，父亲就像一只板凳一样滚落而下。最让师傅感到痛心的是母亲的反应，满脸是血的母亲第一反应是狠狠地推了她一把，大声吼道:"谁让你多管闲事。"

师傅,她三十七岁的生命到此画了一个大大的句号。因为过失杀人,她获刑五年六个月。怨恨像是夏天的野草,师傅的母亲一直不愿意去见她,当我去劝说她时,我看到她和那个被师傅叫作杨叔叔的老头在一起,他们俨然是一对和睦的老夫妻,她的头发明显地白了许多,"她的心理负担很重,不吃不喝。她需要你哪怕去见她一面,什么都不说。"我这样劝解她。杨叔叔也在一旁帮腔,她心动了,答应了我。我兴高采烈地给师傅拍了一个电报,告诉她,下个月的13号我和她母亲一起去看她。不知道师傅看到电报的心情如何,我是感到宽慰的,我甚至在设想着她们相见时感人的场景。和我在小说里写的一模一样。

那个月的13号,坐在去省女子监狱的长途公交车上的只有我一个人。车窗外的风景灰秃秃的。师傅的母亲临阵变了卦,不管我说什么,她都紧绷着脸一言不发。后来还是杨叔叔无奈地对我说,"算了,也许时间能改变一切。"

师傅看到我时,脸上惊讶的表情一闪即逝。她没有问母亲的事,我也没再提。仿佛我没有给她拍过那样一封报喜的电报一样。

我把刚刚写完的长篇小说《全家福》递给她,师傅问我带稿纸了吗。我一时没明白过来,问师傅要稿纸做什么。师傅说,我在这里面也是闲得无事,我一边看,一边替你抄写,你不是说我的字好看吗?我鼻子酸了,我有心劝她别再替我做这些事了,可是看着她期待的目光,我说出口的是,"好吧,我回去给你寄过来。"

在随后的两个月时间里,她几乎每两天就会给我写一封信,信里什么都写，写监狱里的女犯人，写院子里那棵杨树，写抬头看到的不完整的天空。她就是不写自己，在她的信里，我想找到她的影子，我发现，她不过是两只眼睛，而她的思想，她的灵魂，都在那不完整的天空中飘荡。两个月后，她抄写好的稿子清清爽爽地摆到我面前时，我脑海里一下子就想到了我初次见她时的情形，那个长发披肩、手拿火红而明亮的安全帽的师傅，那个风姿绰约的师傅。

后来我调离了炼油厂，多半是因为我不想再看到那些装置、那些检修的场面，一看到它们我就会心痛地想到监狱中的师傅。十几年过去了，我仍然不知道，我是不是懂得师傅，是不是懂得师傅这样一个女人。她的风花雪月，她的劳模风采，她的监狱人生，在我的梦里，始终搅和在一起，无法分清。

在师傅刑满即将释放的那年，我意外地碰到了杨卫宁，师傅曾经的小姑子，她来申请加入省作家协会，她是个诗歌爱好者。她看到是我，先是愣了一下，继而笑容可掬，"你在这里工作呀。"她急迫想成为作协会员的心情使她对我畅所欲言，她甚至提到了我的师傅，她以前的嫂子，"我听说了她的事，唉，真是可惜。其实她心眼不错的，就是太水性杨花。你说一个女人如果太随意了，那还能有什么好下场。"看来这么多年过去了，对于师傅固执的看法仍然没有改变。

我苦笑了一下。

她继而神秘地向我透露了另外一个令我震惊的信息，"这件事，我本来想烂在肚子里，一辈子都不说的。但是谁让我遇到你了。谁让我有文人的悲悯情怀呢。你知道吗，其实这么多年她都背着一个沉重的黑锅。她自己看不到，我看着呢。当年我弟弟出车祸的事情你还记得吧。我们全家都把责任推到了她的身上。因为她的名声不好我们早就知道，那天晚上，我弟弟是和她吵了一架负气离家的，然后他出了车祸。所以顺水推舟，让她穿上道德的审判衣，没有什么可指责的。她四处拈花惹草是个公开的秘密，但是有另外一个秘密，除了你师傅，我们全家都在小心谨慎地保护着。那个秘密是有关我弟弟的，他们两人的婚姻早就名存实亡了。我弟弟在外面有一个女人，姓袁。女人还给他生了一个儿子。那个胖儿子当时已经七岁了，我和妈妈去看过，他和我弟弟小时候一模一样。我妈特别喜欢他，私下里给了那孩子不少钱。再说那天夜里，杨卫民和你师傅大吵一架，然后出了门，他和小袁母子去国际大厦吃了饭，杨卫民还喝了点酒，然后开车回我弟弟给小袁买的房子，就是在路上出了车祸。最先赶到医院的是我，杨卫民还有一口气，他吃力地拉着我的手，嘱我一定要把他的儿子带大，他没有提你师傅。小袁也在车祸中去世了。只剩下那个孩子。他此后一直跟着我生活。现在已经上了初中。"

我疑虑重重，"为什么不告诉我师傅真相？"

杨卫宁叹了口气，"告诉她又有什么意义呢。活下来的孩子才是最重要的。"

"那你知道从那以后，我师傅一直就被赎罪感压得喘不过气来，它比一座大山还重，这件事改变了她的性情，连生活轨迹都因此而改变了。你们不觉得这对她不公平吗？"

杨卫宁说："我觉得生活对谁都是一视同仁的。你觉得那之前的冯茎衣的生活是正常的吗？虽然炼油厂离市区那么远，可是她的那些风流韵事我都知道。如果说那件事给她带来了什么影响，那也是正面的，我就不用说了，她成了劳模，上了报纸、电视，到处去演讲。有一次，她还给我寄了两张门票，让我带着我妈去大会堂听她演讲。你说这样的改变对她不是更好吗？"

我无言以对。我没有权利指责任何人。

我一直承受着巨大的压力，拿不定主意，是不是要把杨卫宁所说的真相告诉她。一直等到她要出狱的那天，我借了辆车，很早就出发去女子监狱，平时只需两个小时的路程，我走了六个多小时，到达时已近黄昏了，夕阳挂在山尖处，就要被刺破。黑暗就躲藏在它的身体之中，它一整天的美丽、光彩夺目，似乎都在酝酿着一个阴谋，让无尽的黑暗如魔鬼般汹涌而出。

师傅肯定已经在那里等了许久，因为我说过要来接她。在夕阳中，她的眼睛是红的，多出来的皱纹是红的，连她的笑容都是红色的，她笑着说："我已经等了五年，你还要让我等多久？"

她的笑容一下子让我释然了，那一刻我决定把往事放下，我突然感觉到黄昏中天地是那么宽，我手里拿着师傅最后戴过的那顶红色、鲜亮的安全帽，把安全帽端端正正戴到她头上，我说："师傅，不用等了，就现在，检修开始了。"

卡斯特罗

　　那一夜的月光似水一样在装置间流动，高高低低的塔、密密麻麻的管线就那么飘浮着，轻轻的，少了许多白日间的凡俗，倒是有了一番仙境之感。这是冬日里难得的一个月夜。他们从蒸馏塔底爬到塔顶，用了半个小时，师傅老庄的喘息声很急促，老庄解嘲说："真的老了，再过两年，我就是想爬，也爬不上来了。"站在塔顶，寒风一吹，凉意袭人。

　　陈静扶着师傅，安慰他："师傅，您还有股年轻人的朝气。我还不如您呢。大汗淋漓的。"她说的确是实话，夜色其实掩盖了她死灰般的脸。他们站在塔上，看着延伸向黑夜深处的星星点点，工厂像是孩子一样，日渐魁梧了，只不过，它的身体是躺在大地上的。作为师傅庄子长的徒弟，已经是二十五年前的事了，陈静无限感慨地说："二十五年了，师傅，我生不如死呀。"

　　老庄问："你还记恨着我呢？"

"师傅，我从来没有记恨过您。我恨的那个人从来都不是您呀。这您应该知道呀。"陈静幽怨的声音仿佛能穿越时空，回到二十五年前的那个夜晚。

师傅显然不想回首往事，这对一个行将退休的人来说，是残酷的，"过去的就让它过去吧。"师傅安慰徒弟说。

"二十五年前，您也是这样安慰我的。"陈静说。

老庄不再作答，他似乎已经想不起二十五年前的那个夜晚，他只记得，那个时候的陈静爱漂亮，爱打扮，扎着一个马尾辫，额头高高的，总喜欢往她的安全帽上贴一些动物的招贴画。可是现在，岁月已经把她变成了一个不修边幅的、甚至有些邋遢的中年妇女。他指着灯光装点下的繁华的厂区，"你看看，这是未来，未来多好啊。我们还是应该把眼光向远处看，向未来看。别老停留在过去，老跟过去较劲。"

"可是我看到的只有过去。"陈静说，"遭遇不同，我们看到的风景是不一样的。您觉得下面的风景好，我咋一点感觉都没有啊。师傅，您不用劝我了，我不想再浪费我的生命了，我犹豫了二十五年，痛苦了二十五年。我不能让这种痛苦持续下去。"

回到地面上，那种仙境的感觉就失去了，仿佛是掉到了那光的河流之中，他们也倒成了那混沌河水的一部分了。操作室里的光是平面的，打在师傅的脸上，师傅的脸显得局促、平淡了。陈静问师傅："师傅，您还没有回答我的问题呢，那上面的字迹到底是不是他的？"

老庄叹了口气，谨慎地说："还是让我再看一遍吧。"

陈静拿出三张彩色照片，让师傅辨认。一张是一个绿皮笔记本的全貌，笔记本是最普通的那种，20世纪90年代的流行样式，四个角磨损了，边也卷起来，封面上潦草地写着"某某饭店记账本"；第二张上写着"餐费280元"，签名像是堆在一起的乱草，依稀可以分辨出是"欧阳自强"四个字，时间是1995年；第三张的餐费是840元，欧阳自强四个字龙飞凤舞，越发难以辨认，时间是2006年。陈静盯着师傅的脸，想从他的表情中猜测字迹的真伪，"是不是呀？到底是不是呀？"她紧张的情绪感染了师傅，师傅的手一松，手机险些掉到地上。师傅额头上都出了汗。师傅有气无力地说："是他的。"

陈静长出了口气，有些兴奋地说："师傅，我要的就是您这句话。他从二十岁跟您学徒，除了学徒那两年，在您身边工作也有二十年吧。您说没错，那肯定是对的。"

老庄还要说什么，陈静没容他张嘴，便快速转身离开了，操作室里只留下师傅失落的表情。陈静是今天晚上才风尘仆仆地坐了二十几个小时的火车赶回厂里的，没有回家，直接来到了厂里，她的肩上，还背着一个大大的旅行包。本来，她远在内蒙古锡林郭勒盟赛汉塔拉镇，每个月，俄罗斯的原油都会经过中蒙边境的铁路来到这个极北的小镇，再从这里汇入祖国的铁路网，运到石家庄，作为厂方代表，她在那里已经工作了十年。十年间，驻在那里的工作人员换了一茬又一茬，没有人能在那极北的寒冷之地坚持多久，只有她，像是一株北方的白杨，似乎要永远扎根在那里。而这三张照片，却让她心潮起伏，倒了好几次火车，连夜赶回了厂。她的脸上，山雨欲来的亢奋掩盖住了旅途的劳累和疲惫，仿佛是又一次人生的起点。她告诉师傅老庄，她要休假，把几年的年休假都连在一起。

把她从千里之外召唤回来的照片，是新去赛汉的人带去的，原油科的人把赛汉叫作发配之地，这次来的老江四十多岁了，满脸大胡子，他解嘲说，如果再配一杆长枪，就和去沧州的林冲一样了。他丝毫没有在意，这句话会对陈静有什么影响。在他们看来，陈静享受这个苦差事，她喜欢待在那里，就像他们不喜欢那里一样，青菜萝卜各有所爱，这就是他们的解释。铁打的营盘流水的兵，像老江这样的就是流水的兵，他们往往值守一年就被新人换走，而陈静却是那铁打的营盘。老江拿出三张照片纯粹是当成一个笑话的，他告诉陈静，这个有些破旧的小本子现在是一个抢手货，这是一个欠款本，欠款人是一个人，欧阳自强。老江绘声绘色地讲着这个记账本的事："我没见过这个小本子，我看到的只是这三张照片。但是三张照片背后的内容却很丰富。据说，这是欧阳自强从当段长开始，到副主任、主任期间，在翔龙大酒店吃饭时打的白条，翔龙大酒店以前叫美自在饭店，目前是厂区附近最好的饭店了，我们班组聚会什么的都去那儿。到现在，他欠的钱都没有还，他当副厂长后，就把欠账推给了车间，可是继任车间主任许绍金是个倔头，他对饭店老板说，冤有头，债有主。谁吃的饭你去找谁。这下好了，欧阳副厂长从此就对许主任恨之入骨，总是在大会小会上挑他的刺，而这本账也就一直推到现在。"

"那还不是一本账，和以前有什么不同？"开始看到照片的陈静并没有在意。

老江捂着一个电热宝，抱怨道："你们这个破地方怎么这么冷。"

每个新来的人都会抱怨这么一句，好像这是陈静的地盘，而不是他们的。陈静听得多了，也就习惯了，并没太计较。

老江接着说："可是这几天，这个小本子突然间就火了起来，炙手可热，成了一个文物，有许多人都想以高价收购它，价格也正在以火箭的速度上升。现在，已经没有多少人关心这个小本子上真实的欠款数量，他们关心的是那个写出那些数字的人，那个主管生产的副厂长欧阳自强。告诉你吧，他刚刚去中央党校进修，据可靠消息，一年后，当他从中央党校回来后，会接替快要退休的赵厂长。"

"我怎么听着像是一出戏。"陈静说。

"人生不就是一出戏吗？不定什么时候这出戏就在上演呢。我他妈的来这个破地方待一年就是一出悲剧。"老江时刻都在拿工作的环境说事，"你可不知道，这个小本子被人们传得可神奇了。"

"要它何用？"陈静不解地问。

老江说："你是在这寒冷的地方待得太久了，思想被大雪冻住了，比我们都落伍十年似的。当然有用啊，捞取升官发财的机会呀。它是一块敲门砖。当然，也许会有人用它来陷害欧阳，不想让他来当这个厂长。"

黑眼睛

就是老江的最后这句话，在陈静早已冰冻的思想里搅起了波澜，她彻夜难眠，在天亮之前，做出了人生中最重要的一个决定，立即去火车站买票回厂。老江一脸茫然地说："你就舍得把我一个人扔到这里呀？你不知道我不习惯，不喜欢呀？这么冷，我怎么去工作？怎么适应这里的生活？可怜呀，我真成了发配的林冲了，要是再有个陆虞候什么的，我的小命岂不丢在这里了。"

　　坐在火车上的陈静，怀里揣着老江带来的三张照片，心里想着的不是孤独地待在内蒙古赛汉的老江，而是欧阳自强，一个她今生最痛恨的人。

　　老庄最初也没有把那个小笔记本放在心上，他忧心的是徒弟陈静的精神状况。在他带过的众多徒弟中，陈静是最让他放心不下的一个，也是他觉得最无法面对的那个徒弟，他觉得有愧于她。二十六年前，陈静和欧阳自强都从石油中专毕业分到了厂里，同一年成了他的徒弟。欧阳自强办事灵活，嘴巴甜，上下级关系都处得很好；陈静单纯，认死理。现在想来，可能正是两人不同的性格，决定了他们各自迥异的命运。

　　本来，陈年的那些伤痛早就被庸常的琐事所淹没了，那个远走他乡的徒弟陈静，也似乎早就从他的视线中消失，他甚至不记得上次见到的徒弟是什么样子的。只是偶尔，会收到她从内蒙古寄来的一瓶草原白。如今，随着她突然出现，她脸上洋溢出的亢奋，目光中透露出的非常明确的目的。他才突然意识到，其实伤痛从来就没有治愈过，它像是顽固的苔藓，在心灵最柔软的那个地方潜伏着。

他可以忘记确定的时间，可以忘记具体的原因，可以忘记陈静的悲伤和沮丧，但是老庄永远不会忘记徒弟所表现出来的强大的无助。她竭力要躲藏起来。她那句不断重复的问话现在回荡在他的耳畔，像是刀子割着他的皮肉，"我该怎么办？"这是陈静二十五年前的迷茫和悲伤。欧阳自强欺凌了她，她的第一反应就是来讨师傅的主意，因为在年轻的她眼里，师傅就是通向整个世界的一把钥匙。

"我犯了错，不能原谅自己。"老庄自言自语地自责道。他还没有感觉到，这时候已经是黑夜散去，白昼正开启新的一天，他下了夜班，此刻正坐在自己家里的沙发上，沙发冰凉。女儿庄小妹问他："咋了爸爸？装置出事儿了？"

老庄急忙说："没事，想起以前的事。你咋还不去上班？"

"不急。"女儿的表情比平日舒朗许多，她试探着问，"爸爸，我听说欧阳哥要当咱厂的厂长，是不是呀？"

"没影儿的事，你别听他们胡说。"老庄催促女儿，"你赶快上班去吧，都快迟到了。"

女儿磨蹭着，欲言又止，说道："那我走了。早饭已经热好了。"

看着女儿有些落寞的背影，老庄叹了口气。知女莫如父，老庄看出了女儿的犹豫，也知道她要说什么，女儿在厂劳动服务公司工作了十几年，身份始终是临时工，多年来，这是她的一个心病。她的生活因此而并不如意，匆匆找了个工人结了婚，女婿是

　　　　　　　　　　　黑眼睛

污水车间的倒班工人，不仅长相丑陋，且酗酒成性，每天喝了酒就打女儿。按女儿的想法，都是她低微的身份造成的，丈夫看不起她。虽然女儿的抱怨并不全合理，虽然女儿也从来没有抱怨过他，但是老庄内心有着深深的愧疚感。伴随着这个工厂从无到有，他的徒弟无数，有许多已经成为中层和高层领导，这其中就包括欧阳自强。但是为了女儿的工作去央求徒弟们，老庄不想做，也做不出来。所以，就苦了女儿了，尽管女儿拼命地掩饰生活的艰辛，他还是时常能从她的遮掩下看到被打的痕迹。

送走女儿，草草吃了点饭，刚躺下没多久，便被急促的敲门声惊醒，是陈静。她似乎还是夜晚时分的打扮，头发乱糟糟的，老庄惊讶地说："你还没有回家？"

"这不重要。"陈静摇摇头，在她看来，没有什么比那个小本子重要的了，"到现在我都没见到它。我心里空空的，反而有些害怕。师傅，在这个世上，我最信任的就是您，您能不能陪我去见一下那个饭店的老板？"

听她这么说，师傅老庄脸有些发热，他不知道徒弟的这句话是真心的还是一个巨大的讽刺。他记得十年前当她想要远远地离开这个伤心之地时，她也是这么说的："师傅，在这个厂里，我最信任的人只有您一个，您能把我调到原油科，让我去当一个驻在人员，到内蒙古去吗？我不怕离家太远，不怕那儿有多冷。"那是他唯一的一次去张口求人，他无法拒绝，那时候的陈静就是一棵即将枯萎的树，必须要挪一下地方，她焦虑，彻夜无眠，眼窝深陷，憔悴不堪，一下子老了十岁。

他们骑着两辆自行车去饭店。老庄感觉身体轻飘飘的，到底是快要退休的人了，不中用了。他早就打算好了，退休后帮女儿带小外孙，再养一条听话的哈巴狗。

"师傅，不管多难，我都要得到那个小本子。"陈静说。她的口音似乎都有些改变了，硬硬的。

"然后呢？"师傅从一开始便委婉地表达了他的忧虑，但是他无法去劝说她放弃。

陈静冷冷的声音让师傅打了个寒颤，"我要阻止他登上事业的顶峰。"

师傅说："一个记账本太普通了，我们生活里到处都是。没什么大不了的。"

"难道这不是他个人的污点证据吗？这种德行的人能管理一个这么大的厂子吗？师傅，厂子可是国家的，不是他一个人的。"陈静气愤难平。

"不起什么作用的。就算传言是真的，他从党校回来就能接班，如果真是这样，我们想拦也拦不住，更何况一个小小的本子。"师傅以一个过来人的眼光分析道。

陈静执拗地说："善有善报，恶有恶报。我拿到本子就去纪委举报他。"

师傅叹了口气，不再接话。

陈静说："师傅，您觉得是我做得过分吗？"

老庄没有回应，他感觉这次从内蒙古回归的徒弟是挟带着北方的寒风而来，凛冽，刺骨。

　　　　　　　　　　　　黑眼睛

说话间已经到了翔龙大酒店。

　　酒店老板叫脱松林。行政处老脱的儿子，他老子以前和老庄做过邻居，算是看着他长大的。这小子皮，不好好念书，打架闹事，后来开饭店，倒慢慢走上正途。脱松林见了面礼貌地喊老庄"叔叔"，把他们让到一个包间里，沏水泡茶。老庄看了看包间里的装饰，他还是几年前来过一次，感觉大不如从前了，有一种凋敝之气。坐下之后，脱松林意味深长地看着师傅，"庄叔，您老是无事不登三宝殿，也是为了欧阳厂长那个记账本吧？"说完他含笑看着老庄。老庄被他点中了穴位，脸一下子就红了，倒显得一世的沉稳都付诸东流了，"哪里哪里，我只是过来了解了解。"

　　坐在一旁的陈静急忙替师傅圆场："是我请师傅过来的，师傅对你那破本子才没兴趣，是我。我想要它。"

　　脱松林看了一眼陈静，觉得陌生，"恕我眼拙，您是？"

　　老庄忙说："这是陈静，二十多年前是我的徒弟。现在内蒙古原油驻在处工作，怪不得你不认识她。"

　　寒暄之后，陈静直截了当地伸出手，"拿来吧。"

　　"什么呀？"脱松林故作惊讶地问。

　　"记账本呀。我来这儿又不是请客吃饭的。"陈静很不客气地说，既然是生意，她觉得就得按生意场上的规矩办，丁是丁，卯是卯。

　　脱松林笑了笑，"哪有这么简单的事，如果都像您这样，我这儿就是有一百个一千个记账本都给不清。"

　　陈静盯着他，"我知道，没有免费的午餐。你说条件吧。"她摆出一副舍我其谁的姿态。

"这可不好说。"脱松林的笑容立即就消失了，很为难地摊开双手，"我是个生意人。我不像你们，你们有工作，有国家给你们做后盾，我不一样呀。我就像是无根的浮萍一样。我得靠我的智慧来获取生存的资本，如果资本多，我就能把浮萍变成一艘船，如果运气好的话，这艘船上我还能装得东西多一点。"

"那总有个标准吧。不管你开多少价，我都志在必得。"陈静坚定地说。

脱松林仔细地端详着陈静，围着她转了两圈，摇摇头说："不像，不像。"

陈静问："什么不像呀？"

"你不像一个和这个记账本有缘的人。你说吧，我只和有缘的人谈条件。"

陈静想都没想，"我不想说。你不能强迫我把自己的内心交给一个生意人。我想，我们之间，还是只谈交易，别涉及隐私。"

脱松林说："好吧。我接受你的前提条件。但你也得遵守我的游戏规则。因为不止你一个人想要得到它。我想听听你能给出的价格。"

"你总得让我看看真家伙吧。"

脱松林出去了一会儿，再进来时手上拎着一个皮包，崭新的黑色皮包。伸手从里面掏出一个皮夹，皮夹里才是货真价实的记账本，它和照片上的模样一致，静静地躺在一个透明的塑料袋里，根本不知道塑料袋外发生的任何事情。脱松林小心地用双手

黑眼睛

托着塑料袋里的宝贝，说："它现在比我自己家的老婆还金贵。"陈静想要抓到手里看看，脱松林手向后缩，"你只能隔着塑料看看。就是它，保真。"

"你把一个白菜当成国宝了。"陈静调侃他。

脱松林笑了笑，"在我眼里，它就是无价之宝。为什么当我想要卖掉它的时候，会有那么多人争先恐后，趋之若鹜。你不也是其中之一吗？"

陈静咬了咬嘴唇，她的眼圈还是黑的，长久的旅途在她的脸上写满了疲惫，"你说吧。底价是多少？"

"底价是虚的。这是欧阳厂长十年间在我这里吃饭欠的钱，加起来也不过五万。"他顿了顿，仿佛想到了往事，"以前，我总觉得它是个负担，它几乎压得我喘不过气来。有多少年，它都在我的梦里出现，比恶魔还令我恐惧。可是现在不同了，都知道欧阳副厂长要成为欧阳厂长了。它再次出现在我的梦里时，他妈的比一个春梦还令人兴奋啊。你们读书看报，世界形势、国家大事比我懂得多。经济不景气呀，国家都在搞刺激政策，我这小饭店如果不来点刺激，还真挺艰难的。"

"我给你十万。"

陈静的话没有吓住脱松林，倒吓到了师傅老庄，许久没有说话的师傅拉了拉她的衣袖，"从长计议，从长计议。"脱松林却不露声色。

陈静却对师傅的劝阻不理不睬，"如果不够，二十万总行了吧？"

脱松林模棱两可道："二十万，哈哈。生意是慢慢谈的，不急。我看陈姐是个爽快人。我们一定能够合作得很愉快。这样，我会把你的意见牢牢记在心上。你等我的电话好不好？我还有其他的事，要到市里办点事，就不陪庄叔和陈姐了。"说完，他把记账本小心地放进包里，伸手把他们向外请。

开端不能说是好是坏。走在回去的路上，陈静的心情并没有因为见到了那个真实的记账本而好转，相反，她的忧虑更加深重。陈静无限忧愁地问老庄："师傅，您说这个脱什么的，办事牢靠不？您是看着他从小长大的，您说说看。"

"说不好。他小时候吧，确实不是个省油的灯，逃学、打架、砸老师家的玻璃，啥都干。老脱没少揍他。老脱一揍他，他就往我家跑。可现在，他好歹也是个老板，说话应该靠点谱吧。"老庄打了个哈欠，他太想躺下睡一觉了，现在，对他来说，夜班太漫长了。

陈静又说："师傅，这一次我又来到了十字路口，这个世上，您是我最信任的人，不管遇到什么困难，您无论如何不能不管我，您得帮我。"

老庄深呼吸了一口，"我好像有三天没睡觉了。困死了。"

实际上，老庄并没有很快地进入梦乡，半个小时后，他重新出现在了翔龙大酒店，没想到的是，脱松林正在门口等着他，脱松林说："庄叔，我知道您会回来的。"

老庄被他说得有些不自然了，"你怎么知道的？"

"我从您的眼神看出来的，在我和您那个徒弟说话期间，您的眉头紧锁，像是有很重的心事似的。您肯定有什么话当着您徒弟说不出口,我说得没错吧庄叔?"他含笑看着老庄。

老庄先是叹息,然后才说道:"你料事如神,怪不得你把一个小破本子经营得那么好。你这点可不随你爸,你爸太实诚,一辈子也憋不出一个好主意。你说对了,我想求你件事,不要让我徒弟,就是小陈,拿到记账本。"

"为什么?不是您领她来的吗?"

"我就是担心这个,因为她内心充满了仇恨。"老庄忐忑地说。

脱松林的答复让师傅老庄无法安心,这让他在那个困顿的白昼迟迟无法入眠,耳边一直响着一番话。那个生意人说:"庄叔,恐怕我让您失望了。我不是您,不是个情感动物,我也不是一个富有同情心、有职业操守和道德底线的人,我只认钱。谁给的钱多我就给谁。我的饭店需要这笔钱。"他顿了顿,"不过,庄叔,您要是想要这个记账本,看在您和我爸的老交情,看在您和我爸天天下象棋的分儿上,看在我小时候一挨打就能吃上您家酸菜粉的分儿上,我可以给您打折。庄叔,您要吗?"

老庄被他盯得有些窘迫,他急忙摆摆手说:"我要它干吗?我图个啥。"

他匆匆地离开了饭店。

告别边疆、回到内地的陈静一下子得到了太多的温暖和氧气,就像是加了催化剂的装置一样,玩命地向她的目标飞奔,她不像装置,快乐地制造出汽煤柴油,她生产的是内心的仇恨。而那个记账本,在她越来越狂乱的思想深处,已幻化成一朵艳丽的

卡斯特罗

小花，在她的前方绽放。

她忙碌着，不是因为工作，而是为越来越急迫的内心。她在饭店、工厂、生活区之间来回穿梭，让老庄感觉到，她始终都没有休息过，她的眼睛一直红红的，头发也是乱蓬蓬的，尤其是那个鼓囊囊的黑包好像从来就没有离开过她斜斜的肩。

每天傍晚，她都会准时出现在师傅家的客厅里。

她说："师傅，第一个想要那个本子的人是谁，您猜猜？"

在师傅接连猜测失败后，陈静才说出了谜底，"是你们车间的主任许绍金。"

许绍金就是欧阳的继任者。两人从学徒工、技术员，到副主任，几乎是齐头并进，一个负责设备，一个负责生产，但是在从副转正的过程中，欧阳成为最后的胜利者。他们像是两个奔跑者，一旦某个人被超越，注定就会成为一个落伍者，心虽不甘，却又无法改变命运的轨迹，失落因此会纠缠一生。许绍金就是那个落伍者。坐在沙发上的陈静俨然就是许绍金的代言人，把自己当成一个审判者，"他是个不折不扣的失败者。他从来都没承认过自己比欧阳矮一截，当他知道当年那个主任的位子不是他时，您知道他做了什么吗师傅？您不知道，您怎么会知道呢，他又没有把您偷偷地叫到设备间，他又没有偷偷摸摸地叫您去告发欧阳，说欧阳曾经强奸过我。师傅，他怎么会知道当年我和欧阳之间的事呢，我到现在都不明白呢。"

她这句看似不经意的话说得老庄坐立不安，仿佛他是那个告密者，他认真地询问着自己的良心，除了他自己的内心，他说过吗？好在，陈静并不想知道答案，她完全沉浸在自己营造的气氛之中，那气氛让老庄感到压抑，呼吸不畅。她接着说："当时设备间的空气好凉啊，虽然那是夏天。我听到他说的话就像被装进了冰箱，成了一根硬邦邦的冰棒。我当时多么天真啊，师傅，您说过的，与人为善，您说当时我们俩都是您的徒弟，您不希望我们俩都出事，可不是吗，就是两个人呀。一个人会被唾弃，而另一个人也会终生受名声所累。我哭着拒绝了他，我告诉他，他说的事情根本没影，是对我的人身污蔑。就是那年夏天，师傅你记得不，我求您去找了当时的运销处长曹明亮，当时他还没有被判刑，正在春风得意，他做过您的徒弟，他给了您面子。我才能离开这里。想一想，曹处长是个不错的人呢。"

"我以为这一生你都不会回来了。"老庄无限感慨地说。

陈静想了想，边疆的生活就在她的眼前浮现，"我本来是这么想的。我已经渐渐地习惯那里的生活，喜欢上寒风刺骨，喜欢上吃羊肉，喜欢上没有蔬菜的日子了。您不知道师傅，我刚去时，第一次喝酥油茶、吃羊肉，把我的胆汁都吐出来了。可是我看到了那三张照片。就像二十五年前一样，我的命运面临又一次转折。您说这个许主任，是不是也和我一样，看到了命运的转机？我和脱松林又见了面，我是想和他讨价还价，可是他却顾左右而言他。他主动向我说起了许绍金。他说，以前许绍金见了他都躲着，害怕他提欠款的事，虽然签字的人是欧阳，刚当上副厂长的欧阳，把球踢到了车间，一口咬定都是为了公事，为了车间，所以欠款理应由车间来承担。本来就憋了一肚子火的许绍金问前来讨债的脱松林，是我在你那儿吃的饭、喝的酒？脱松林想想说，好像有那么一两次，你在场。许绍金坚决不当这个冤大头，他说，是谁的字你找谁去。有好几年，脱松林都揣着小本子，从办公大楼到一联合车间，腿都跑细了，没见到一个好脸，也没见到一分钱。但是那一天，饭店刚开门，他就看到了一联合车间主任许绍金的笑脸了，许主任大声说，脱老板，你今天撞大运了。"

"怎么了？"老庄问。

"破天荒地，许主任主动来要求把车间欠的账还上。许主任让他算算欠债的总数，两天之内去找他兑现，许主任特地嘱咐他，一手交钱，一手交记账本。"

"小脱拿到钱了？"老庄没想到许主任会这么爽快。

陈静说："哪能呢。小脱狡猾着呢，他知道没有天上掉馅饼的事，后来他知道了原因，真兴奋呀，突然意识到，他真的抓住了一个天上掉下来的大大的馅饼。"

老庄味同嚼蜡，他不知道那天晚上他吃的是什么晚饭。而他们的晚餐并没有吃完，便被电话打断了。他听到陈静说："师傅，电话都响半天了，您快去接呀。"

他们急匆匆地赶往老庄女儿庄小妹家路上，老庄几次都被马路牙子碰到，如果不是陈静扶住，他肯定会跌得头破血流。陈静安慰他说："师傅，您别着急，小妹不会有啥事的。"电话是外孙乐乐打来的，说他妈妈不见了，从家里跑了。赶到女儿家时，老庄觉得自己的视线很模糊，所以他看到的女婿是重影，女婿本身就胖，这一下，在他的眼睛里，女婿像是一摊烂肉倒在客厅的地上，外孙子坐在旁边哇哇大哭。不管他们怎么问，女婿和外孙都说不出个所以然来，老庄狠狠地踢了女婿几脚，他们走出庄小妹的家，老庄竟然六神无主地问曾经的徒弟："我们该咋办？"

当他们深一脚浅一脚地走在通往冬季麦田的土路上时，他们听到了乌鸦的叫声，乌鸦从路旁的一棵树飞向遥远的夜空。这更令老庄毛骨悚然，他的声音都变了，"听到乌鸦叫，准不会有啥好事。你说小妹会不会出事呀？"

陈静说："师傅，没事的。小妹吉人自有天相。"

他们从生活一区，找到二区，走过子弟学校、俱乐部广场，绕过医院、厂宾馆，向北，再向西走上没有路灯的乡间土路，麦子在寒风中和黑夜一个颜色，他们相扶着走过一块块麦田。他们觉得已经离炼油厂很远很远了，因为那个红红的火炬变得那么小，就像是一个小小的火柴头了，那个刺耳的哭声仿佛是一下子冲到了他们的膈膜里，震得他们惊出了一身的冷汗。然后，他们排除了恐惧，凝神静气，才辨别出那是人的哭泣之声，那哭声撕心裂肺，悬在半空中，迟迟降落不下来。

陈静哆嗦着问："师傅，是小妹的声音吗？"

老庄说："不知道。"

他们加快了脚步，那哭声更近了，越近，哭声反而丝丝拉拉的，像是从头顶掉下来，黏黏地缠在心头上。一个比黑夜黑的影子就在他们前方。这个时候，老庄不再犹豫，他喊了一声："小妹。"便扑向那团黑影，紧紧抱住了似真似幻的影子。

那是个多么令人神伤的夜晚啊，他们站在那个哭声环绕的地方，和那团影子交谈着，劝解着，他们像是与一团虚无在战斗，他们的话语似风一样绕过影子，和无边的夜晚融在一起，轻飘飘的，散去了。直到黑夜不知何时悄悄地撤退，他们疲惫不堪的眼睛忽然间看到了麦田的轮廓，麦田，仍然静静地躺在黑夜的怀抱之中，似乎是留恋着那份安宁和静谧。但是黑夜，毕竟在慢慢地一丝丝地离去，如同一个苟延残喘的垂危者，想要抓住那生的希望。小妹终于说话了："你们别劝我了，你们把话从黑夜说到天亮，也说不到我的心坎里。告诉你们吧，我想得明明白白，决定离婚。我累了，我受不了了。他之所以那么嚣张，完全是因为我的身份造成的，他一喝醉就拿我的身份说事，他看不起我，把自己看成一个高高在上的人，不就是因为我是个临时工吗？爸爸，你别劝我了。没有用的。"此时，他们看到了小妹脸上的血迹，她的脸在天光之中，显得十分狰狞。

回到师傅老庄的家里，一夜未眠的陈静依然精神抖擞，继续向师傅讲述有关许绍金的事情，"这一次，两个人正好反了个劲。许绍金变得更加积极主动，而脱松林反而不紧不慢。他像一个稳重的猎人，在等待猎物的到来。许绍金只要有空就会催促脱松林。两人玩起了猫捉老鼠的游戏……"她听到躺在沙发上的师傅已经发出了响亮的鼾声，推了推师傅的胳膊，"师傅，师傅"。师傅依旧用响亮的鼾声回答她，她看到，曾经那么意气风发的师傅，此刻满脸的皱纹，他躺在沙发上，完全是一个垂垂老人。她叹口气道："唉，师傅呀。"她拿出被子盖到筋疲力尽的师傅身

　　　　　　　　　　　　　黑眼睛

上，她觉得躺在沙发上的师傅像是一只被拍偏了的虫子。走出师傅家，她突然想到和许绍金还有一个约定，便骑上自行车向厂区奔去。

第二天的傍晚，陈静才见到师傅。师傅上了一个白班才下班，师徒俩像是有了某种默契似的，老庄已经做好了晚餐，陈静也不客气，抓起包子几口就吃掉了一个。喝了口小米汤，她才说出一句话："师傅，是不是我从赛汉回来后就没吃过饭？"

老庄摇摇头，"在我印象里，你不仅没吃过饭，你还斗志旺盛，从来没有睡过觉。"

"我昨天去见了许主任。"陈静一边继续吃包子一边说，"他消息真灵通，居然知道我回厂了。我又不是个大人物，怎么会让他神经那么紧张呢？肯定是因为那个本子。他一上来就试探我，像是老谋深算的间谍。他问我，回来有啥要求不，别跟我客气，尽管提。您想想看，我又不是你们一联合车间的职工了，我能向他提什么要求。我提任何要求都是无理的。我没有他那样的城府，我直截了当地告诉他，我是来复仇的。他嘿嘿笑了两声，瞧你说的，整得跟真的似的。你复啥仇？十几年前我让你告他，你瞅你当时那样子，吓得跟什么似的。我不想重提旧事，郑重地告诉他，此一时彼一时也，我打定了主意，要把欧阳置于死地。许绍金意味深长地说，当年你都没做到的事情，今天，也同样做不到。我问他为什么。他爽快地说，为啥，因为你根本没这个机会。我追问，那么说你有这个机会，你也想复仇？我知道，你一直对屈居人下而耿耿于怀，你没有一天不想着翻过身来，我说得对不对？许绍金显然是被我说破了心思，他声音提高了，说这个就没啥意思了，说点实在的，我是想劝你，收手吧，这浑水你蹚不得。我正告他，我蹚得了我得蹚，蹚不了我也得蹚。他摇摇头，说我从来就没成熟过。师傅，您说我成熟了没有？"

老庄说："这要看从哪儿说了。你比如，有的人……"他还没有说完，陈静就站了起来，她心急火燎地说："师傅，我得走了。我浪费了二十五年的时间，已经没有浪费的资本了。现在时间对我太重要了。等我回来再聊吧。"

第二天车间生产调度会后，许绍金让老庄留了下来。在车间的调度办公会议室里，两人都待在原来的座位上没有动。许绍金坐在最前面，老庄坐在靠后门的地方。许绍金没有说让他往前挪，所以他也没有动窝。"庄段长，我留下你来是想说说工作之外的事。"许绍金说，他低着头并没有看老庄，他面前是这个月的生产计划。

"你说吧，我听着呢。"

"听说你徒弟回来了。"他还没有抬头。

"哪个徒弟？"几十年来，他的徒弟有几十个。

许绍金似乎在一心二用，因为他在翻动着面前的生产计划，"陈静。你应该知道她回来是干什么的吧？"

老庄说："是一些不着边际的事。"

"你不信？"这一次他停止了考虑生产计划，抬起头。

"我觉得不靠谱。"隔得有些远，老庄看不清主任的眼神，他

　　　　　　　　　　　　黑眼睛

只是感觉到主任说话的语气不那么坚定，和刚才开会时判若两人。老庄还是挺佩服许绍金的，和欧阳科班出身不同，他没上过正规的大学，凭毅力读完了电大，靠着自己拼命三郎的作风和过人的胆识，如今做到全厂最核心生产车间的主任，这是对他的努力的最好回报。

许绍金突然话锋一转，"我昨天一宿没睡，想了整整一夜，所以今天特别想找个人说说心里话，开会之前我还不知道能和谁说到一块儿，刚才开会时，我一眼就看到你，心里一下子敞亮了，我就知道，我最想说点心里话的那个人就是你，老段长。"

"好吧，我听着呢。"老庄说。在这个场合下，他总觉得有些不伦不类，每一次他们说的都是生产和设备的事，说的是装置的运行状况，说的是安全。可是这一次，气氛令人压抑。

许绍金闭目少顷，然后才说："我想和你谈谈一个人。这个人你再熟悉不过了。是的，是你的徒弟，老段长，你是八方炼油厂和一联合车间的元老，你桃李满天下，你的徒弟可能已经遍布全厂了吧？"

老庄颇感自豪地回答："是啊。他们如今在各个岗位上都是骨干。"

许绍金接着说："这就是你的贡献呀，不管到什么时候，厂子都不会忘记你这样勤勤恳恳而又默默无闻的奉献者。我相信你的徒弟也都会感激你的。今天我想说的这个人，你的徒弟，可能你已经猜到了，就是欧阳。我不管在你眼里他是个什么样的人，但是在我心目中，他的形象早就固定下来了，他贪婪、卑鄙、无耻。对不起老段长，我头一次背后说别人的不是，请你原谅。你还记得那一年催化加热炉事故吧。杨自新就是那次事故死的。现在每年我都匿名给他女儿汇点钱。我心里不安啊。其实内心应该受到谴责的是欧阳呀。大家都知道的事实是那次事故我受了处分，我比窦娥还冤，我是背了黑锅了。那次事故真正的责任人是欧阳。那天夜里是我值班不假，可是那天晚上我因为去火车站接从东北来的老父亲，就和欧阳换了个班，这在以前也是很平常的事，我们两个副主任，谁有事了，互相替换一下很正常的。但是那天晚上十一点钟的时候就出了事，我刚把老父亲送回家就接到了欧阳从车间打来的电话，他让我赶快回车间。我回到车间立即投入了抢险中，根本没有想其他的事情。可是事后追究原因时，欧阳一口咬定那天晚上在厂里值班的是我，而不是他，他说他是听说车间里出事才主动从家里赶到抢险现场的。我是有口难辩，身上长满了嘴也说不清。事后，主任和我都挨了处分，只有欧阳把责任推得一干二净。这也为他以后的坦途铺平了道路，而我，不得不一直生活在那个处分的阴影中，事事落后于他。他也坦然接受了这一结果，没有半点愧疚。而我，很长时间里，就觉得自己的人生是错误的，我都在不断地对自己产生怀疑，产生错觉，越来越觉得，那场事故的当值者就是我，我理应受到处分，所以当我看到杨自新的女儿时，我会萌生资助她的念头，一直到现在，除了我，没有人知道这件事，就是她本人也不知道。你是第二个知道此事的人。老段长，你怎么不说话呀？"

老庄有些尴尬地咳嗽了两声，三十多年来，除了工作，他还真的极少去想想人的问题，日子在向前飞奔，装置在日复一日地生产，而他和他的徒弟们，似乎只是日子和装置的一个个陪衬，是日子的一次阴晴圆缺，是装置管线中流过的原油。他们是不是浑浑噩噩的，是不是麻木的？所以他只能说："主任，你让我说什么好呢？"

坐在前方桌子后面的许绍金，悲戚而孤独，而横在他们俩之间的桌椅，是一些散漫的无聊的看客。他说："老段长，有时候真的很羡慕你。你都修炼成那台德国烟机了，只知道日夜不停地为装置输送能量，全然不管身外之事。我不行呀，我心里难熬呀，悔恨、痛恨、嫉妒，日思夜想，夜想日思。他坐在主席台上，我却只能混在台下的人群中，听他夸夸其谈。我气不平啊！他说的每句话都比我有分量，我无法接受。他从主任升到副厂长那天，我摔了自己最心爱的一个景德镇瓷瓶。当听到他上完党校要成为厂长的传言后，不瞒你说，我咋觉得世界到了尽头。老段长，你说我是不是得了抑郁症了，我看什么都不顺眼，看我的老婆不顺眼，看自己的孩子不顺眼，看你的徒弟从内蒙古回来也不顺眼。我看那些装置更不顺眼，它们就那么一动不动地在那里待着，却让这么多的人来伺候它，这多么不公平呀！我甚至想，我怎么可能把自己的一生都交给它们，它们是金属，是物，没有思想，不懂得感情。凭什么呀！"

那个上午，阳光从窗户间穿行而过，进了会议室里，反而畏缩不前，老庄看着爬在手背上的光线，像是穿越了无数的黑暗而来，历尽了苦难而来。"想开点吧。事情没有那么糟，你恨的人也不见得有那么坏。这些装置，我们看着它们从无到有，它们只是孩子呀，它们需要我们去爱它呀。"他不知道他的话起到了作用没有，他只是隔着横七竖八的桌椅，隐约看到了许绍金脸上的无辜。

　　但是那天晚上，当他卸下一天的工作，躺在床上，会议室里的一幕清晰地重现，他突然有些寒意，因为在夜色中闪现的许绍金的痛苦更加逼真，也更加真切。而更加令他徒生恐惧的是，许绍金的面孔时而会被欧阳的那张脸所代替，他曾经的徒弟欧阳，却是那样的模糊不清。他的徒弟，确切地说，二十多年前的那个徒弟，和现今的副厂长欧阳自强，到底是个什么样的人呢？而他，在欧阳的成长之路上又扮演着一个什么角色呢？午夜时分的老庄，想到这个问题时，冷汗淋漓。说实话，自从陈静与欧阳有了确定了欺凌与被欺凌的关系之后，他与这个机灵过人的徒弟的缘分也走到了尽头。那年夏天，他清楚地记得，事情发生之后，欧阳痛哭流涕的样子，他央求师傅，救救他，就等于救了他一生。这个夜晚，老庄似乎还是能够听到，那个夏天的黄昏时分，一个男人无奈的叹息穿越时空而来，重重地击在他的心上。那个男人就是当时的老庄。他拿出一瓶老白干酒，三十多岁的他，抖得像一个老人。他的话不多，"喝完这瓶酒，我们就此断了师徒关系。"欧阳绝望的眼神中透出了一丝的期待。两人一人喝了半斤，喝完之后，欧阳说："我还能叫您一声师傅吗？"老庄没说话。欧阳犹豫了片刻，还是叫了一声"师傅"，那声音嘶哑，刺耳，像是蒸汽管线漏了汽。等欧阳摇摇晃晃地走出大门，老庄，才感觉到两行清泪顺流而下。自此，师徒俩恩断义绝。

"另一个想得到记账本的人有点神秘。"陈静兴奋地说，她的脸色因为夹杂着亢奋、疲惫、期待等多种因素而红白黑相伴而生，脸也有些肿，她好像觉得自己又回到了二十多年前，她只是一个不谙世事、刚出校门的小姑娘，每天跟在师傅的屁股后面，什么不懂的事情都要问一问师傅。"是个年轻人，大概在三十岁左右，戴墨镜，提一只皮箱。他似乎不是炼油厂的人，住在宾馆里，厂宾馆，除了去翔龙大酒店就待在屋子里，行动非常诡秘。脱松林说他也不清楚那个人的目的，他对购买者的动机不会深究，他只是觉得那个年轻人是一个很大的威胁。因为年轻人警告脱松林，除了他，不要把记账本卖给任何人，否则后果自负。我头一次看到脱松林，一个投机分子，也会郁闷而不安。看起来，他就像是我小时候看的马戏里的小丑。他说他头一次感觉那个记账本还是个炸弹，不知啥时候就会爆炸。我提醒他，既然知道那是个不祥之物，还不如早点把它交给我，省得他夜里睡不着觉。这个脱松林，真的是个十足的拜金主义者，他嘿嘿笑笑说，我宁肯寝食不安，宁肯担惊受怕，宁肯冒着生命危险，也要卖个好价钱，打一个翻身仗。"

"你去见了那个年轻人？"老庄问。

"没有。"陈静说，"师傅，回来后我分析了一下那个年轻人的动机，我觉得有两种可能，一个可能是，那个年轻人是他的竞争对手雇来的，另一种可能或许和欧阳本人有关，他听说那个记账本重出江湖，便遥控指挥把这件事抹平。您说，哪一种更可靠？"

"事情也许没有那么复杂，也许你想得太多了。"老庄轻描淡写地说，"你心里老想着这一件事，就容易走到死胡同，就像在小河沟里游的鱼，永远不知道大海有多辽阔。"

陈静忧郁地看着老庄，"师傅，我现在有些信心不足了，不像刚回来时，志在必得。"

"为什么？"

"您的态度。"陈静看着老庄，眼神很奇怪，像是第一次见到老庄，在观察他，在猜测他，"师傅，您知道，您的态度对我多重要，可是自我回来后，您连一句肯定的话都没说过，更别说鼓励了。"

老庄摇摇头，苦笑一下："你让我咋说呢？"

两人都陷入了沉思，他们不约而同地想到了二十五年前的那个夜晚，想到了那个决定了两个人命运的夜晚，那天晚上，绝望的徒弟，和一个有些慌乱而极力想维护自己的慌乱的师傅。他们的影子在车间昏暗的灯光里被拉得很长很长。老庄的回忆是模糊的，回忆在时间的磨损中断断续续，不甚清晰。而陈静，那天晚上，每一秒都逼真而精细地刻在她的脑海中。如果当时是师傅给了她命运的钥匙，如今，已经疲惫不堪的师傅，却再也无力给出一个明确的回答了。她突然觉得，眼前的师傅是多么的可怜。她知道，她已经无法再从师傅那里得到任何的建议了。

就是那天晚上，陈静说出了另一个令老庄瞠目的决定，她要

　　　　　　　　黑眼睛

把自己在生活区的房子卖掉，"因为我知道，如果我不出大价钱，不下血本，我是比不过那些有更大野心的人的。脱松林也不会轻易撒手的。"

"那你住哪儿?"老庄无比忧虑地说。他看着自己的徒弟，一个沦落为中年妇女的人，她曾经的年轻在他的印象里似乎已经无影无踪了，好像从她做徒弟那天，她已经是这个样子了。

"房子不过是一个容身之所，我的心都居无定所，有它无它也无妨了。"陈静显然已经做出了最终的决定，所以她的表情很淡然。

"我可不这么想。你别犯傻，你一个人，从那么冷、那么远的地方回来，如果没有一个房子、一个属于你自己的家，你到哪里去?"老庄说到这里陡然间替陈静的未来捏了一把汗。

不管老庄怎么劝说都已经无济于事，陈静的信心如同赛汉的冰一样坚硬。她说："师傅，这是我们最后见面的时间了，这件事结束之后，我永远都不会回到内地了，我们也永远见不到了。"说到这里，她的眼睛里浸出了泪水，那泪水是穿越了时间，穿越了距离，长途奔袭而来。

一份共同的伤感在两人的心际间流淌，这是难得的一次，两人的心是相通的，默契在客厅里昏暗的灯光中流动。而那个令人感伤的夜晚，仍旧会有悲伤和沮丧接踵而来。它们随一个壮汉而来，这壮汉是庄小妹的丈夫林海。突然到来的林海令人意外地没有喝酒，没有丁点酒气的女婿反而让老庄感到不自然，看着极为正常的女婿，他警惕地问他来干什么，小妹在哪里?

林海未说话，先扑通一声跪在了地上，拽住了老庄的衣袖，一反常态地轻声说："爸，请您原谅我。"

　　老庄不知道怎么回事，他只是觉得有些奇怪，自从陈静回来之后，似乎一切事情都超出了常理，以前的女婿可不是这种态度，他对老庄虽然并没有太出格的不敬，但远称不上尊重。他漠然的态度早已经成为他们生活中的一种常态，老庄并不在意，老庄安慰自己，只要他对女儿好，只要他们生活得幸福美满，便无所求了。这份安于天命的想法有些许的转变，还是女儿决定要离婚之后。此刻，他看着女婿，也突然感觉到，这个女婿长得那么丑，那么蠢。他慌张地说："你要干什么？"

　　林海显然是有备而来，他拼命地挤着眼睛，还是没有挤出眼泪，索性干号了几声，然后说："爸，不管以前的我多混蛋，多无耻，多没皮没脸，都请您看在长辈的分儿上，原谅我，我不懂事，我混蛋。可是我从心底里是爱小妹的，爱乐乐，爱这个家的，我不想离婚呀。"建厂初期，刚从抚顺来这里工作的老庄，租住在附近一个叫邱头的村子里，租住的就是林海父亲的房子，所以才有了后来林海和小妹的这份姻缘。

　　老庄听他说这样的话，再看他时，就觉得他不那么丑了，依稀看到了那个老实慈厚的老农民老林头了，不禁叹了口气："早知如此，何必当初呢？"

　　"我后悔了爸。请您劝劝小妹，别离婚。"他眼巴巴地盯着老庄。

　　此时老庄说了一句真心话："难道我想你们离婚吗？丢人呢。"

林海的脸一下子舒展开来，脸上的肉像是被推向两边："那您答应了？"

老庄信心不足地说："我试试吧。我那丫头我知道，脾气和她死去的娘一样倔。"

林海走后陈静才开口说话，"师傅，您有把握吗？"

老庄摇摇头，"没有，可是我也不忍心他们离婚呀。"

夜晚在屋子中游荡，夜色厚重地盖在老庄的眼皮上，一个思想淳厚而简单的老工人，一个被单调的工作环绕的人，脑子里一下子涌进来那么多的念头，这让一个等待退休的人应接不暇，他不得不去思考女儿的生活，她混乱生活的源头，身份？什么时候，他们同样在一个工厂工作，他们同时为这个工厂做出全部的奉献，但是他们被划分成了不同等级的人。突然，一个念头在他的脑海里一闪而过，这个念头快速地出现又消失，但还是吓得他出了一身的冷汗，他激灵坐了起来，而那沉重的夜色却没有四散而逃，它更汹涌地向他扑过来，牢牢地包裹住他的脸、头发、手，它甚至撕扯着他，把他分解成一种叫作黑的色彩。

多数的夜晚，是师徒两个的分水岭。夜晚，他们聚在一起，师傅倾听着徒弟的倾诉，分享着她的喜怒，而徒弟，也在真切地感受着师傅面对的现实的家庭窘境；白昼来临，他们各奔东西，老庄去上班，陈静则有些漫无目的地寻找着奔向目标的线索。

进展是缓慢的，所以当师傅提出要去服务公司找女儿时，陈静坚决要求陪他一起去。她说："两个人的力量总比一个人强，我可以替您劝劝她呀。"

服务公司坐落在厂区的西北，生活区的正西，他们骑车要穿过大片的麦地，从厂北门经过，穿过油库，过地道桥。不远处，在微弱的灯光之下，一列列油罐车静静地停在那里。夜色因为寒冷而有了坚硬的感觉，好像能够敲击出清脆的声音来，其实，那是自行车与柏油路面摩擦的声音。路上人很少，不是交接班的时间，经过厂北门时，他们向厂区张望了几眼，陈静问师傅："您喜欢它吗？"

老庄想了想说："不知道。我这一生快走到头了，我在这里工作生活了三十多年，它就像是我身上的一部分，一根头发，一条手臂，一只眼睛，你喜欢不喜欢它都在那里，所以，说不上喜欢还是不喜欢。"

"我痛恨它。"陈静恨恨地说。

老庄没有接她的话茬儿。

服务公司主要生产编织袋，一走进狭窄的公司就闻到一股刺鼻的味道。女工宿舍在厂区的西北角，一棵巨大的槐树之后，槐树早就被寒风吹光了树叶，光秃秃的身影在浑浊的光线中形单影只。

"我不能回去。回去就是妥协，就是失败，就是对过去的背叛。"庄小妹态度坚决，不容有任何的回旋余地。

"那你也不应该住在这里，最起码你可以住你爸家呀。"陈静说。

"我就在这里，省得他去烦我爸，让我爸看得闹心。"庄小妹有气无力地说。其实她是个长相秀气的姑娘，但是此时的她，被生活所累，整个精神状态都极差，脸干燥、苍白，没有血色。

面对女儿，老庄反而没有了主意，路上想好的说辞此时都跑到了脑外，他只是愣愣地看着小妹，不知道说什么了。幸亏有一个强有力的帮手，陈静代劳了一切，内蒙古凛冽的寒风并没有麻木她的思想，她的思路开阔，有理有据，滔滔不绝，最后她说："你就是不看在你这个家的分儿上，不看在乐乐的分儿上，我师傅，你老爸，他很快就要退休了，你就不能让他有一个安详的晚年生活吗？"

庄小妹说："我正是替爸爸着想呢。我的婚姻生活一直不美满，我爸他嘴上不说，可他心里不高兴，不满意，我都明镜似的。我已经受够了，我没法再看林海趾高气扬的臭嘴脸，没法再听他霸道的语气，没法再看他鄙视我的眼神。姐姐，你饶了我吧。我早点结束这段屈辱的生活，对我是个解脱，对我爸也是啊。爸，您说对不？"

夜晚，在服务公司窄小的女工宿舍里，凝聚成一丝的无奈与无助，而他的思想，凝固成深深的自责，为什么，女儿会陷入这样的境地？

夜晚，在这个故事中不断地出现，这是一个可以吞噬所有情感与人性的时候，也是一个放大情绪的时机。当陈静搀着师傅，走出女工宿舍，走出服务公司的大铁门，他连回头看看那间透出微弱光线的宿舍的力气都没有了。陈静轻声问："师傅，您哭了吗？"

老庄感觉到自己说出了一句"没有"，可是这两个字并没有在夜色里跳跃，并没有被陈静听到。

如果说，去劝说女儿这样的场合，可以有徒弟陪同的话，那么，有一些场合，是要老庄一个人艰难地去应对的。

那天开完调度会，办事员小张就匆匆走到他面前，把他拉到一边，附耳小声说："庄段长，主任让你现在马上去一趟厂职工医院。"老庄此时才突然意识到，今天的调度会并不是主任主持的。他没有在场，这是极罕见的。他纳闷地问："去医院干什么？"小张神秘地说："你去了就知道了，职工医院的333病房。你现在就去，千万别耽误了。"

一路上，老庄都茫然不知所以，正是冬季生产的重要节点，天气预报说，一场大雪会很快到来，保温、防冻防凝工作都要提前落实，主任跑到医院干什么去了？昨天见到他时还红光满面的，这一夜的工夫怎么就会进了医院？百思不得其解的老庄，推开333病房的门，目光中的主任依然是红光满面，没有一丝病恹恹的样子。躺在病床上的主任见到他，立即坐起来，向他挥挥手，示意他坐到床边。

"你哪儿不舒服，主任？"老庄关切地问。

许绍金摇摇头，"这不重要。我没病，你知道我为什么躲在这里吧？"

老庄被问得一头雾水，他惊讶地说："主任你没病呀？没病你躺在这里干啥？"

许绍金咬着牙说："这正是我要问你的呀。为什么我没病还装病住进了医院，你应该知道原因呀。你没听说吗？"

老庄茫然地摇摇头。

"唉，看来你真是不知道。最近厂里有一个很大的谣言，是关于我的。"许绍金说，"人们说我为了把欧阳拉下马，要买下那个记账本子，把它交给厂纪委。就是昨天下午，我在生产处刚开完全厂生产调度会，走到办公大楼门口，就听到有人叫我。我回头一看，原来是纪委周书记，他让我到他办公室去一趟，我跟着他来到他五楼的办公室。他关上门，关上窗户，这才压低了声音和我说话。要知道，他隔壁就是欧阳的办公室。谁都知道，他和欧阳明争暗斗了好几年了，毕竟欧阳是主抓生产的副厂长，所以始终是欧阳压周书记一头。我不喜欢周书记这样的人，我觉得他们都是白面书生，有心眼，有心机，心思重，脑袋里不知道在琢磨什么，当面一套，背后一套，爱算计人。不爽快，不像咱从车间里拼死拼活干出来的，说一就是一，从来不藏着掖着。你说是不是老段长？周书记悄悄对我说，听说你想扳倒欧阳？我说，没有的事，谁给我造的谣？周书记有深意地笑笑，你就别装腔作势了，这多没意思啊。我说我没装模作样啊，我说的就是实话啊。周书记拍拍我的肩头，兄弟，别说你说了这么多话了，就是你不说话，我往那儿一站，我都知道你心里想什么，你要干什么，你也不想想我是干什么的。不管我怎么说，周书记认定我是铁定要和欧阳过不去。周书记有些兴奋地说，这回我看这个欧阳过不了你这个坎儿了，因为你和他共事那么多年，只有你能抓住他的要害，给他致命一击。我反复强调说，我没想把欧阳怎么着。周书记却自说自话，你不用解释了，恐怕你说的话你自己都不信，一个记账本，真是老天有眼啊。周书记对我特别热情，还把他从古巴带回来的雪茄给了我一盒，上面有卡斯特罗的签名。他说，这盒雪茄，他一直珍藏着，连中石化的副总来，他都没舍得奉献出去。"

许绍金从床头柜上的皮包里拿出那盒古巴雪茄，他指着上面的签名对老庄说："你看看，这就是卡斯特罗的签名，据说，这盒烟值很多钱。"

老庄说："他把你当成了同盟。"

许绍金盯着老庄问："那你说我是不是他的同盟？"

老庄躲避着主任的目光，闪烁其词，"我怎么会知道呢"。

许绍金说："是啊，我和你一样。我也不知道他怎么会对我那么殷勤，我都不知道该怎么去反驳他，怎么来处理这盒卡斯特罗。临走时，他紧紧握着我的手说，兄弟，我全力支持你，有需要我帮忙的，你尽管说。他的信任，和这盒卡斯特罗，就是我躲在这里的原因啊。老段长，我叫你来，是想叫你替我办一件事。"

"装置上的事？"老庄问。

"和装置无关。"许绍金突然变得忧郁起来，"我想让你替我查一查，到底是谁在给我造这个谣。你查清楚了，来医院告诉我。如果找不到这个造谣者，这个谣言就会像病菌一样在厂里传播，你想想有多可怕。我茶不思，饭不想，我自己的精神和身体反对，就是厂里也不答应呀。厂里把车间交给我，把重要的生产任务交给我，是让我把生产搞上去，保证装置的满负荷运转，为全厂带来效益，不是让我被谣言打败的。"

老庄不假思索地说："主任，这事我真干不了。你换个人吧。"

许绍金不容老庄推托，"这事你想不想都得干，这也是工作。我不是为自己，是为了全厂的生产大计啊。老段长，请你支持我。我想了一夜呀。只有你才是我最信任的人，只有你能做好这件事啊。这盒卡斯特罗就算是我转赠给你的，你无论如何都要收下它。"

卡斯特罗是那么沉重，老庄并没有收下，他空着手从333病房出来，脑子里却满满的，全是迷茫。他甚至忘记了，自己是不是答应了主任，要替主任查找那个谣言的散布者。

坐在沙发上向窗外张望，可以看到子弟学校的操场，学生们还在上课，操场上显得很冷清，只有零星的人在跑步和打篮球。老庄坐在那里并不自在，因为这是陈静的家，即使她已经回来一周，可是屋子里却没有一丝的人气，温度大概只有十六七摄氏度。屋子里乱糟糟的，也不像一个女人的房间。

"脱松林最近有些烦。"陈静像是脱松林的影子，在师傅和那个有些盲目的本子之间，这影子长长的，把老庄的视线占满了，"他开始有些不快乐，不兴奋。他说，已经有人要对他图谋不轨，搞威逼利诱，搞暗杀，他说得神乎其神，像是真的一样。但是，越艰险，越能显出他的英雄本色。真可笑，不自量力，他把自己标榜成英雄，说成是詹姆斯·邦德，如果他能被称为英雄的话，我们都是伟人了。"

老庄问："你相信他的话？"

"半信半疑。毕竟，有很多人在惦记着那个过时的、破旧的、本来没有任何意义的小本子，这其中就包括我。"陈静说，"老脱的亲妹妹，脱松林的姑姑，有天把脱松林请到家，也想打那个本子的主意。因为她的儿子即将从石油大学毕业，她想以此作为资本，换取即将上任的欧阳的许可，把儿子分回炼油厂。姑姑摆了一大桌脱松林爱吃的菜，她本以为事情会很简单，一顿家宴便能搞定。但是脱松林丝毫没有念及血脉亲情，他告诉自己的亲姑姑，在机会面前人人平等，待遇平等，不搞特殊化。他说，我不是官僚，不会体制里的那一套。姑姑气得大骂他一顿，饭也没让他吃就把他赶出来了，临走时对他说，如果她哥还活着，也得被他气死。您说，这能让脱松林动心吗？他就是一个唯利是图的小人。您都不知道师傅，他把一个完全废物的小本子，炒成了国家文物。他真有本事。"

老庄想想说："唉，我倒不这么想，从小妹身上，我理解他的所作所为。小妹不就是因为身份和我们不一样，她的前途不确定，心里就不踏实，始终没有一个归属感和安全感。松林也是一样的，他和我们厂没有任何关系，如果说有关系的话，那就是他的生意要靠我们厂这些人来支撑。可是如果都像欧阳以前那样，白吃饭不给钱，就像是流动在管线中的油一样，如果油没了，装置还有什么用？"

"师傅，您什么时候都替别人着想。那您想过小妹没有？您怎么处理她的事呢？"

老庄仿佛被这句话逼到了墙角，他慌张地说："不知道。我脑子里乱成一锅粥。它比处理一起事故要难许多。"

"那您不打算管小妹的事了？"陈静追着问。

老庄觉得在这件事上，陈静比自己还要主动，他真的都有些惭愧了："自己的孩子。我咋会不管呢？但是能有什么好办法呢？"

陈静说："也许有呢。什么事儿，没到最后，是不能轻言放弃的。"

听徒弟的语气，像是有什么计策似的，老庄急忙问："你有啥法儿？"

陈静脸冲着窗外，她说："那个人，就那个中年人，戴线帽子那个人，他一直在跑。我每次向外望的时候，都能看到他，好像他从来没有停下来似的。"

老庄站起来，向外看了看，跑道上倒真有两三个人在跑，他不知道她说的哪个人，又坐回到沙发上。

陈静这时候才说："我感觉，只要听从内心的召唤，就能找到事情的突破口。"

老庄觉得徒弟今天话里有话，他再想开口问她，这时候有人敲门了。

他们今天是在等人。老庄替陈静找了一个想买房的人，一联合车间刚从济南炼油厂调过来的小金。他急于想买个房把家安下来。他们就在等他。

打开门，他们看到的确实是小金，但小金张嘴说的却是另一码事，他满头大汗，说："庄师傅，今天我们没法谈房子的事了，你快去学校吧。学校给车间打了电话找你，乐乐的老师打来的，说乐乐上吐下泻，让你去把他领回家。"

老庄匆匆忙忙向学校跑去，陈静跟在他后边，连声提醒他说："师傅，您跑慢点。"好在陈静的家就在学校旁边，所以他们几分钟就来到了操场上，陈静还来得及向操场的跑道上看了一眼，那个人还在跑。她突然被那个人给吸引了，所以她掉了队，她站在跑道旁边，呆呆地看着那个中年人。中年人跑得并不快，匀速，不紧不慢。不一会儿他就跑到陈静身边了，头上是灰色的线帽子，手上戴着手套，神情淡然，他看都没看一眼这个专注的女人，慢悠悠地跑过去了。陈静看着他的背影，眼泪就无法抑制地爬满了脸颊。等她慢慢地平复了情绪，老庄已经抱着乐乐从教学楼里跑了出来。

在医院里，打着点滴的乐乐有气无力地说了得病的原委。这几天，他处在一个无人管的状态中，母亲住在厂里不回家，父亲三班倒，经常见不到面，难得见到一次还是醉醺醺的，不是打就是骂。他就是早晨吃了父亲昨天喝酒带回来的饭菜，老师一进教室，他就觉得胃里翻江倒海，眼睛里的老师像是一个纸人飘到了黑板上。

陈静问师傅："老师怎么不给小妹和他爸打电话？"

老庄黑着脸，"打了，小妹说她公司里要求严，不让请假。他爸根本找不着，说是刚下了夜班，一准闷头睡觉呢。"

躺在病床上的乐乐拽了拽老庄的袖子，哭着说："姥爷，别让我爸妈离婚。他们离婚了，就没人管我了。"

陈静听了鼻子酸酸的，便气鼓鼓地从病房里出来，她没有看师傅的样子，估计也好不到哪儿去。

敲了半天门，林海才揉着惺忪的睡眼，打着哈欠打开门，他大声说："妈的，谁这么讨厌。困死我了。就是装置都炸平了，也别想搅了我的美梦。"

陈静气不打一处来，伸手打了林海一个嘴巴，然后把他推进屋，而且还说了脏话，"你他娘的还是人不？自己的孩子都不管了。"

林海摸着被打的左脸，这才看清打的人是谁，"你管那么多闲事干吗？咸吃萝卜淡操心。"

陈静挥起手来，"你要是不管乐乐。我还打你。你知不知道乐乐生病住院了？"

"这事我不管，你找他妈去。我要睡觉。"林海躲着陈静，害怕还打他。

那天上午，陈静苦口婆心，她成了一个有耐心的劝解者。她站在愁眉苦脸的丑陋的林海对面，看着他困顿的那张脸，她突然发现，那个遥远的赛汉其实就是昨天的事，她匆匆地坐上火车，经包头，过北京，不远千里的行程，以及回到炼油厂与脱松林、许绍金的钩心斗角，只是一眨眼的事。她似乎都能看见一个疲惫的女人行色匆匆的样子，那个人就是她自己，如今，当她去想其他人时，替别人着想时，她才发现，时间竟然是可以慢下来的，她甚至能够听到时间缓慢地从她的耳鬓旁流过，像是清晨的风。而林海，他脸上的那颗硕大而顽固的紫黑色胎痣，更像是他坚定的内心，"我不能，我不能照你说的办。我只是个技校生，不像你们都上过大专大学的，我是个直肠子。我心里咋想的，就咋做了。她确实是个临时工，我妈天天念叨这件事，这是我妈的一个心病。她确实钱没我开得多。一想到这，酒劲就上来了，我就想骂她两句，打她两下。我就这德行，没办法。这是一种本能，跟吃饭睡觉一样。你总不能不让我吃饭睡觉吧？"

"如果你们俩颠倒过来呢？"

林海说："饶了我吧姐姐。如果真能颠倒过来，她打我、骂我，我都受着，一句怨言都没有。"

"那你还想不想破镜重圆？"

"陈姐，你可记住了。我们镜子还没破呢。你这不是咒我们吗？我给我爸说了，我都给他下跪了，我根本不想没有老婆。不管咋的，有老婆在，就有热被窝，就有热包子，就能说打就打说骂就骂。"

林海的话再次惹恼了陈静，她没有伸手，而是狠狠地踢了他几脚，骂了句："你就是贱。"

那天晚上，当她把林海的原话复述给老庄后，老庄沉默了良久，没有作声。"师傅，您是怎么想的？"她追问道。

老庄叹口气，"随遇而安吧。"

卡斯特罗还在他的怀里，像是一块烧红了的隔热板，那是事故来临的前兆。这是许绍金出院后的第二天，他在医院里躲了五天，还是赵厂长跑到医院狠批了他一顿，才把他从医院里召唤到

黑眼睛

装置中。许绍金用手摸了摸胸前，衣服下的卡斯特罗灼热、跳动。已经有一段时间了，老庄发现，主任添了一个新毛病，每隔几分钟就要伸出右手，摸一下他的左胸，下意识，乃至是神经质的。现在，他们站在常减压到催化的管廊间，装置的轰鸣声像是一条超长而坚硬的银针，穿过隔膜，穿过整个身体，在心脏里回荡，在血液中奔流。老庄巡检结束要回操作间时，看到了站在那里的主任许绍金，像是特意在那里等着他。老庄想躲开主任，已经来不及了，他只好喊了一句"主任"。他的声音立即就淹没在那强大的装置声响之中。

主任并没有移步到其他地方的意愿，因此，那个阳光充足的冬日上午，在老庄和许绍金之间的谈话，是对他们体力和脑力的一次超强度的考验。

他们的声音像是一滴水掉到了汪洋大海之中。

"我被自己打败了。"许绍金喊着说，"躺在医院病床上的我，不是被身体上的痛折磨着，而是心里的痛苦，它每天都像是虫子在咬着我。有两个想法停在我的脑子里，它们就像是那台德国造的烟气轮机的转子，在高速地旋转。一个是求我躲藏在医院里，远离那些谣言。另一个似乎更加理智，它让我正视现实。我躺在床上，每一秒钟都处在选择的境地之中，直到厂长把我吼醒了。厂长说，你的生命不是在病床上，而是在装置上。"

"厂长说得对。"老庄随声附和道。

嘈杂的环境造就了那天的高谈阔论。老庄一直担心的是主任会问他追查谣言的事，令他感到意外的是主任显然已经对谣言有了更正确的认识，他主动放弃了他的坚持，他说："不管它们了。谣言终究是谣言。谣言止于事实，止于智者。我知道，老段长，让你去追查那个造谣者是我的失策，我现在说声对不起。这是对你人格的不尊重。"他又摸了摸左胸口。

老庄如释重负，他说："主任，我们到一边说吧。这里声音太大了。"

许绍金这才意识到他们所处的环境是不利于谈话的，他抬脚就走，没有向操作室或车间院里走，而是上了催化塔。老庄只好跟着。许绍金走得很快很急，转眼就把老庄落到了后面。老庄紧赶慢赶，等他爬到塔顶时，许绍金像是等候多时，他说："你也太慢了。"

此时，声音跌落在了他们的脚下，他们犹如是站在山巅之上，倾听着山脚下的大江翻滚之声，装置的声音从下卷上来，力道减弱了，轰鸣声小了许多，也有了距离感，畅通无阻的穿透力没有了。仿佛是声音自己从遥远的地方重新回到了他们的身体之中。

许绍金摸了摸他的左前胸，在那一瞬间，他脸上的表情惬意自如。"老段长，当年我做技术员时，跟在你的身后，一天要爬几次塔，每次都是你第一个到达。"

老庄感慨万千："炼塔这个东西很奇怪。刚进厂那阵，我还年轻，三十来岁吧。什么催化塔、常减压塔，还有焦化塔、加氢塔，除了百米火炬没爬过，我都登上过。在我心里，它们并没有实际的高度高，爬上爬下的也已经成为习惯，就像爬个几层楼一样。可是一过了五十，在我心里，那些塔却在一天天地长高，现在，它们已经远远超过了实际的高度。所以我慢吞吞的，像个没用的老人了。"

"老段长，你得继续发挥余热呀，不能在功劳簿上睡大觉呀。即使这些塔在你心里长高了，你要是从心底里蔑视它了，它自然会又矮下去的。"许绍金摸着左前胸，"你还记得那天我给你说过的卡斯特罗雪茄吗？"

老庄急忙摆摆手，"你知道我是不抽烟的。"

"不是给你。"许绍金说，"是给另一个人的。"

"谁呀？"老庄疑惑不解。

"你徒弟。"

"陈静呀。她是女的，更不抽烟了。"此时的老庄，仍然对卡斯特罗的雪茄没有足够的重视，他轻描淡写地说。

许绍金就笑了，"老段长，我看你对你这个徒弟还真是上心，你又不只这一个徒弟，你这一生，恐怕也有二三十个徒弟了吧。我说的那个徒弟此刻不在厂里。"

老庄此时才幡然醒悟，"你说的是欧阳啊。怎么，你是想把雪茄送给他？"

"是啊，我给你假，几天都成，你去趟北京，把这盒卡斯特罗签名的雪茄送给他。"许绍金的手干脆放在了左胸的位置，像是在宣誓一样，显得那么庄重。

老庄仍然不明白主任葫芦里卖的什么药，"就为了给他送一盒古巴雪茄？让我去一趟北京？"没有人知道他与那个徒弟，早就没有了师徒的名分。而他与徒弟欧阳，好像形成了某种默契，没有人再去提及此事。他们的师徒关系，好像从来就没有发生过，而喝酒断义的事，自然更不会有。

"当然，顺带我想请你给他捎句话。"许绍金略做停顿，似是在思索和斟酌，他的手离开左胸时，伸进了衣服里，从内兜掏出那盒雪茄，他的信心似乎更足了，"请你告诉他，请他安心在北京进修，不要有后顾之忧，厂里的事我会帮他摆平。"

看着那盒卡斯特罗，再看看许主任那张信任的脸，老庄的疑惑犹如流淌在管线中的原油奔腾不息，"我不明白……"他说的是真心话，眼前的许绍金，和调度会议室里那个忧心忡忡的人，和医院里那个装病的人，面貌一致，但微微笑容背后的那颗心，让老庄觉得似乎哪里有什么不对劲。

"你会明白的。"许绍金说，"你能明白你的徒弟陈静，就能明白我要你传递的话。"

"你是说，你不恨欧阳了，你原谅了他。你要替他把那个小本子的事扛下来？"老庄试探着问。

许绍金笑了，仿佛是觅到了一个知音，"我就知道你会明白的。"

"可是……"声音更加遥远，塔的高度似乎在增长。

"去吧。告诉你那个最有出息的徒弟。有我在，就不会让一个小本子兴风作浪。我会不惜一切代价，把它拿到手，把账还清，把本子销毁。这本来就是车间的事情，理应由车间来解决。"许绍金的笑容更加灿烂，也更加真实。那是内心与外表相互统一的表现。

塔上的老庄便觉得那铁的塔不真实了，它的高度，它的质量，都值得怀疑了，脚下也变得绵软了，身体好像失去了支撑，飘浮起来，继而，整个塔也庞大地飘浮起来，只有微笑着的主任许绍金，钉在原地不动。连他说话的底气都不足了，"你，你不痛恨他了？"

"痛恨。我比任何人都痛恨他。你想想看老段长，在我进步的道路上，始终有他这样一个巨大的阴影伴随着，我能不痛恨吗？可是这就是现实。现实是最无情的，不是吗？谁要是和现实过不去，那他永远都别想翻身。我接受，我不能和现实过不去，不能和自己过不去。"许绍金即使在说着他的恨，那笑容也没有消失。

其实，再说什么都是多余的，老庄，他以为自己安全地度过了五十八年的生命，对人，对事，都有清晰的判断力了。此时，他已经无话可说，事后他忘记了接下来是如何与许绍金一起走下催化塔的，他只记得，当他被那熟悉的声音拉回到现实中时，身边的许绍金已经不见了，装置以轰鸣之声迎接着一个疑窦丛生的老庄。而他才发现，在他的手中，竟然有一盒亮闪闪、精美的雪茄。那是卡斯特罗。它怎么会到了他的手里？难道他答应了主任，要去把它捎给北京的欧阳，并捎去一句讨好的话语？他彻底地迷茫了。暂且放下北京，放下卡斯特罗，放下许绍金对欧阳的期待，他与那个徒弟，该如何面对面。欧阳会再叫他一声师傅，而他会坦然接受吗？

塔顶之后，老庄添了一个新的习惯，对于一个身外之物的过度的忧虑。他无法把卡斯特罗揣在兜里，因为当他尝试那样做时，恐惧会如一缕烟味快速地蔓延，小虫子一样爬满他的全身。他只好把它放在家里，可是仅仅放了一天，他就浑身不自在，因为他时刻想着那盒卡斯特罗，恐惧在数里之外都能汹涌而来。最后他妥协了，想出了一个两全之策，他把工具箱里的工具全部倒出来，用干净的棉麻布包起卡斯特罗，放进工具箱里，再加上一把锁。他走到哪里都拎着那个铁灰色的工具箱，去开生产调度会，去巡检，上下班路上，就算是在家里，那个铁皮工具箱也必须放在能看得到、能够得着的地方。老庄一直在承受着来自主任许绍金的压力，不断地被催促着，何时动身，每一次，他都含糊其辞，糊弄过关。在塔与塔之间，在长长的管廊间，在上下班的路上，他的步伐都显得犹豫不决，艰难的思索阻碍了他的速度。

卡斯特罗能否顺利到达北京？那句愚蠢的表白能否扭转许绍金的命运？这样的疑问一直停留在他随身的那个工具箱上，但是他又无法抛弃它，一旦它远离他的视线，他就感觉到浑身不自在，恐惧就会悄悄地降临。

夜晚，当睡眠来袭，他的手紧紧攥着工具箱的把手，等待着困顿把他带入梦乡。这一次，在清醒的头脑里最后抵达的是主任许绍金，他变幻多端的人格和他的笑容，不知道为什么，老庄想到许绍金突然转变的方向，竟然找到了意想不到的安慰，人啊，做什么都是可以原谅的，只要你自己原谅自己。想到此节，那个曾经一闪即逝的念头一下子又冒了出来，念头在他的脑子里停留

黑眼睛

的时间比上次要长许多。而这一次，冷汗没有降临，他也没有惊恐地坐起来，而夜色，似乎被工具箱里的卡斯特罗过滤了，变得温柔可爱。他终于心安理得地入眠了。

　　几天之后的事了。乐乐不见了。最早发现异常的是乐乐的老师章韵，一上午乐乐都没有去上学，也没有家长给她打招呼，于是便给乐乐的母亲庄小妹打了个电话。当小妹和林海找了半天，失魂落魄地赶到父亲家里，已经是中午时分。那一刻，老庄正在聆听着陈静不厌其烦的讲述，关于另一个企图者的故事。而听在老庄的耳朵里，其实那个人是谁已经不重要了，天下熙熙，皆为利来，本无可厚非。屋子里，各个角落都散落着陈静的讲述对象，那些熟悉或者陌生的觊觎者，已经幻化成物，停留在沙发上、墙角、杯子上、镜子里……而远没有最初的时候，牢牢把持着老庄的思想。

　　在小妹和林海混乱的追述中，乐乐就好像生活在他们的视野范围之外，孤独、无助。早晨，林海下夜班，交接班回家已是九点多，家里乐乐吃剩下的面包和奶已经变质，但他无法说清是早晨的，昨天的，或者更久远的。小妹，愤怒的小圈子只局限在服务公司编织袋厂巴掌大点的地方。一上午，她面对的只有一个个不断增加的编织袋，她的所有生活似乎都被那不断累积的编织袋淹没了。她埋怨自己说："为什么我只盯着那些没有任何情感的编织袋呢？"抱怨和悔恨都于事无补。沮丧的几个人，在老庄略微有些昏暗的客厅里，面面相觑，理不出任何头绪，他们这才意识到，这个十岁的孩子，原来对于他们的生活也是如此的不可缺少，如此的重要。老庄突然说："报警。去报警呀。"林海说，学校已经报告给了厂公安处。然后便是沉默。还是陈静打破了忧伤的局面，她说："我们不能在这里干耗着，都出去找找吧。"

四个人，再次会合时，都已经筋疲力尽。老庄拥挤的客厅里，沮丧和忧伤在陈静进来之后才略有减轻。陈静是最后一个回来的，她带来了令人宽慰的消息，她喝了口水才告知大家："有人知道乐乐的下落。"老庄抓住了沙发的扶手，他有一种悬空的感觉；林海和小妹，两个人的手紧紧地握在一起，像是握住了陈静的那句话。

乐乐被人绑架了。这是陈静获取的最重要的一个信息，她说："千真万确。乐乐被人绑架了，但是你们放心，很安全，这一点，我可以保证。我和你们的心情一样，我也担心乐乐的安危，所以，现阶段，乐乐不会有生命危险，也不会受到任何的伤害。直到师傅答应他的条件。"而且，陈静第一时间里就打消了林海想要报警的想法。"他会撕票的。"陈静补充道。

陈静的每一句话，仿佛不是听在他们的耳朵里，而是击打在他们的心里，痛痛的。陈静不便说出那人的真实身份，因为这是她发过誓的，不然，这个消息是不可能很快传回来的。但是有一点确定无疑，那个人是想得到那个小本子中的其中一个人。陈静说："你们不用费心去想了。现在关键不是那个人到底是谁，而是师傅你的决定。"

林海和小妹，一齐把眼睛转向父亲，他们的手仍然握在一起，如同缠绕在一起的老树根。老庄有些紧张，又略显尴尬，还带着点疑惑，"我的决定？"

陈静没有马上把答案说出来，而是在沙发里找到了一个非常舒服的坐姿，表情略显痛苦。林海和小妹沉不住气，催促她："你说呀。到底咋回事呀？"

对于陈静来说，说出来似乎是一个艰难的抉择，她停顿良久，才抬起头，目光犀利地看着师傅，那目光像是从内蒙古吹过来的寒风，让老庄打了个激灵。那个夜晚，陈静平和的讲述，显然是想减缓结局来临前的暴风骤雨，她说："师傅，我打个比方，如果我做错了什么事，您会原谅我吗？"

老庄想用微笑表明一下自己的态度，可是他的心思完全不在这上面，所以他的脸颊只是稍稍抽动了两下，"怎么会呢，你怎么会做错事？即使那样，我也会原谅你的。"

"有酒吗？"陈静恳求地看着师傅。

老庄吃惊地瞪大了眼睛，但只是很短的时间，他摇摇晃晃地站起来，走到墙角的柜子旁，打开，取出了一瓶红酒。陈静说："白的。"老庄犹豫了一下，又放回红酒。白酒是草原白，这还是陈静从内蒙古给他捎回来的。老庄把酒递给徒弟时，说了句："你真要喝吗？"

陈静没说话，把酒打开，倒进杯子里，浓郁的酒香立即充盈了狭窄的客厅。她在三个人的注视下，喝了一大口，然后，她的目光中仿佛就多了热辣辣的光芒，她说："师傅，我在赛汉一滴酒都没喝，可是我今天喝了。师傅，请您告诉我，您是不是又去找过脱松林。"

老庄突然间就站了起来，张了张嘴，没说出一句话，又坐下来。

陈静冷静的话在客厅里流淌，"师傅，您找过脱松林。您凑了钱，但是您凑的钱是所有想要得到那个本子的人中最少的一个。谁都知道，您尽了力了，您掏光了老本。您去找脱松林那天，是个阴天，像是要下雪的样子，但是老天仿佛在和我们开玩笑，它就老那么阴着脸，雪就是下不来。这和赛汉真不一样呀。赛汉的雪说下就下，真干脆，像老爷们。当漫天大雪封门时，我就觉得整个世界都要灭亡了。师傅，我相信，您走到饭店门口时，您的心情和那个鬼天气是一样的。"

听着徒弟的话，老庄似乎有些悲伤，他不知道悲从何来，是因为陈静已经对他的秘密了然于心，还是他为自己的行为悲伤。陈静说得一点没错，那是两天之前的事了，一直到现在，天气仍然阴沉沉的。他一辈子都会记得自己站在酒店前糟糕透顶的心情，全身柔软无力，那个曾经一闪即逝的念头，此刻已经从黑暗中破壳而出，如此清晰地、立体地横亘在他和饭店之间，就像饭店上方那个大大的红色的招牌。

屋子里暂时陷入了沉默，林海和小妹的手也松开了，他们看看父亲，又互相对看着。目光中除了忧伤，还有许多难以言说的复杂内容。陈静又喝了一口酒，酒气更大了，她说："师傅，您和脱松林之间有个交易。这个交易只有在您和他之间才能达成，换了任何一个人都不可能。您想要用那个小本子换取欧阳的信任。对您来说，欧阳是个陌生人，您和欧阳之间，除了名义上的师徒之外，其实已经没有任何情感因素了，您从来不说，但是我知道，我知道你们喝的那场酒。我知道这么多年来，您不喜欢欧阳，不喜欢他为人处世的方式。欧阳呢，也从来没把您这个师傅当回事。他把谁当回事了？除了他自己。我说得对不对呀，师傅？"

老庄长长地叹了口气，显然，他对陈静一针见血的分析是认可的。他突然意识到，对于欧阳，除了陌生，好像还有一丝的恐惧，那恐惧是因为欧阳的权力，还是因为他不得不付诸实施的那个念头？

"您悄悄地加入到对那个小本子的追逐之中，是脱松林没有想到的。所以当您提出来时，他非常惊讶。但是他对您的态度，和对其他追逐者是完全不一样的。"陈静满含深意地看了一眼小妹，"因为脱松林对您有一种特别的情谊，这份情谊是任何事情都不能抵消的。我听他说，他小时候特别淘，特别不懂事，经常闯祸，三天两头被父亲打，我们都知道老脱是个脾气暴躁的人，他打起孩子来不管不顾，身边有什么，拿起来就往死里打，所以小时候的脱松林也没少受父亲的虐待。一被父亲打，脱松林说就躲到您家里，您就让师母给他炖一碗酸菜粉条。他一被打，肚子里就空空的，所以每次都狼吞虎咽地把一碗酸菜吃得干干净净。那一碗酸菜就像是忘忧草，一吃下去，身上也不痛了，他一走出去，又像是个没事人似的。所以，他一辈子都感激您。感激您的那一碗酸菜。"

在陈静长长的叙述中，瓶子里的酒不经意间已经快速地在减少。大家都在专注地听着她的讲述，所以都没有注意到，陈静的脸色已经渐渐红润起来，她的话也稠了。"所以他能够接受您，而没有和您讨价还价。这都得归功于您当年的酸菜。"

"你什么都知道。"老庄叹了口气说，"如果不是为了小妹，我哪里会走这一步。"

小妹走到父亲身边，抓住了他的手，眼里含着泪，羞愧难当地看着父亲。她能够想象，当一生都光明磊落、心地无私、从不求人的父亲，站在饭店招牌下的感受，于是她由衷地说了句："爸爸，对不起。"

陈静喝酒的频率似乎在加快，一杯杯的，像是喝水。"回到正题吧。对不起师傅，我绕得太远了。可是，要说到乐乐，必须要从头说起。是的，条件，需要您来决定。师傅，您的答案是关键的，这决定着乐乐的安危。那个人需要得到您的保证。"

老庄像是突然才知道乐乐失踪一样，如梦初醒般，"是啊，乐乐。什么保证？我都能答应。"

"放弃和脱松林的交易。"陈静说完这句话，没有去端杯子，而是满怀期待地看着师傅。

老庄略显犹豫，他不情愿地看了看小妹。小妹眼里还噙着泪水，朝他点点头，"爸，不管什么条件，都答应他。只要乐乐能安全地回来。我再也不为了那些毫无意义的编织袋而离开乐乐了。"

老庄下了决心，果断地说："好吧，我放弃了。"顿了顿他再次把目光转向小妹，"小妹，你可不能怪我了，我想给你一次改变命运的机会。当年你从中学毕业后，技校不招生，我拉不下脸，张不开嘴，不想给组织和领导添麻烦，正好服务公司招临时工，就让你去了。没想到，你一直都不快乐。现在，好像有那么一个机会。我努力了，我尽力了。我想放下我师傅的尊严，去求一个我讨厌的人，一个和我早就没有了师徒关系的人。太累了，真的太累。那年催化加热炉出事故，我在装置上待了四天四夜，睡眠不足五个小时，我都没这么累……"

老庄的话没说完，就突然听到玻璃杯子摔到地上的清脆之声。老庄、林海和小妹同时转头向声音处看时，陈静已经晕倒在沙发的一角了，她的头侧着，眼睛紧闭，手张开着，杯子就是从她的手里滑下去的。她躺在那里，虚弱憔悴，像一只冬眠的蝙蝠。

草原白的酒瓶仍在桌子上站着，空空的，那瓶酒是在其他人都毫不注意的情况下悄悄地进入了陈静孱弱的身体的。很难说清她是被酒精、连日来的亢奋，还是早就潜伏在身体里的疾病击倒的。那天深夜，当他们三人慌张地把她送到厂医院时，他们告诉医生的理由只有一个：过度的饮酒。而那个最致命的理由是在第二天才姗姗来迟的，从医生的嘴里他们得知，陈静得了癌症，已经无药可救了。

看到陈静从昏迷中醒来的是老庄。他坚持要等待，而林海和小妹，都已经离开了，他们去了派出所。坐在陈静身边的老庄，一直处在多重的忧伤之中，当清晨透窗而进的阳光照到他身上时，他都没有意识到，夜晚其实已经结束了。他仍然能够看到夜晚的医院，那长长的走廊，在昏暗的灯光下，坐在走廊椅子上哭泣的小妹。在焦急的等待之中，小妹向父亲坦言，她和林海共同在父亲面前演了一出戏，他们假装离婚，他们夸大了生活中的难处，其实是为了博得父亲的同情，好让他能下定决心向即将上任的欧阳求助。小妹啜泣的声音极小，像是穿透医院那白色的墙壁而来，她说："原谅我吧，爸爸。我太想变变身份了，太想和大多数人一样了，和他们拿一样的工资，一样的奖金，分一样多的劳保。爸爸您知道，我心里有多苦。"

林海说："爸，您要怪就怪我吧，主意是我出的。"

看着忏悔着的女儿女婿，老庄谁也没怪，他觉得自己就像凌晨时分的医院走廊，空空落落的，一切仿佛都是静止的，没有了欲望，没有了牵挂，没有了思想。他盯着墙壁上的一块很小的污渍，本来是西瓜子般大小的污渍，渐渐地扩大了，几乎像藤树一样爬满了整个墙壁；颜色也从浅灰色变深了，黑了。他的眼睛里，全都是那个生长着的、藤一样的污渍。连女儿女婿是什么时候走的，走时和他说了什么，他都忘记了。忘记，在慢慢来临的白昼之前，是那么珍贵和短暂。

"师傅。"微弱的声音来自病床。老庄低头看时，陈静已然睁开了双眼，她试图伸出那只正在输液的手，拉一下师傅。老庄立即制止了她。两行热泪从眼角流了下来，陈静虚弱地说了声："师傅，对不起。"然后就闭上眼，陷入了沉默。

仍然是个阴天，白日的光线颤颤巍巍的，并不强烈，照着陈静的左脸颊，酒精带来的红润早就不见了，脸色蜡黄。老庄突然问了一句："那个人是你吧？"这句话其实从昨天晚上，一直憋在他心里，越积越沉重，当他说出这句话时，他还本能地舒了一口气。说完，他没有去看徒弟陈静的表情变化，他感觉有些羞愧，因为对徒弟的猜疑而羞愧，脸上似乎烧烧的。他把目光转向窗外。窗外，冬天枯萎了的白杨已经蹿过了二楼，他只能看到，一截粗粗的突兀的树干把抑郁的天空分成了两半，他有一种顺着那树干爬上去的冲动。

陈静看不到那截生硬的树干，她的眼睛始终闭着，同样，一股羞愧感也在她周身游荡，她轻声说："到底是什么让我们互相猜忌呢？"

对两个人来说，这都是一个难以启齿的问题。他们只好选择了回避和沉默。长时间的沉默其实是疗伤的最好的方法。他们彼此保持着各自的姿态，陈静躺着，任那些透明的液体恣意地注入她的身体，而老庄，脑子空空地坐在那里。时光在他们的脸上，身上，病房里的每一寸快速地移动着。而在他们的心里，时光的移动像是一张洁白的纸，正在被火焰一点点地吞噬。

过了许久，陈静的眼睛才徐徐睁开，她没有正面回答师傅的问话，她再次尝试把手伸出来。终于抓住老庄的手，师傅的手冰凉，像是在室外待了一个冬天。她就那么抓着师傅的手，她觉得师傅手上的凉气，传递到她的手上，渗入到血管内，顺着她的血管，传遍了她的身体。"师傅，您说我这么做值不值？"

她没有说明什么值不值，是她回来这件事，还是乐乐的事。

老庄把目光转回到病榻上，他的目光无法落脚，便看着那透明的输液管，液体仿佛是一滴滴地缓慢地滴入他的身体，他含糊地回答："你太不爱惜自己的身体了。"

此时，病床上的陈静，和昨晚的那个健谈的女人完全是两回事，她说几句话就要停下来喘几口气，她告诉师傅，这之前她和许绍金有过第二次接触，他问了她一个问题。陈静问师傅："您想知道这个问题是啥吗？"

老庄点了点头，他不知道为什么陈静突然会转向这个话题，她和许绍金之间的谈话有那么重要吗？陈静挤出一丝微笑，"师傅，您一定以为这个问题太荒诞，没有任何意义，但对于我，却十分重要。"停顿片刻，她接着说："他问我，你有更直接的报复欧阳的方式，为什么却舍弃不用？师傅，您知道他指的是什么。"说完她的手平摊开来，老庄的手也就解放出来，可是他的手没有动，仍然留在床边。

在她断断续续的讲述中，许绍金是一个直击别人痛处和软肋的人，他说陈静要想阻止欧阳的继续攀升，最直接也最简单的方式就是拿起当年的武器，他说，当年就因为你的软弱，助长了欧阳的气焰，在以后的升迁之路上，他游刃有余，做任何事心里都无愧了，坦然了。所以他才够狠，才能一次次踩着别人向上爬。许绍金不停地问陈静，为什么你舍近求远，要来蹚这浑水？陈静说她不知道，连她自己都不知道为什么会这样。在她的讲述中，声音虽然软弱无力，但是老庄仍然能从她的话里感受到许绍金的咄咄逼人。就连许绍金看上去慈厚的那张脸都会浮现出来。而许绍金最后那句沉甸甸的话，就像窗外那直插天空的白杨树干，也杆在他的心里。许绍金说陈静始终生活在二十多年前的阴影中而不能自拔，她不想承认那段历史，不管怎么样，那都是发生过的事情，不管她承认不承认，它都已经成为事实。而她，一直在回避，回避成了她生活中的常态，也成了她生活中的一个魔鬼。许绍金鼓励陈静，要战胜这个魔鬼。陈静说："您知道我是怎么回答他的吗？"

老庄没有说话，他在等待的也许不是陈静的那个答案，而只是一个她要说的话，无论什么话，只要她在说，他就要听下去。陈静说："我问许主任，你心里有没有一个魔鬼呢？您猜怎么着？他听了我的话落荒而逃。"她喘了几口气，"师傅，人人心里都有一个魔鬼是不是？"

老庄低下头来，他多么希望什么也没有发生，多么希望陈静仍然待在那个孤独而寒冷的边疆小镇，哪怕一辈子都没有她的信息。

"师傅，您倒是回答我呀。"陈静的气色没有一点好转的迹象。她躺在病床之上，让老庄想到冬天漫天大雪的菜地之中，已经冻僵和枯萎的白菜。老庄诚实地回答："是的。"

老庄看着徒弟，从她憔悴的脸上，他能感觉到时光匆匆。他突然萌生一个念头，顿时觉得意气风发，他竟然站了起来，血向上涌，"如果你好起来，我想随你去一趟赛汉。看看你工作过十年的地方。"

他的话也鼓舞了陈静，因为兴奋，她眼里放光，"好的，师傅，一言为定。"

在医院里的整个上午，他们都没有再谈论到乐乐，没有再谈论到那个绑架者。老庄是因为羞于再谈起，陈静似乎早就忘记了，还有一些事，在师傅的心里掀起了巨大的波澜。而乐乐，则在那天中午被找到。真相令大家都疑惑不解，也颇多感慨。乐乐并没有被任何人绑架。他不喜欢被父母忽视的状态，于是拿足了食物，躲在自己家的地下室里，试图给父母一个警告。他之所以在那天中午脏兮兮地自己钻出地下室，只是因为，地下室进了一只耗子。他开门出现在自己家时，林海和小妹，两个黯然神伤的人，正在彼此抱怨，他们抱怨生活的不公，抱怨对方的不信任，抱怨对家庭的不负责任，抱怨工厂，抱怨社会，抱怨国际大事，一看到乐乐，他们先是没有反应过来，随后才做出了正确的反应，扑上去抱住乐乐喜极而泣，而所有的抱怨，在那一刻也都烟消云散了。

脱松林消失了。没有人注意到他是什么时候走的，什么原因走的；是主动离开的，还是被迫离开的。似乎也没有人对此多加关注。他的失踪连同那个记账本的故事也走到了尽头。生活仍然如流水般继续着。陈静已经转到市里的省人民医院。似乎只有老庄想到此事，有一天，鬼使神差地，他就散步走到了翔龙大酒店门口，有三五个工人正在装修，巨大的"翔龙大酒店"招牌正在往下拆卸。有个工人告诉他，还要开一个酒店，名字叫"镇龙大酒店"，就是要把以前那条翔龙压下去，让它永世不得翻身。老庄茫然地看着他们干活，其中的一个小伙子还冲他笑了笑。那个笑容一下子让他想起被老脱打时的脱松林，他突然觉得浑身不自在起来，赶紧逃离了施工现场，可是一路上，直到进了家门，那种不自在的感觉仍然挥之不去，反而越来越重，压得他喘不过气来。他坐下来，躺下来，压迫感仍然存在。那一夜，他觉得那黑暗比任何时候都沉重。直到第二天，当他一早来到车间，目光瞥见丢在角落里的铁皮工具箱，那种压迫感就立即消失得无影无踪了。自从乐乐失踪后，这个走不离身、坐不离手的工具箱就不见了，而他却一反常态地没有注意到这一点。他走到一堆杂物之间，它是怎么到这里的呢？他记得他把它带回了家，把它就放到他的手边。它是什么时候离开他的视线的？回忆是件痛苦的事情。他把那个铁灰色的工具箱如获至宝地拿起来，小心地放到桌子上，当他以虔诚的心情去打开工具箱时，他发现，工具箱上没有锁子。以前那个工具箱到底有没有上锁呢？他实在想不起来，便放弃了。打开工具箱，里面的白色棉麻布仍旧在，安静地躺在工具箱底，卡斯特罗呢，那盒有卡斯特罗签名的古巴雪茄哪里去了？翻遍小小的工具箱都没有卡斯特罗的影子。

那之后，一联合车间的老段长庄子长，无论走到哪里，他的手里，仍然习惯性地拎着一个铁灰色的工具箱。没有人知道那里面除了一块与卡斯特罗亲密接触过的棉麻布之外，什么也没有，连一只上夜班时常备的手电都没有。他拎着工具箱，数次单独与主任许绍金迎面相遇。许绍金，仿佛什么事情也没有发生一样，他没有问过关于卡斯特罗的任何事，好像卡斯特罗压根儿就不存在似的。他也再没有提起去北京的事，没有提及欧阳。老庄，也没有主动提起过，渐渐地，日子在装置间匆匆地流过，而老庄也把卡斯特罗忘到了脑后。但是他的习惯却从没有改变，那只空空的工具箱，像以前那样与他寸步不离，而且他更加离不开它，它比他的双手都重要。有一次，在厂招待所招待劳模的宴会上，他偶然看到纪委周书记，陪同新上任的厂长来和大家敬酒，新上任的厂长来自齐鲁石化，据说以前是齐鲁石化主管生产的副厂长。周书记手里夹着一支大大的雪茄烟。老庄注意到那支烟，但是他不知道，那是不是古巴雪茄，是不是有着卡斯特罗签名的雪茄。

师徒俩，最终并没有实现他们共同的愿望，一起去一趟赛汉，看看陈静把岁月扔在那里的那个遥远的边地。陈静在省人民医院度过了自己生命中最后的三个月时间，春天来临的时候，她安然地闭上了眼，告别了残缺的生命。陈静临终前，握着师傅老庄的手，说道，我在赛汉这十年，往往以为自己会终老那里，把自己的骨灰都撒在那冰天雪地里，如果说还有什么牵挂的话，那就是我的青春，我抱憾终生的青春。我之所以不顾一切地返回厂里，就是想要给自己那段灰暗的青春有一个交代。可是，终究，我并没有成功。我的青春，永远都会埋藏在忧伤之中了。

老庄带着陈静的骨灰，去了内蒙古。陈静的骨灰盒装在那个铁灰色的工具箱里，这一次，他做到了，那个工具箱，在漫长的路途中都没有离开过他的身体，他的手紧紧攥着工具箱的把手，仿佛抓住了徒弟陈静早已凋零的青春。

五月，这个苏尼特右旗的小镇赛汉，仍然没有春天的迹象，生命萌动的脚步还在远方徘徊。风是那么强劲，凛冽。老庄站在赛汉冷清的大街上，不远处，一个矮小的旅馆，二楼的一间客房，便是陈静的临时住所。她在这里住了十年。被风吹着，突然间，老庄泪流满面，他的耳边，回响着陈静的话："师傅，我早就出徒了。可是我怎么总是觉得自己仍然是您的徒弟，仍然是个学徒工，有您在我身前挡着，您替我挡风遮雨。我可以躲在您身后。什么也不去想，只要按着您的意志去做就行。这是多么美好的一件事啊。"老庄，不禁潸然泪下。

完美的焊缝

师傅环顾一周，目光在每个徒弟的脸上均稍作停顿，最后落在前方纵横交错的管线上。他郑重说道："你们当中有一个人出卖了我。"

这是在加氢装置的管廊之下，密密麻麻的管线遮住了耀眼的阳光。师傅这句话犹如晴天霹雳，让炙热的空气陡然间紧张起来，凭空多了一丝凉意，在他们的血液中奔流。午休时间，师傅把他们集中到一起。阳光中，加氢装置闪烁着银色的光芒，水泥路面快要被烤化了，看上去软软的。热气在管廊外蒸腾着，在路面上方，形成了一团炙热的气流。管线稀疏的阴影中，工具箱、焊条散落一地，他们有的站着，斜靠在塔架；有的坐在泵上；有的坐在安全帽上。师傅这句话后，大家没有面面相觑，而是不约而同地绷直了身体，木然地看着师傅的脸，想从师傅的脸上看出点内容。可是师傅随后便陷入了沉默，再不说话了。

下午四点半，郭志强坐班车离开了厂区，在疾驰的汽车上，一路上他脑子里想的都是女朋友小苏，师傅那句话，和车窗外的风景一样，很快就被抛到了身后。小苏今天坐火车来，他要去接她。在温暖的回忆中，小苏还是上次见面时的样子，恋恋不舍，又有些淡淡的忧伤。她和小苏的相遇很文艺，半年前他们在火车上坐到了对面，郭志强手里拿着一本顾城的诗集《黑眼睛》，人民文学出版社1986年出版的。他们先是谈顾城的诗，谈舒婷和北岛，然后又谈到了电焊。郭志强说："两部分金属，管道或者钢板，就像两个不同的人，迅速地升温，飞翔到顶点，再飞速地冷却，急剧地降落。如果是两个人，这得是多么巨大的考验。而正是这种熔化，凝聚，升温，冷却，在快速的巨大落差间，才让它们完美地接合在一起。"他的话听在小苏心里，就像是一曲来自工厂的热情而有哲理的诗篇。爱好诗歌的小苏被顾城吸引，然后爱上了八方炼油厂青年焊工郭志强。郭志强同样喜欢顾城，爱好诗歌，也偷偷地写诗。这更加坚定了小苏的抉择，她让母亲的愤怒随风而去，让邢台与石家庄两座城市之间的距离变得不那么遥远，她告诉郭志强，她要让他们的爱情完美地焊接在一起。几乎每个周末，中学教师小苏都会乘坐火车赶往石家庄，然后再倒炼油厂的班车去和郭志强约会。而每次，郭志强都充满激情地带她到厂里参观，让她看看厂里的塔、球罐、油品罐区、管线、泵，以及一列列的原油罐车。每个周末，郭志强会写好一首诗，热血沸腾地等待着赠予小苏。郭志强的诗从炼塔开始，他誓言要给每一座塔写一首诗，而每一首关于炼塔的诗都表达着他对小苏日益坚固的爱情。小苏对郭志强的师傅单鹏飞心存敬仰，有一天，她在生活区宣传栏里看到了单师傅披红戴花的照片，便对郭志强说，我想见见你师傅。她见到的单师傅和电影里、诗歌里的工人师傅一模一样，勤劳朴实，可亲可敬。她不禁赞叹道："怪不得他能带出你们十二个徒弟呢。"

接上小苏，在返回炼厂的路途中，小苏紧紧依偎着郭志强，仿佛郭志强随时可能离开似的。她不停地给他讲她这一周读到的诗，这一周和她一起参加培训的吴老师从她这里借走了舒婷的诗，她的母亲又和她吵了一架，小苏发誓说："如果她再和我吵，她再抱怨老天对她不公，非要惩罚她，给她找一个当工人的女婿，我就从家里搬出来，住到学校去。"

快到厂区时，已经看到了火炬的光，小苏突然问："你师傅怎么样啊？我给他带了一条石林烟，是我爸爸的。我听你说过，你师傅抽烟很凶的。"

"我师傅？"郭志强的回答犹豫、不自信，小苏的问话让他突然间想到了中午时分师傅那句令人有些毛骨悚然的话，所以他不知道如何回答小苏，他只能含糊其辞地说："都在忙着检修。"

住下之后，小苏收拾自己的衣物时，看到那条石林烟，便又提起了单师傅，"郭子，你师傅怎么了？"她显然觉察到了郭志强的迟疑。

郭志强不是个会说谎的人，便一五一十地把中午时分，加氢装置管廊间的事情告诉了小苏。小苏惊讶地瞪大了眼睛，"你师傅怎么会那么说？"

郭志强淡淡地说："我也不知道。挺突然的，也挺奇怪的。"
实际上他并没有把这件事完全地放在心上，就像他对所有的事都
不在乎似的。除了上班，偷偷地写诗，爱上一个火车上的姑娘，
这些好像都是他命中注定的事似的，而师傅的那句看似简单的
话，也许就和他们必须要面对的一次次的检修和抢修一样，是必
然要来临的。

　　小苏的反应出乎郭志强的意料，她觉得这是个天大的事，
"你怎么可能不知道呢？怎么可能呢？"她瞪着郭志强，好像他做
了什么伤天害理的事似的。

　　郭志强笑着说："我真的不知道。难道我还能无中生有，胡
乱编造一个理由吗？"

　　小苏意识到了自己的反应过度，她缓和一下语气问："你那
些师弟师妹呢，他们也不知道吗？"

　　"谁知道呢。一下午我们都在干活，干完活我就去接你了。"
他略微想了想，"你这一问，我现在觉得有些不对劲，整个下午，
我都有一种怪怪的感觉，像是下雨前的那种气氛，闷，心里有什
么话说不出来。干活的时候大家的话都特别少，都不敢正视对
方。躲避，对，是在躲避。"

　　小苏显得兴奋异常，"对。这正说明，你师傅是有所指的。
你们当中有一个人出卖了我。"她重复着单鹏飞师傅那句话，像
是在琢磨这句话背后的深意，然后断定，"肯定是有个人出卖了
他。是谁呢？谁又出卖了你师傅什么呢？"

　　郭志强觉得一直纠缠在师傅的那话上，让他们难得的相聚

变了味，连诗歌都退居其次，高尚让位于庸俗，浪漫让位于现实，于是他说："也许师傅只是随口那么一说。没有人会记在心上，连师傅都会在太阳升起之后把它忘得一干二净的。"

这是郭志强的心声，可他不能代表小苏，在他们相聚的短暂时间里，不到二十四小时，诗歌与爱情真的悄悄地落在了后面，小苏，在郭志强朗诵那首《分馏塔：上升或者降落》的诗时，她的倾听便有些分心。

上升是一种选择

降落，在命运的掌纹中

凋零，哭泣……

她突然打断郭志强声情并茂的朗诵，"你师傅这几天有什么反常的举动没有？"

郭志强顿时诗意全无，情绪很糟糕，他不得不重新梳理自己的记忆，让思绪回到那个中午，或者更早的时间段，"好像有一点反常。周四上午，他没有给我们开班前会。小郑那天下午神秘地说，师傅去了办公大楼的五楼，纪委监察室。他嫂子在党办，看到师傅从监察室进去。师傅在那里待了整整一上午。"

"我就说，你师傅不可能平白无故地说那样不着边际的话。他肯定是犯了错，让纪委抓到了把柄。"小苏拍了一下巴掌，像是找到了答案。

郭志强试探着问："那我还读诗吗？"

小苏说："你读，你读。我听着呢。"

事实上，朗读与倾听都变得不那么重要了，师傅的那句话，让那个周末索然无味。

上火车前，小苏叮嘱郭志强："那句话有什么新进展，一定要先告诉我。"

第二天中午，从食堂吃完饭往回走的路上，郭志强被师妹林芳菲叫住了。她躲在检查科楼边的大树下，像是怕被别人看到似的，轻轻地叫了一声"师哥"。

郭志强拎着饭盒走过去，笑着问她："你躲在这里干啥？"

林芳菲面露忧愁，"我在等你呢。"

郭志强说："那走吧，我们一起回车间。"

林芳菲却一把拉着他向大树后边走去，一排茂盛的松树遮挡住了检查科的二层小楼。"怎么了，神神秘秘的。"郭志强觉得平日里怯生生的小师妹今天有些反常。站定之后，林芳菲四下望望，感觉安全了才定神说道："师哥，我想问你一个问题，你可一定要如实回答我。"

郭志强笑着说："菲菲，到底发生了什么，把你吓成这样？"

师妹林芳菲一脸严肃，"师哥，事儿闹大了。非常严重，所以我在这里等着你。在食堂里我就盯着你，生怕你提前走了。可食堂里人多，眼杂，没法说。所以就在这儿拦着你。师哥，我就是想问问你，你昨天去见过师傅吗？"说完，她满脸羞红，像做了一件有愧的事。

郭志强仍然一副松松垮垮的样子，"昨天我女朋友来了，我一直陪着她。没见师傅呀。怎么了？师傅怎么了？我看他今天好好的呀。"

林芳菲叹口气，"师哥，真被我猜中了。我就猜你没去师傅那儿。其他师哥，都去过了，而且是单独去的，谁也没碰到谁，像是算准时间，彼此都有默契似的。"

郭志强一头雾水，"他们去师傅那里干什么？我咋一点也不知道？师傅病了吗？"

"没有，师傅好好的。"林芳菲心事沉重地说，"你心怎么就那么大？你忘记前天中午的事了，师傅当着我们十二个徒弟的面，说，你们当中有一个人出卖了我。你以为师傅是说着玩的，跟我们开玩笑呢。师傅是那种人吗？他从来就没有开过这样的玩笑。所以他们都去找师傅了，还拿着礼物，给师傅表忠心去了。"

蝉的叫声突然间大了，刚才，郭志强根本没有意识到，除了他与师妹的谈话，还有另外一种声音。蝉的叫声连绵、轻快，却钝钝地从他的心上擦过，心头上就像长了一层铁锈。

"师哥你说话呀。"林芳菲着急地看着他，额头上还有细密的汗珠。

"你也去了吗？"郭志强问。

林芳菲低下头，停顿了一下怯怯地说："去了。我是最后一个去的。已经是傍晚了。我思想斗争了一整天。"

郭志强说："我知道了。谢谢你菲菲。"

林芳菲却仍旧紧追不舍，"师哥，那你到底去不去呀？"

"去干什么？"郭志强反问。

"去告诉师傅，那个人不是你呀。"林芳菲瞪着眼睛时，她的眉毛就很清晰地跳动着。

蝉的叫声更加响亮了，松树之外，夏天的光芒万马奔腾。郭志强接着问师妹："那个人本来就不是我呀。所以我为什么要去呀？我不去。"

林芳菲拽着他的胳膊，"师哥，我知道你是个随性而为的人，你洒脱，超然物外，把一切都看得很淡。可是这件事，你可不能掉以轻心。"

郭志强说："我知道你是好意。我心领了。算了。我不去。我不能违背我内心的意志。没事，菲菲，别替我担心。我不去向师傅表白，师傅也不会怪罪我，把我当成一个叛徒。"

本来，郭志强的包里揣着那条石林烟，他想在下班前当着大家的面送给师傅，可是当黄昏来临，当他坐在家里准备给小苏写另一首关于炼塔的诗时，那条石林烟，已经和顾城的《黑眼睛》并排躺在书柜里，书香和烟香，混合成一种奇异的味道，钻进了他飞扬的灵感之中。

整整一周，林芳菲都在做着不懈的努力，劝说郭志强去向师傅表白。又一个周末来临，她突然出现在气分车间的抽提塔前，那时候，郭志强正给小苏介绍这个塔的功能。林芳菲对郭志强说："师哥，我能不能借用一下苏姐姐？"

和郭志强一样，小苏也很喜欢林芳菲，她觉得这个二十岁的姑娘单纯得像一杯清水。她们笑着挽着胳膊走到一边，悄悄地说了有五分钟，其间还不时地向郭志强张望。最后她们俩走到郭志强面前，师妹林芳菲对师兄抱怨："不是一家人，不进一家门。"说完，便气鼓鼓地走开了。郭志强问小苏，她们都说什么了，让师妹如此不开心。小苏说："你还问我呢，要不是她给我说，我还蒙在鼓里呢。她让我劝你去向师傅表白心迹，说你不是那个背叛者。"

郭志强叹了口气："唉，我这个师妹！那你怎么答复她的？"

小苏反问："你说呢？"

郭志强嘿嘿笑了，"你的意见和我高度一致。"

小苏伸手，握住了他的手，说道："你手心里有虚汗，你是不是担心我不会和你站在一起？"

郭志强说："你要是那样的人，也不可能火车没到站就跟我下了火车，非要跟我来看看炼油厂什么样，看看焊接是怎么回事，看看焊花的壮观，看看我诗歌里的炼塔什么样。"

小苏说："瞧你美的。如果哪一天，我不和你站在一个战壕里了，你可不能怪我。"

"怎么可能呢？"郭志强自信地说，"我们会永远在一起，我一辈子写诗给你，直到你老了，耳朵背了，听不见了。"

郭志强的誓言在那个夏天像是一股甜甜的微风，吹走了漫漫的炎热，在她频繁地来往于邢台和石家庄两座城市之间时，感到了无比的幸福。华北平原上的这两座城市，成了她生活中必不可少的两个温暖的牵挂。

连接生活区和厂区之间的马路，被高高的白杨护佑着，路两旁绿油油的玉米已经没过了小腿，放眼望去，阳光中辽阔的玉米像是缠绵絮语的诗句，在他们的心中激荡，连缀成行。小苏情不自禁地吟出了郭小川的名句：

北方的青纱帐啊，北方的青纱帐！
你为什么那样遥远，又为什么这样亲近？
我们的青纱帐哟，跟甘蔗林一样地布满浓荫，
那随风摆动的长叶啊，也一样地鸣奏嘹亮的琴音；
我们的青纱帐哟，跟甘蔗林一样地脉脉情深，
那载着阳光的露珠啊，也一样地照亮大地的清晨。

读完郭小川，小苏的思绪立即就转回到了现实，她说："你师傅，到底是个什么人呢？他为什么会接受徒弟们的表白，他想要什么？"

郭志强感到有点突然，"你想听什么呢？"

"我在师大上中文系时，我们的写作老师，总是提醒我们，要注意文字背后的深意。一个人也是一样。看来，你师傅不只是宣传栏里的那个笑容可掬的人，他肯定还有更多的故事，是在外表之外，你从来不给我讲。"有些怨，有些不满，小苏用脸色表达着自己的内心感受。

此刻，面对他爱得如痴如醉的人，她的怨怼，仿佛突然为他打开了一扇门，那扇门通向他幽深的内心，他惊奇地发现，在那

幽深之处，还有另外一个自己。他重重地舒了口气，"我不能对你有任何的隐瞒。"

小苏温柔的目光鼓励着他。她的身后，那伸向远方的玉米地，在不远的地方，与一些白杨会合到一起。它们安静，绿得明亮。它们和一个年轻得如一株正在拔节生长的玉米一样的语文教师，都是他忠实的听众。他觉得那些言语在幽深之处已经积淀太久，几乎被冰冻了。

"我是师傅的大徒弟。从技校毕业，一进厂就跟着师傅，我对师傅充满了敬重。但是从三十八岁起，师傅突然喜欢上了徒弟们给他做寿。那一年，师傅的徒弟已经有十个，师傅也成了我们检修一队的大队长，管着三十多号人，管、焊、铆、起重，每个工种都有，但最受师傅重用的当然是我们这些嫡亲徒弟。我忘了是谁先提出要给师傅做寿，师傅略微推辞了一下就答应了。从那年起，师傅每年的生日对我们来说都是一个重大的节日，每个徒弟都争先恐后地给他买礼物，生日宴会那天还要上礼。我挺烦这些的。我觉得给师傅最大的礼物就是把工作做好，把活干漂亮，圆满完成一次次检修和抢修任务，给他长脸，别给他丢脸。可是没有人认同我的观点。这让我非常苦恼。因为我是大师兄，按理说，师傅做寿，理应由我来张罗，但是一个内心不情愿的人，根本无法指望他做成什么事的。所以，每次，积极张罗的那个人都是师弟张超民。他不停地埋怨我不积极，其实他心里乐开了花，他愿意在师傅面前表现自己。他忙前忙后，师傅都看在眼里，因此，每年的先进都是他，师傅还让他当了班长。而我，除了进厂第二年侥幸得过一次先进之外，任何奖励都和我无缘了。我乐得自在逍遥，工作，阅读，写诗，日子顺着自己的心去过，就平和而幸福。我也从不消极，师傅做寿时我从来没有缺席过，当然我已经沦为随大流的那一类人。半个月之前，师傅的寿宴刚刚结束。"郭志强停顿下来，仿佛回到那个夜晚，表情中透出一丝的忧虑。

"这一次，出了一点意外。寿宴倒是正常，也很和谐，都喝了不少酒。问题就出在寿宴之后。师傅爱打麻将，因此，喝完酒有人提议陪师傅打麻将，于是我们就来到附近的邱头村，师弟小关是这个村的，他有一处闲置的房子，是家里准备给他娶亲用的，他们经常在那打麻将。所有的人都去了，有陪师傅打的，有观战的。满满一屋子的人，师傅高兴，手气也好，不一会儿面前就堆了不少钱。我对打麻将提不起兴趣，关键也不会打，所以看了半个小时我就觉得头发涨，眼皮子打起架来，于是我就告别了师傅师弟们，踩着月色提前回家了。第二天我才知道，我走后一个小时，邱头镇派出所的人就摸了进去，抓赌抓了个现行。师傅赢的钱，包括徒弟们孝敬他的钱，都被当成赌资给没收了。据小关讲，那晚上师傅的脸色非常难看，跟从管线里漏出来的原油一样，黑黑的……"

小苏打断他，"派出所抓赌时，只有你一个不在场？"

郭志强确定地说："没错。我回到家没多久就睡着了。那天闹了一夜，我困死了。怎么了？"

"那第二天，第三天，或者第四天，你师傅都说些什么。你师弟们说些什么。"她紧张地看着郭志强。

郭志强笑着说："没有啊。那事很快就过去了。小关给我说这些的时候，也只是把那天我错过的情节补充完全。他们随后也回家睡觉，他们进入梦乡的时间会比我长一些，毕竟，被没收了钱，心情沮丧一些。"

"你师傅会不会说的是这件事？你们当中有一个出卖了我？"小苏变得焦躁不安，她在树荫下来回走动，这个寿宴的故事一点也不精彩动人，却使她的心情发生了某些细微的变化。

"不知道。"郭志强洒脱地说，"我不去想，也不想去想。就像这些玉米，一年年的，从种子到长成茂盛的青纱帐，每年都是这样，物的模样，事的原委，该是什么样，就是什么样。也不必放在心上。"

小苏伸出了手，这一次，手心里有汗的是她。"你怎么了？"郭志强问。

小苏幽幽地说："我怎么突然间有些怕。"

郭志强说："怕什么呀。我又没做什么亏心事。"

小苏低下头，沉默了几分钟才抬起头问："你恨你的师傅吗？"

对这个问题，郭志强感到意外，他刚要回答，小苏伸手捂住了他的嘴，"先不要回答我这个问题。不着急，等你什么时候想明白了，想透彻了，再回答。"

实际上，这一次的相聚，小苏留给郭志强一个不大不小的问题，这个问题在郭志强的脑子里由一个小点慢慢地变大，但不是变得清晰了，而是模糊了。之后，没有小苏的那一周，仿佛有些

黑眼睛

漫长，漫长并不是因为时间，而是因为内心里凭空生长出来的一些东西，是除想念、爱、诗歌之外的东西，那东西无形之中，拉长了分离的时间。

再一个周末来临的时候，匆匆地赶往火车站的郭志强并不是去接来约会的小苏，而是要去赶火车，他要赶最近的一班火车去邢台。昨天，小苏发来电报，只有八个字：速来我被赶出家门。字里行间，郭志强看出了小苏的无助，化成了八个字。赶到市里，天还没有黑透，他走下班车，急匆匆要脱离开下车的人流向车站走时，感觉到胳膊被人挽住了，回头一看，是小师妹林芳菲。昏暗的光线中，她的微笑很迷人，她叫了一声"师哥"。班车上挤得满满的，郭志强根本没发现她也在拥挤的人群中，便纳闷地问她要去干什么。林芳菲俏皮地说："跟你一样啊。"

"我可是去邢台，去小苏那儿。"郭志强说。

林芳菲却并没有把手松开，她的手抓得反而更紧了，"你去哪儿我就去哪儿。"

郭志强想摆脱掉小师妹的手，却没有办法，他急切地说："你别开玩笑。我得急着赶火车。要赶不上这趟车，我就得后半夜才能到邢台。"

"赶紧吧。"林芳菲说，"别耽误工夫了。"

郭志强真是哭笑不得，"你去干什么？邢台跟你可一点儿关系都没有。"

林芳菲倔强地说："我不管，只要让我离炼油厂远远的，不管去哪儿都行。"

师妹的一意孤行，让郭志强放弃了坚持，他只能让师妹挽着他的胳膊，快速地从中华大街拐上自强路，走上五百米，来到了人头攒动的火车站。

南下的列车上，站在拥挤的车厢里，不时地躲避着来来往往的人，师妹才向郭志强说起了原委，她说："我不是要赖着你。是因为师傅给我介绍了一个对象，我不想去见，又没有理由拒绝。我没了主意，就漫无目的地坐上了班车，后来就看到了你。这一下，我有理由了，我陪着你去邢台呀。这个理由够充分吧。"

郭志强摇摇头，"不充分。你躲过了初一，躲不过十五呀。你干脆回绝了不行吗？"

林芳菲反问："师傅的话能回绝吗？"

两人就不说话了。师傅，不知道从什么时候起，郭志强发现以前那个虽然严厉但平易近人的师傅消失了，师傅喜欢上了众星捧月，喜欢上了高高在上的感觉。唉，他不禁叹了口气。

他们站在过道里。一百二十公里的旅程，拥挤不堪，不断地有人从身旁经过，上厕所的，打水的，无聊地挤来挤去的。车厢里什么味道都有。不一会儿，小师妹林芳菲脸色便有了变化，腿也打颤了，她抱怨火车上人怎么这么多，环境怎么这么差。突然她像是想起什么似的，"我苏姐姐每次也是忍受着这样恶劣的条件去看你吗？"

一经师妹提起，郭志强也是心里一惊，"她从来没有说过呀。"看着车厢内嘈杂的情景，感受着恶劣的氛围，再想想文弱的小苏，他还真心疼起小苏来。

"我真佩服苏姐姐，不顾距离的阻隔，不顾家庭的反对。师哥，你以后可得对苏姐姐好啊，你要是变了心，连我都不答应。"林芳菲直视着他说。

不一会儿，车厢内污浊的空气就让林芳菲疲惫不堪，昏昏欲睡，她实在坚持不住了，很自然地把身子靠在郭志强的身上，头依在他的胸前，像是睡着了。路过的人的气流把她的发丝吹起来，撩在郭志强的脸上。他低下头，看着面如土色的小师妹，感觉到，这一刻的小师妹已经忘记了她不喜欢的约会，忘记了她不喜欢的那个不知名的小伙子，此刻的林芳菲，靠在郭志强的胸前，安静，满足。

夜色中的邢台，空荡荡的，寂寥，孤独，还有些古城的凋败。据小苏说，邢台曾经短暂做过商代、赵国、东晋的都城。可是走在那低矮楼房挤压中的街道之上，郭志强一点也感受不到古代帝都的恢弘气息。

看到林芳菲，小苏还是很惊讶。她站在邢台一中的门口，像是已经在这里等了许久。"呀，菲菲，你也来了。"她说。

因为被母亲从家里赶出来，小苏不得不搬到了学校的宿舍里，宿舍在一栋三层小楼上，边上楼，小苏边给他们介绍，"这个学校抗日战争时期是日本人的一座兵营，学校西北角还保留着日本人建的碉堡呢，明天我带你们去看看。这栋楼是日本鬼子的指挥部。屋里都铺着木地板。"

听着她的介绍，郭志强悬着的一颗心渐渐地放下来了，小苏没有表现出多大的悲伤，他原以为，见到他，小苏肯定会无比的委屈，会扑在他怀里痛哭流涕。

小苏寄居的宿舍在二层，一间八平米的小屋。那天晚上，他们不得不三个人挤在一间屋子里，屋子的中央拉了一块床单，小苏和林芳菲挤在一张单人床上，白色床单的另一边，郭志强只得睡在地上，躺在坚硬的凉席上的郭志强却感到了欣喜和宽慰。他所看到的小苏，是一个没有因为家庭的抛弃而悲伤的姑娘，如果是那样，他会无地自容，深怀自责。黑暗中的郭志强偷偷地长舒了一口气。

黑色在小屋中流淌，像是水流过他们的面颊。夜真寂静呀。没有装置的轰鸣，没有生活区四周的狗叫和鸡鸣，一个青年教师的宿舍，那深藏的疑问，在黑暗中悄无声息。这一切都是因为多了一个人，小师妹林芳菲，她也一定感觉到了自己存在的尴尬，于是率先打破沉默的那个人是她，她说："你们想说什么就说吧，就当我不存在。我困死了，躺下就睡着了。"只有一天的周末，一分一秒都是珍贵的。已经在心里积攒了一周的疑问像春节的爆竹一样已经被点燃了。小苏终究还是被自己的好奇和对郭志强的忧虑所击败，黑暗中的她轻声说："说说你的师傅吧。他一定还有更多的故事。"

郭志强犹豫了片刻，这显然不是在无边田野簇拥下的乡村公路上，听众也不仅仅是小苏和忠实的玉米，他咳嗽了一声还是开始讲述关于师傅的故事，在讲述的过程中，他惊悸地感觉到，他好像也是第一次重新认识一个人。这个讲述中的师傅，和现实中

黑眼睛

的师傅是一个人吗？和他朝夕相处的师傅是一个人吗？

"我师弟孟海军，他的生活突然跌入了万丈深渊。他刚出生的女儿得了白血病，他要去北京给女儿治病，急需一大笔钱。虽然车间里、厂工会都给了他一些救助，可这都是杯水车薪，根本解决不了问题。海军急得一下子老了许多，半个月的时间就像是过了三十年，头发都白了。那天，菲菲也在场，师傅给我们十二个徒弟开了个会。大意就是，我们要想尽一切办法，把这笔巨额的费用给凑齐了。先是师傅让我们出主意想办法，我们七嘴八舌，吵吵嚷嚷，却说不到正点上。然后师傅才说出了他的主意，很显然，他已经胸有成竹，师傅想到了我们检修时换下来的那些旧的设备，泵啊，管道啊，阀呀，甚至还有火炬顶端白金的探头。如今，它们都静静地堆在车间的仓库里。师傅说，它们待在那里真是可惜，真是浪费，虽然不能再为装置服务，不能为我们厂创造价值，如果能发挥余热，废物利用，挽救一个孩子的生命，它们也是生的伟大、死的光荣了。师傅是在打那些旧设备的主意。他想把那些旧设备弄出来，转手卖了，把钱交给海军治病。师弟们都低下头没有说话，只有我提出了反对意见，我说了我的理由，仓库里的东西都是国家财产，我们把它弄出来，转手卖掉，那就是犯罪。我说得振振有词，反应却寥寥。我说完，看到大家都看着我，像是在看一个怪物。师傅铁青着脸，问我，你能拿出那么多钱？我回答说不能，但我们可以想办法。我的声音很微弱，没有得到任何的响应，师傅说，我们投票吧。师傅喜欢投票，一遇到要大家解决的问题，师傅总是采取投票的方式。当然，在投票前，师傅会把他的意见先说出来。投票的结果就会完全按着师傅的意图产生了。这一次，师傅把决定权也交给了投票。我知道自己的反对是毫无意义的，于是我弃权了，我没有投票，而是走出了车间，来到阳光汹涌的院子里，我看到有一群麻雀落到那个巨大的旧法兰上，法兰好像在这个院子里待了有好长时间，锈迹斑斑，麻雀欢快地在那上面啄呀、叫呀，那个被热滚滚的油汽泡过、被风吹雨打过的笨拙的家伙，能有什么吸引这些自由自在、无拘无束的麻雀呢？

"邢台的夜真静啊。我仿佛都能穿越时空，回到那个午后，听得到我自己心跳的声音。我不知道，在没有阳光照耀的车间里，师傅和我的师弟们，他们能否听到自己的心跳。那之后没多久，也就是两天之后，我就听说车间仓库里的旧设备被盗了。整整一屋子的设备，竟然在人不知鬼不觉的情况下，被风刮走了，被夜色吞没了。仓库的大门、窗户安然无恙，一点儿也没有被撬过的痕迹。厂公安处忙活了一个月，一无所获，没得出任何结论，草草结了案。"

在郭志强讲述师傅的故事时，小师妹林芳菲一直没有插话，躺在床单那边的两个姑娘都很安静，只能听到那张破床吱吱呀呀地响着。讲完后郭志强轻声问："菲菲，这些你都是知道的，你也是参与者，我说得对不对呀？"床单另一边，只传来一个姑娘的回答，那是小苏，她轻声说："睡吧。"

第二天一早，林芳菲对郭志强说："师哥，昨天晚上我好困，都没听到你讲的故事。"

那个周日，郭志强帮小苏把宿舍收拾了一下，买了一些日用品，把那张快要散架的单人床重新钉了一下，昨天晚上，郭志强是听着那张床传来的吱吱呀呀的声音入睡的。他还没有忘记给小苏读诗，这首诗的名字叫《常压塔：沸腾的生活》。显然，迷恋诗歌的小苏却没有表现出对这首新诗的更大的热情，她心事重重，看着郭志强的眼神都很特别。这眼神让郭志强有些不适应，趁林芳菲不在身边，他忐忑地问小苏，我哪里做错了吗？小苏的表情仍然那么忧郁，眉宇不开朗，她说："你没有做错。你做得很对。可我就是觉得怪怪的。心里有什么东西堵着。可又说不出来是什么。"郭志强刚想安慰她两句，林芳菲回来了，她说："我喜欢你们校园，比我们厂子弟学校的操场大，两旁的树也多。下回来我还要在这里跑上十圈。"林芳菲喜欢跑步，每天坚持，到了这里也没懈怠。

回程的列车上，仍然是人头攒动。他们紧挨着站在车厢的一头，林芳菲问郭志强："师哥，你打算一直这样两地奔波呀？多难呀。"

郭志强思忖了片刻，这个问题他还真的没有过多地考虑，"你知道我这个人，随波逐流，走一步看一步，从来没有过多的奢求。"

林芳菲便没有再追问。年纪轻轻的她，竟无比惆怅地说，要是我也有一个苏姐姐这样的异性朋友，我就可以有理由待在邢台，永远不回去了。

郭志强笑着说："你的大好年华才刚刚开始，别那么悲观。

你要是不愿意去见那个小伙子，我去劝劝师傅。"

林芳菲摇摇头，"你别去。你觉得有用吗?"

"那你自己可以给师傅说呀。你说你不愿意。这是你自己一生的幸福呀，你不是为别人在找一生的伴侣，而是你自己。"郭志强耐心地说，他觉得这个小师妹善良、单纯，就是事事胆怯，办事犹豫，优柔寡断。

"可是，"林芳菲咬着嘴唇，"师傅也没说非要我嫁给他，只是让我去见个面，主意让我自己拿呀。"

郭志强能想到师傅说这话的语气，那是不容置疑的。师傅，越来越无法容忍徒弟们提出哪怕一丁点的反对意见。

对于无法摆脱掉的现实，林芳菲觉得应该向师哥学习，随遇而安。没多久便依在郭志强的身上，连郭志强安慰她的那句"也许师傅给你选的那个人很好呢"都没听到，师哥身上的气息像是催眠剂似的，她靠得紧紧的，很快就迷迷糊糊地睡着了。

林芳菲约会那天是个黄昏，下午刚下班，夕阳和燃烧的火炬交相辉映，天际被分成两半，上面是重重的云彩，而下部却夕阳如血。余晖中，她骑着自行车赶上师哥郭志强，央求他跟着自己一起去，她说："我有点害怕。"

郭志强说："哪有约会带着师哥去的，又不是去打架。没事，见几面，你要是不喜欢，可以推掉呀。我听黄三说，那个男的是个大学生。有文化，肯定比我们没文化的好。"

林芳菲说："我才不管他是不是大学生。我就是害怕。"

郭志强说："男大当婚，女大当嫁。自然规律，别怕。要是那男的真欺负你了，到时你再找师哥来，我替你出气。"

令郭志强没有想到的是，他一语成谶，等需要他来替师妹出气时，事情已经无可挽回。那个夕阳无限好的黄昏，他目送着林芳菲走向她约会的翔龙酒店，他才突然发现，林芳菲竟然还穿着蓝色的工作服。

那天晚上，林芳菲的约会也成了郭志强的一件心事。因为晚饭后急促的敲门声打断了他写诗的思路，进来的是林芳菲，她的神色和分手时没什么两样，害怕与惶恐，浓重地写在脸上。她看了看铺在桌子上的稿纸："你给苏姐姐写情书呢？"

郭志强纠正她："不是情书，是诗歌。"

林芳菲坐下来，"反正都是一样。我真羡慕你们，你们的爱情，有诗歌这样美好的东西，有不辞辛劳的奔波，有互相之间的惦念。而我呢，我都不知道有什么。"

她怅然若失的样子令郭志强很是担忧，"那小伙子人不好吗？"

"不知道。"林芳菲摇摇头，"文质彬彬，戴着眼镜，家是张家口的，名叫魏秋声，供应处的，负责采购业务，经常要出差。话不多。可是，师哥，我怎么就快乐不起来？我看你和小苏姐，那么快乐，那么幸福，不管有没有距离的阻碍，不管有没有家庭的反对，你们对爱情的渴望都那么强烈。可我怎么就不能呢？"

那天晚上，没有化妆打扮，穿着工作服，快乐不起来的林芳菲让郭志强陪她去跑步。在小师妹面前，郭志强说不出一个"不"字，况且，诗歌可以慢慢来，不急于一时片刻。

厂子弟学校的操场上，跑步的人并不多。林芳菲跑得很快，不一会儿，她就把郭志强丢下很远，他喊道："等等我，等等我。"他的喊声无济于事，林芳菲好像已经忘记了还有他这个师兄在陪伴着她一样，她越跑越快，渐渐地把郭志强甩得远远的。后来她超越了郭志强，没有跑步习惯的郭志强干脆停下来，他能听到自己心脏剧烈地跳动，他扶着位于操场南边看台旁的旗杆，气喘吁吁地看着林芳菲一会儿近一会儿远，一会大一会儿小。他觉得师妹就像是一颗愤怒的子弹，而跑道就是一杆长枪。只有在跑步的时候，小师妹林芳菲才是个意志坚定的人。

　　林芳菲的爱情一开始就带着明显的个人化情绪，不情愿，情不得已。她怯懦的内心，使得那个不得不来的爱情充满着许多未知的前途，所以她要找一个信任的人，陪伴在犹豫不决的自己左右。郭志强说："菲菲，爱情是两个人的事情。"

　　林芳菲说："可是我心里不安。你不愿意帮我呀师哥？"

　　郭志强摇头，说："你到底是怎么想的，如果你觉得你们之间没有任何可能，我劝你就和那个小魏摊牌吧，告诉他，你们俩不合适。"

　　"师傅那里我怎么答复？"林芳菲无奈地说，"昨天师傅还把我叫到一边，给我说一大通小魏的好处，说他踏实肯干，深得常副总的赏识，用不了几年就会受到重用。"

　　"那你是怎么想的？"郭志强对小师妹的犹豫不决很是不爽。

　　"不知道呀。我脑子里空空的，什么想法也没有。师傅也是对我好，师傅详细地给我分析小魏的美好前程，如果我的一生寄托在前程似锦的小魏身上，便幸福美满了。"林芳菲低下头，"师傅说，你一个工人出身，能攀上一个大学生，那是你前世修来的福分。"

郭志强恨铁不成钢，可是又爱莫能助。林芳菲不想违背师傅的意愿，对于她来说，也许算是一个生活的态度，他不能勉强任何人都和他一样，顺着自己的心愿一条路走到黑。他对自己说，也许，她的选择是一条更适合她的路呢。

十一来临的时候，魏秋声邀请林芳菲去爬泰山。林芳菲走之前显得心事很重，她再次邀请郭志强陪他跑步，这一次，她跑得很慢，郭志强基本上能够跟得上她的节奏。月亮挂在偏西南的天际，一直跟着他们，郭志强感觉那盏皎洁的月亮像是一个跟踪者，在时刻窥伺着他们，这让他头一次对月亮产生了一丝的厌烦。他想跑快点把月光甩掉，可是他跑不快，那月光他也挣不脱，它像丝一般粘在身上。林芳菲的速度出奇的慢，好像她想让那跑步一直持续下去，她说："师哥，你说爬泰山和爬炼塔有什么不同？"

郭志强觉得她这个问题很奇怪，"那当然不同。境界不一样啊，爬泰山你有一览众山小的宽广胸襟，爬炼塔你就只想着一件事，那就是赶快把分给你的工作干完。"

"我对泰山的风景一点儿也没有兴趣，我宁肯在这个假期把所有的塔都爬遍。"

林芳菲心底的真实想法永远都只能停留在那个月夜之中，把它隐藏在黑暗中，隐藏在月光中，而被动地迎合着爱情和一切。

她和魏秋声去了泰山，而郭志强，迎来了同样心神不宁的小苏。

倾听，是那么迫切。

"我不能确定检修车间仓库的失窃事件是否与师傅有关，我也不知道后来海军为什么突然有了去北京给孩子治病的底气，但是我要做我自己该做的事。他临去北京前的那个夜晚，我去了他家，口袋里装着一个信封，里面有两千块钱。我只是想尽我力所能及的一点义务。可是海军毫不留情地拒绝了我，他的脸色像猪肝一样，好像我做了什么大逆不道的事情似的。他说他不需要我的怜悯和施舍。他的话重重地伤了我。我不知道自己是怎么从他家里逃出来的，我伤透了心，平时亲密无间的师兄弟怎么会如此猜忌，如此隔膜？漫无目的地走出生活区，走上没有路灯的乡间公路，我就那么走，一直走，真想那个夜永无止境。

"黑暗对我来说可能还远远没有结束。我的师弟们都对我敬而远之，好像我是一个怪物似的。我把更多的注意力集中到工作当中，当我戴着面罩，拿起焊枪，我感觉自己就被那喷射的弧光、闪烁的焊花所吸引了，那蓝色的光、红色的光混在一起，圣洁、美丽，像是神圣的宗教仪式一样。有一天，我们在新建的二催化的塔顶作业，那是一套新建的装置，建成之后，炼油厂的生产能力会有一个大幅度的提升。那个蒸馏塔还没有完全成型，通往一层层平台的阶梯还未完工，我们是从四层的平台上踩着搭起的架子来到塔顶的。塔顶离天空更近，春天里阳光照在塔上，形成的阴阳错落的样子，再加上蓝色天空的背景，蓝色和银色，像是刚刚完成的一幅水彩画。但是高处的风畅通无阻，很轻松地就穿透衣物，抵达皮肤，就会感到塔上塔下完全是两个季节。我专注地拿着焊枪在作业，从午后一直到了阳光西斜，等我感到身体累了，乏了，直起身来，眼睛从面罩下解放出来，那浓稠的夕阳映在塔顶，映在我的身上，我觉得自己依然埋在焊花里似的。四下一看，除了夕阳，圆圆的塔顶，孤寂的平台，在散发着焊条味道的护栏之中，只余下我一个人。他们都去哪儿了？我喊了一声‘张东明’，比四野还要空旷的塔顶连回音都没有。我师弟张东明本来就在我的旁边，和我一起焊北边的护栏的，此刻他也不见了。我扶着塔壁向下张望，搭好的架子也撤了，他们为什么把架子拆了？整个蒸馏塔，只有我一个人。那是一个建设工地，收工了，地面上的工人们也早就没影了，我的喊叫声疲弱地传到地面上，起不到任何作用。美丽的夕阳转瞬即逝，天渐渐地黑下来，我坐在那里，已经放弃了会有人还记得我，记得我还孤独地待在一个孤寂的地方。我安静地坐着，旁边是早已冷却的焊枪和焊条，我茫然地看着蒸馏塔和我，一起缓慢地失去了清晰的轮廓，突然坠入了无边无际的黑暗之中。远处，气分车间装置的轰鸣声闷闷地传来，撞到我四周的黑暗之中，像是水滴进入了大海。更远处的火炬，那光亮似乎比平时看上去近了许多，但光芒却小小的、怯怯的在那里闪着。春天的风也有让人揪心的时候，在离地三十多米的空中，风比黑暗更加自由，它可以肆意地蹂躏我的身体，像是把我的身体当成一个可以穿越的目标。我坐在那里，思想冷得失却了旋转的动力，它像是一台没有了电能的气泵，沦落成一个物体。你想想，如果你能够看到你的思想成了一台泵，你连绝望的机会都没有了。黑夜如此漫长。火炬的光像是静止的。那真是神奇呀,天地间黑茫茫一片,只有那一点光亮,坚定却又渺小。像是出现在遥远的过去。黑暗也是静止的。天地间万物都是静止的。那一夜,我懂得了一个道理,不要相信弹指一挥间的鬼话。我一夜未眠,直到我能看到自己和塔的轮廓,直到那火炬的红光变黯淡了,直到天光大亮,我看到塔下的人陆陆续续地来到工地上,塔下,他们的身影就如同我小时候下的军棋,他们是一个个的棋子,工兵,班长,排长。只是,操作他们的不是我,而是上苍。九点,我的工友们才从塔下慢慢地爬到三层的平台上,他们若无其事地重新搭起两层的架子,然后攀登上来,像是意外发现了被遗忘在塔顶的我。张东明呀的一声,说,师哥,你怎么来得这么早呢?"

"你怎么有那么多的秘密?有那么多的悲伤?为什么你不告诉我?"小苏伤心地说。她把他的脸捧在自己的两手中间,透过泪眼凝视着他伤感的眼睛,这还是头一次,她看到一个内心悲伤的郭志强。她以为早就把这个她深爱的男人看透,如今,她动摇了。

小苏的手温暖细润,似乎要把郭志强的心融化,"如果不是师傅的那句话,如果不是你的坚持,我是想把它永远埋藏在心里,让它腐烂变质,连我自己都想把它彻底地忘掉的。"

"你应该大声疾呼,告诉他们你真实的想法。你并没有做错什么呀。"泪水在小苏的眼睛里打着转,仿佛那个不被人理解的人是她自己。

郭志强苦笑道："如果我去辩解，去据理力争。只能说明一个问题，那就是师傅错了，他们都错了。你觉得这个可能吗？"

小苏便沉默不语了，眼泪夺眶而出。郭志强替她擦拭着眼泪，反倒是他在安慰小苏，"哭什么。我这不是好好的吗？又不缺胳膊少腿的。如果真到那天，我就去找你，在邢台安营扎寨，给你写诗，陪你变老。"

小苏破涕为笑，"一言为定。到时候我也抛开一切，什么父母、工作，都不要了，我们也不在邢台，浪迹天涯，像浮萍一样随波逐流。"说完她感觉那一天似乎已经来临，那一天像是突破阴霾的刺眼阳光，温暖地照耀着她和他，他们真的成了两个无拘无束、没有任何社会羁绊的人，一股欲望的暖流腾空而起，把她托起来，她感觉自己的脸热辣辣的，浑身燥热难耐，她的身体轻飘飘的，像是一张纸、一片云。她无法自已地娇嗔地说："快快快，拽住我，拽住我，别让我飘起来。"郭志强也被她所感染，她潮红的脸，动人的睫毛，水波荡漾的眼神，抖动着的丰润嘴唇，柔软的身体，都在向他召唤。在那一刻，他们都暂时忘掉了师傅，忘掉了师傅的那句话，忘掉了还有许多不可知的未来，他同样颤悠悠地伸出手，剥去小苏颤抖的衣服，他触摸到的是一汪亮晶晶的温泉。他的身体拖着小苏，沿着一道明亮而狭窄的通道，在快速地沉下去，沉下去，直到跌入那万丈之光的深渊之中。

在国庆的那两天假期里，小苏完全是一个被欲望征服的女人，她不停地上升，而郭志强便不断地降落。每一次的高潮之后，她都高声地给郭志强背诵顾城的诗：

我需要，

最狂的风，

和最静的海。

我希望，

每一个时刻，

都像彩色蜡笔那样美丽。

我希望，

能在心爱的白纸上画画。

画出笨拙的自由，

画出一只永远不会，

流泪的眼睛。

一片天空，

一片属于天空的羽毛和树叶，

一个淡绿的夜晚和苹果。

我想画下早晨，

画下露水，

所能看见的微笑。

画下所有最年轻的，

黑眼睛

没有痛苦的爱情。

背诵完，她的欲望再次响起，他们重新投入到飞翔和降落的过程之中。北京亚运的吉祥物熊猫盼盼不时地在电视上闪现，他们一边数着中国运动员又拿了多少块金牌，一边忘记着自己多少次地被欲望所吞没。那是没有白昼和夜晚的两个日出日落，那是让他们终生都难以忘怀的两天两夜，那是类似欲望赌注一样的国庆假期。小苏觉得，她美丽的青春，必须要在那两天挥霍一空似的。

等她踏上返程的路途，才突然想起，她此行其实想看看郭志强是如何把两个物体焊接在一起的，她觉得那同样是一件浪漫的事情。她不禁有些伤感，郭志强对他们悠长的青春有充分的自信，他说："不着急，反正有的是时间。下次吧。"

林芳菲没有看到泰山日出。这和小魏的说法不一致，小魏兴致勃勃地向郭志强描述着泰山动人的日出景观，在他有些口吃的讲述中，泰山的日出瘦瘦的、干巴巴的、秃秃的，像是从山顶向上扔出的一个大大的麻袋。

那是在俱乐部门口，他们一起从班车上下来，郭志强刚送完小苏，而林芳菲他们刚刚从遥远的泰山归来。天已经黑透，俱乐部广场上的路灯光黄澄澄的，照到人脸上，每个人都像是刚刚经历了一场灾难似的。看到日出的兴奋还在激励着小魏，"郭师兄，你要是去泰山的话，我建议你最好多带些衣物，最好是军大衣。

那上面租的军大衣，味道真不怎么样。"

"你真没看到日出？"郭志强问林芳菲时，已经是第二天的夜晚。他们奔跑在子弟学校的操场上，林芳菲说："没有。我什么也没看到。"

郭志强问："那你去干什么去了？"

隔了一会儿，林芳菲才回答："我在和一个人战斗。"

"谁呀？"郭志强停下来。林芳菲却没有停下来，他只好紧跑几步，跟上去。

"我自己。"林芳菲平静地说。

郭志强狠狠地吐出一口气，即使他已经习惯陪着师妹跑步，可是他的步伐总是在不断地调整之中，呼吸也是一会儿紧一会儿慢的，因为他摸不准心情变化多端的林芳菲什么时候跑得疾，什么时候跑得缓。林芳菲接着说："师哥，我拿定主意了。我不想和小魏谈朋友了。"

郭志强大感意外，很是振奋，他感觉自己的腿上都有力了，"这可是个喜讯，你终于想通了。"

林芳菲干脆停了下来，这是从来没有过的。她停下来，站在路边，那晚，没有月光，能听到操场上秋虫的鸣叫一会儿高一会儿低。林芳菲说："师哥，泰山之行让我不寒而栗，让我也痛下决心，做回我自己。你知道吗师哥，小魏是个不善于表达，却喜欢表白的人，一路上，他都不停地给我说他辉煌和悲惨的过去。他辉煌的学业，他在讲述自己从小学到高中时期的优秀时扬扬得意；而悲惨的命运是他的家庭，他生在农村，是个单亲家庭，母亲只身带着他和妹妹，从很年轻的时候就守寡，一直没有再嫁。他说，他看到村里的那些男人欺侮母亲，他就暗下决心，总有一天，他要让那些人吃到苦头，他要让那些人跪在地上向他求饶，他要用铁锹把他们拍在地上打滚。他把他们的名字都记在一个小本子上，把他们的面容牢牢地印在脑子里。我听着听着就起了一身的鸡皮疙瘩。师哥，我觉得他内心太阴暗了，太可怕了。所以我打定主意，要和他一拍两散。"

对于师妹林芳菲的选择，郭志强给予了大力的肯定和赞扬，那天晚上，他还鼓励师妹，不要违背自己内心的意愿，做不得已的事情，还说了人生处处有芳草之类的话。接下来的跑步就变得轻松愉悦了，连郭志强也开始从那天起喜欢上这项运动了，他感觉到身轻如燕。

可是，事与愿违，过了没两天，与厂报编辑余坚吃完饭的郭志强发现林芳菲和小魏一起从俱乐部里出来，他们一道观看了王朔小说改编的电影《一半是火焰，一半是海水》。林芳菲像是做了错事，在看完电影后主动找到郭志强，邀请他一起去操场跑步。两人没有像往常那样并排跑在跑道上，而是相隔有两三米的距离，林芳菲在前，郭志强在后。跑了有两圈，郭志强就感到疲惫不堪，他停了下来，弯着腰喘着粗气，林芳菲心有灵犀地停下脚步，犹豫了片刻，便走了回来。她呼吸均匀，丝毫没有郭志强那么费力。她伸出右手，试探了几次，最后还是抓住了郭志强的胳膊，细声细语道："师哥，对不起。"

郭志强赌气地说："关我什么事。我不是狗拿耗子吗？你有

完美的焊缝

153

什么错？又不是我找男朋友，又不关我的终身大事。你找个什么样的人我可管不了，我就是觉得你这种犹犹豫豫、拿不定主意的劲头，让我失望和痛心。你什么时候才能长大呀！"

按林芳菲的解释，是师傅的一番话，又让她重新回到了无所适从的轨道上。师傅说，生活就跟焊条和管道、容器的关系是一样的，什么样的材质，得用什么型号的焊条。而能不能把管道、容器、板材完美地焊接到一起，你要不断地进行摸索，不断地总结经验，要观察材质，观察厚度，要懂得运用电流的大小，要根据材质的大小、位置，采取适当的焊接方式。即使焊接好了，还可能出现裂纹呢、气孔呀。所以，你想一蹴而就，既无法焊接成功，也不能把生活搞好。

郭志强说："师傅说得对。"

他们走向看台，坐在看台的边缘，脚悬空。夜空下着绵绵秋雨，淅淅沥沥的，他们身上早就湿透了，跑道上空无一人。操场边，那棵白杨的树冠黑得浓密而巨大，细碎的雨声绵软悠长。

林芳菲说："师哥，你从来都不违背自己内心的意愿吗？"

郭志强不假思索地朗声回答："当然，我心底无私，问心无愧。"

"那你得到了什么？"林芳菲尖锐的问题在细雨中那么刺耳，一直在回响。

郭志强呆住了。他以为自己的内心始终被那炫目的焊花照耀着，他一直觉得他的心里亮堂堂的，此刻，在这个郁悒的雨夜，师妹的问话像是倾盆大雨，把他心中的焊花浇灭了，内心顿时灰暗无比。

灰暗的时刻远没有就此打住。在冬天来临之前，厂里要选派一批工人到荆门石化，帮助荆门石化建设一个新的聚丙烯装置。愿意去的人寥寥无几，据说，那里的冬天没有暖气，天气非常寒冷。任务落在了郭志强身上。接到师傅的通知后，他毫无怨言，只说了一句话："好的，我去，师傅放心，我不会给你丢脸，不会给咱厂丢脸。"

令郭志强意想不到的是，在去荆门的人员中，竟然也有林芳菲。出发上班车时，他才看到拉着皮箱的林芳菲，不免万分惊讶地说："你去干什么？不在家好好待着。"

林芳菲吐吐舌头，"我是主动要求去的，去给你打下手呀。"在火车的卧铺上，林芳菲才向他吐露真言，她说，她去荆门也是去躲清闲，躲开小魏。郭志强恨铁不成钢地说，反反复复的，你什么时候才能痛下决心呢？

荆门的工作持续了有四十天。南方的日子对于两个人来说，平淡而宁静。小苏几乎没有任何消息，而小魏却穷追不舍，林芳菲几乎两天就会收到小魏的一封信。林芳菲却从来没有回过一封。两个人似乎都忧心忡忡，郭志强担忧久没有消息的小苏，他感觉到，自从她知道了师傅那句话，知道了师傅的一些事后，他们之间，明显地没有以前那么快乐，不像以前那么毫无芥蒂地大胆去爱了。他们的爱变得有些谨慎，有些不平坦。在荆门的夜晚，一想到这些，郭志强便辗转反侧，睡不好觉，后来他还是利用难得的一次休息日给小苏打了一个长途。电话那头的小苏仍然表现得很快乐，笑声朗朗，但郭志强就是疑心她的快乐有些掩饰。林芳菲却怕施工的日子很快到达终点。

其间他们还登了一次圣境山。圣境山在荆门西北十公里处，据当地人讲它属于秦岭的余脉。当若干天后，他们迎接着北方那个冬天的大雪弥漫时，他们也许忘记了圣境山的青山绿水，但是郭志强和林芳菲可能都不会忘记，他们在山巅的真武观的那一番对话。在圣境山，难得他们的嗅觉中没有焊条熔化时浓烈的刺鼻味道，而多了些花花草草的芳香，可是心中都知道，恐怕这一生，那带着淡淡苦涩的焊条的味道，都会伴随他们左右。

"你觉得师傅那句话说的是什么？"林芳菲一说话，焊花飞溅时的味道就能穿越时空，钻到他们的身体里。

林芳菲突然的发问让眼前的景色顿时失色，郭志强说："不知道。"

"那师傅说的那个人，出卖他的那个人是谁？"林芳菲步步紧逼。

郭志强心烦意乱，"不知道，我怎么会知道呢？"

"师哥，在你心目中，师傅是个什么样的人？"林芳菲的目光闪避着师兄郭志强，她觉得这个问题本身对她自己来说都是压抑的，好像这个问题在心中郁积了太久，所以她偷偷地吸了口气，再长长地吐出来。

长久以来，郭志强都在回避与师傅有关的任何问题。师傅，是他心灵深处最脆弱的一点。让他为师傅说一堆的好话，把师傅捧上天，他办不到，他觉得羞愧；可是要让他贬低师傅，否定师傅，他也做不到。他说："我告诉你一件事吧。我刚进厂那一年，特别自卑，因为我突然发现，身边有那么多的大学生，中国石油大学的、抚顺石油学院的、河北化工学院的，不济的还是兰州石化中专的，他们朝气蓬勃，对前程充满自信，他们才是国家的栋梁和未来，而我一个技校生能有多大的出息。师傅看出我的想法，他把我带到一联合车间，站在主控室外面，南面就是并排而立的两座油塔，蒸馏和精制。我们抬头向上张望，塔太高了，我的脖子都酸了。师傅又领我在塔下的管廊间走了一趟，让我看那些各种各样的泵、阀门、法兰、管线，然后，当我们重新回到主控室外，再抬头看塔时，师傅问，你说塔高还是泵高？我说，当然是塔。他又问，塔大还是管线大？我说，当然是塔。师傅语重心长地说，不管塔再高，再大，它也离不了泵，离不开管线，没有这些小小的离心泵、计量泵、进料泵、回流泵……没有密密麻麻的管线，塔再高，再威武，也没有动能，装置也运转不起来。"

林芳菲说："如果师傅说你和我这样的人是泵的话，那师傅是什么？也是个泵吗？他应该是个什么泵？"她想了想，"我知道了，是原油泵。"

"我不知道。"郭志强头脑中的师傅，似乎停留在最初的阶段，当林芳菲故意要把历史拉长，要还原一个立体的师傅时，郭志强便沉默了。

林芳菲也就不再追问下去，他们并肩而坐，秀美山川尽收眼底，可却无法在心底留下任何痕迹。后来，林芳菲就把头一歪，依在他的肩头，幽幽地说，师哥，我们不回去了，永远待在这里好不好？

郭志强没有作答，他的心里，还挂念着小苏，在这一个多月的时间里，不用每个周末往返于两个城市之间的小苏，她在忙些什么，为什么连一封信都没有？

直到援建结束，回到厂里，郭志强才知原委。小苏早从邢台赶了过来，在宿舍里等着他。天色如漆，屋内的灯光和充足的暖气让郭志强感到温暖亲切，小苏却未等他征尘落定，便急迫地说："郭志强，我都不认识你了。"

郭志强还以为她说的是分别久了，有点陌生，笑着说："我才离开四十天，又不是四十年。"

小苏说："这四十天，我每个周末都来石家庄。"

她的话让郭志强倍感惊讶："我不在厂里，你来干什么呀？"

小苏冷静异常，"这四十天，我来了四趟，每来一次，我心中的疑惑便增加一分。"

郭志强忘记了旅途的疲劳，他凝视着小苏，不知道她看似平静的表情背后，隐藏着什么。

"我想要替你洗刷不白之冤。从你走的那天起，我就决定去拜访你的师傅。你走之后的那个周末，我从你书柜里拿了那条石林烟，它身上落满了灰尘。我先去了你师傅家，我把石林烟给了他。你师傅喜欢抽烟，这是你说的。他看到那条烟，眼里放光。他赞叹说，好烟。他没有拒绝。他问，是志强送给我的？我说，是的。你师傅就问为什么志强不亲自送给他。我说，你走之前买好的，来不及。我还说，志强临走时对我说，要从荆门给师傅买烟抽。你师傅就点点头，表示很满意。以后每个星期日我都来，而每次我都会给你师傅带一条烟，红塔山、红梅、金芙蓉……不管什么牌子的，反正我爸柜子里有什么烟我就从那里偷一条出来。他是人事局长，最不缺的就是香烟。而每次，我也会给你师傅说，这是你从荆门寄回来的。我不管你师傅相信不相信，反正他是欣然接受的。你回来之前的最后一个周末，我拿的是一条中华。我对你师傅说，那个出卖师傅的人绝对不是志强。你师傅就一乐，说，何出此言，没有的事，志强是我带的第一个徒弟。我从一个普通工人，到班长，到队长，志强都是我身边最信任的人。你师傅信誓旦旦的，不由得我不信。好像，塔顶的事、派你去荆门，都是别人所为。你师傅还说，他还想让你当焊工班的班长。看着你师傅慈祥的那张脸，我真的没法把他和你讲的那个人联系在一起。"小苏一口气把郭志强四十天来的疑惑都解开了，她看着郭志强变颜变色的脸，毫不后悔地说，"要说的话必须说出来。这就是我。"

在小苏讲述的过程中，郭志强没有插一句话，等她讲完，愤怒也就在他心中一点点地积攒起来，成了一团熊熊燃烧的烈火，他站起来，浑身颤抖着，咆哮着说："谁让你找我师傅？谁让你替我求情？谁让你给师傅送烟？你当你是谁呀？"暴跳如雷的郭志强完全变了一个人，他忘记了自己是谁，也忘记了对面的姑娘是谁，一股无名之火把他彻底吞噬了。而小苏本能地向后退了一步，她当然知道，郭志强不可能冲上来对她拳打脚踢，但她还是惊恐万状地看着他，像是看到一头陌生而疯狂的猛兽。他在屋子里来回地走着，脚下生风，小苏明显感到，那影子像是有了分

完美的焊缝

量，越来越重。十几分钟的光景，小苏才张口说话："你说完了？好吧，轮到我了，我只想对你说一句话，你当你是谁呀。"说完，小苏站起身，背上包，头也不回地走了出去。

郭志强有好几分钟才反应过来怎么回事，火气顿时烟消云散，随之而来的是巨大的恐惧，他问自己，我做了什么？当他意识到，刚才，就在几分钟前，小苏还在兴冲冲地侃侃而谈时，他奔了出来。一出门，却险些与一个人撞到一起，定睛一看，原来是林芳菲。他急匆匆地边下楼边说："你在这里干什么？你不是都回家了吗？"林芳菲却拽住了他，她说："我还拿着行李呢，先放你家吧。"郭志强惦记着小苏，也未及多想，待林芳菲放下行李，再次冲下楼去，向生活区外的班车站点跑去。班车点空荡荡的，只有冷风，站牌，站棚。借着路灯光，郭志强看了看手表，已经是夜里九点四十分了。末班车在十分钟前就告别班车点，冲进茫茫的夜色中，向市区驶去了。小苏是不是赶上了末班车？他们之间这唯一的一次争吵是不是让她心灰意冷，连夜赶回邢台了？或者，她仅仅是一时的恼怒，没有上班车，在生活区里漫无目的地走着呢？这样想着，竟有些悲从中来，小苏，你在哪儿呢？这时，有一只手搭在了他的胳膊上，他一阵狂喜，转过头，不是小苏，而是师妹林芳菲。昏黄的路灯光下，林芳菲的脸白惨惨的，她柔声道："师哥，我和你一起去找苏姐姐。"郭志强的泪水奔涌而出，他别过脸去，立即向暗处快步走去。

他们在生活区里，在各个班车点，在通向东南西北的每条公路上都找了一遍，冬季，北方的寒冷让他们猝不及防，泪水在郭

160

志强的脸上已经风干，他能感觉那泪痕硬邦邦的，像是从眼睛里，顺着脸颊，一直戳到他的心里。直到他们精疲力竭，被寒冷击败，他们的寻找以子弟学校操场边的看台为终点。他们像上次那个雨夜一样，靠在一起，互相取暖，听着对方的牙齿响亮地互相问候。还是林芳菲实在坚持不住，她说："师哥，我们回去吧。再坐一会儿，我们就成冰棍了。"他们失魂落魄地互相搀扶着，落寞地走在萧瑟而孤寂的浓浓夜色之中。

郭志强和林芳菲，坐在客厅里，面面相觑，等待着奇迹的出现。墙上的钟每隔一小时就会响一下，提醒他们，奇迹越来越远了。林芳菲的话让郭志强能暂时地忘掉小苏，"我临回来前，收到小魏的一封信，他说，他要在我们回来这天在我家门口等我，最早见到我。他说他很想念我，一刻也不能忍受分别的痛苦。我怕他真的在我家门口候着，所以我慢腾腾地往家走，不知道该怎么办，我还是怕早点见到他，可是这也不是办法，后来我就想到你这儿躲躲。我刚到你门口，恰巧碰到苏姐姐跑出来，她白了我一眼，一句话也没说，就跑走了。"

下一个周末，郭志强在约定俗成的那个时间去了火车站出站口，等到夜里十一点钟，目送了一拨拨行色匆匆的旅人，知道小苏不会来了，便买了一张开往邢台的火车票，在凌晨两点半出现在了邢台的街道上，他走过那个卧牛的雕像，走过邢台狭窄而冰冷的街道，路旁那些高高低低的房子，像是出现在梦中的中国画，全是浓墨。邢台一中，要穿过郭守敬大街，拐向一个向西的小路，学校的大门朝南。铁门紧锁，他试图翻越铁门进入学校，惊醒了看门的大爷，大爷偷偷地打了报警电话，他被赶来的警察摁在了学校里面，一簇冬青树旁，离那个日本人留下的三层楼十几米的地方，不管他如何辩解，警察还是押他到派出所，把他铐在一张硬木的长条板凳上，警告他，如果再喊叫，影响他们睡觉，就用电棍打他。郭志强这才老实下来，在坚硬的板凳上躺了一夜。

第二天跟在小苏背后走出派出所时，郭志强并没有因为在派出所待了一夜而闷闷不乐，虽然他又困又乏，却有些兴致勃勃，脚步轻快。明亮的阳光铺展在街道上，郭志强此时也觉得邢台这个城市清爽了许多，像是一个打扮得朴素的年轻姑娘。

小苏冷冷地说："你不该来。"

"我是来道歉的。这个愿望在我心里憋了一个星期，都快长毛了。"郭志强轻松愉快地说。

他们没有直接回到小苏的宿舍，而是在一中的校园里漫无目的地走着，环境幽静，树木翠绿，仿佛都在低头沉思。小苏说："让我们平心静气地面对一切吧。"

郭志强还是觉得她的语气过于沉重了，他调侃道："哪有那么复杂。"

小苏的脸上看不出任何的表情，她像是聊着家常，"不是那样了，都变了。你没有发现吗？在我们之间，有一个东西突然消失了。"

郭志强挠挠头，他觉得这种猜谜的对话太压抑，"什么呀？

黑眼睛

我怎么不知道?"

"诗歌。"小苏说,"我们是因为诗歌而结缘,然后相爱。但是你想想看,当我们见面时,我们还有多少时间在谈论诗歌,还有多少时间在朗诵和倾听诗歌。"

郭志强便低下头陷入了沉默。经小苏这么一提醒,他才猛然发现,诗歌真的消失了,他的心里凉飕飕的,不是个滋味。他说:"我来给你朗诵一首吧。"

"不要朗诵顾城的诗。你有新的诗歌吗?关于炼塔,关于焊花。"小苏反唇相讥。

郭志虽再次把头低下时,羞愧难当。

小苏叹了口气,"你也别难受。这一周,我想了想,不能怪别人,也不能怪自己。有些事情是命中注定的,就像当初我们俩在火车上邂逅。"

郭志强感觉小苏像是在做最后的审判似的,他抬起头来,"难道你不能原谅我吗?原谅我的粗鲁,我的无礼。"

"不是我去原谅你,而是命运能不能原谅我们。"小苏的话太有哲理,太玄奥,让郭志强摸不着边际。小苏接着说:"其实我还遍访了你的师弟们,在那一周的时间里。除了林芳菲,只有她跟着你去了荆门。"

郭志强认真地听着。

"你师弟们都不拐弯抹角,他们都很快人快语。当我向他们求证我的疑虑时,他们给了我一致的答案,他们说,你是那个出卖师傅的徒弟。至于你出卖了师傅什么,他们都不肯说,挺讳莫如深的。也许他们真的不知道。我就问他们你师傅因此受到了牵连、处罚或者批评了吗？没有人能说得上来。我问他们，为什么你们一口咬定就是你们大师哥做了对不起师傅的事？他们说，那不明摆着吗？我问他们为什么是明摆着的。他们就支支吾吾地不说了。我就问他们，是不是你们觉得你师傅心里是那么想的，你们便也那么认为了？他们说，反正他们都看出来了，你不喜欢师傅，你不听师傅的话，你不想和师傅为伍，你觉得师傅做的任何事情都是不对的。他们一律对你们师傅表现出了无比的忠诚，他们说你师傅是元老，是检修的灵魂，不管他以后还当不当队长，或者主任书记，他会一直是你们的师傅。师傅，你知道吗？师傅永远是对的。这不是最简单的道理吗？他们说，你做什么事都显得和他们格格不入，你不陪师傅打麻将，你不和他们吹牛、斗地主，你们好像不是一个师傅带出来的，你自命不凡，不可一世，好像其他师弟都那么平庸、无聊、无能似的。他们说，你忘记了自己的身份，其实你和他们一样，你是一个工人，一个再普通不过的工人，这就是你的命运，这一点永远无法改变。"小苏看着郭志强软沓沓地低着头，悲伤在他的嘴角弯曲着，"你觉得你自己是那个出卖师傅的人吗？"

郭志强没敢抬头看小苏的眼睛，他不知道，小苏的目光是什么样的，是怀疑、鄙夷，还是可怜，他听到自己的回答是那么软弱无力："在我师傅面前，我渐渐地迷失了自我。有时候，我宁愿自己还停留在刚进厂的那几年，停留在他把我们比作泵和管线的那一年。但是在我进厂的第二年，师傅突然让我去一趟南营

　　　　　　　　　　　　黑眼睛

镇。南营镇离炼油厂十五公里，是个有着两千多人的村子。村东那一家，门口立着一个用装置上的废料焊的一个类似狮子的东西，那是师傅的杰作。我觉得它有点像是毕加索的作品，很抽象。那家的主人是个与师傅年龄相仿的女人，家里还有一个男孩。我给女主人捎来了厂里发的一箱苹果。男孩管我师傅叫爹。从那以后，我每年都会数趟往返于炼油厂与南营镇之间，我把师傅的温暖送到那个家。你一定以为我说这件事毫无意义。我告诉你，它正是我迷惑的开始，每年的往返，我都在不停地问我自己，我在做什么？师傅在做什么？是的，在生活区，师傅还有另外一个家，我的师母，比乡下的那个显得年轻一些，经常会请我们去他家里吃饺子，而师傅的女儿，一天天地长大。师傅的两个家，像是两条平行的线，永远都无法有交叉点。他们相安无事，这一直让我惊讶不已。有整整三年，一直都是我在替师傅奔波于南营镇与炼厂之间，通常都是去送液化气罐，在厂里的液化气站灌好，然后骑着自行车送到南营镇，师傅的乡下妻子见到我从来都是笑呵呵的。而我，在她的笑容之中，却困惑而不安。为什么，是我在受着良心的谴责？还是师傅的形象，已经在我的心目中渐渐地产生了变化？我从来都没有去深究过。我是不敢呀。"他的声音说到最后已经越来越小，几乎他自己都听不到了，他更像是对自己在说，而不是另外一个人。

此时，他们已经回到了小苏的那间宿舍。小苏把他拉过来，两人相拥而立，他们自己都不清楚，这样的相拥是互相安慰还是互相猜忌。小苏的头靠在他的肩头，轻声说："我受不了了，这样的生活让我感到了疲惫。"

小苏每个周末几乎是例行的到来突然就中断了。她发现，一个诗歌的男人，一个理想的男人，如今被现实的河流冲刷着，越来越远。代之而来的是书信，她暂时中断了爱情的旅行，开始写信。她的第一封信是这样写的："你去荆门的那四十天，发生的事情太多，以至于我都无暇告诉你。除了忙碌地遍访你的师傅、师弟们，我还经历了一件恐怖而匪夷所思的事。那天晚上，我躺在你的床上，我刚刚坐最后一趟班车赶到炼油厂。生活区静寂得吓人，屋内，老是感觉有什么细微的声音在撕破这沉寂，我在每个房间都看了，什么也没有，水管关着，卫生间的马桶也关着，其他房间的灯也关着。我试图把这里，你的家，当成我的家，好把那些许的恐惧从脑海里赶走，可是我怎么也无法集中精力，我感觉到那寂静越来越大，像是一片巨大的沙漠。我读不下去诗，便关上灯，躺到床上，强迫自己快速地进入梦乡。我迷迷糊糊的，似睡非睡之间，后来便听到有人开锁的声音，门被推开了，黑暗中，有杂沓的脚步声进到了客厅，不像是一个人，两个到三个，我还听到了他们的说笑声。我以为自己是在梦中，便拼命想要从梦中爬出来，可是我的身体却不受思想的支配，它在梦境的漩涡中越陷越深。客厅里的灯光亮了，他们边说笑边翻着什么，间杂着有东西掉落的声音，还有一个人说，小心点，别碰坏了东西。然后他们进了另外一间卧室，翻找东西的声音很响亮，那声音压着我的身体，让我感觉到轻飘飘的，无声地向梦境的深渊滑

　　　　　　　　　　　　　　　　　　黑眼睛

去。翻箱倒柜的声音、说笑的声音、脚步声，甚至吐痰的声音，此起彼伏。最后，他们来到了我睡觉的这间卧室。有人摸索着拉亮了卧室的灯。然后，那些声音就都沉寂下来，我恍恍惚惚地在强烈的光线中，看到门口挤着三个人，他们的脸在我慢慢适应了强光的目光中浮现出来，他们惊愕地看着我，一个人手中的一本书还掉到了地上。他们都很年轻，他们年轻的面庞那一刻如此深刻地印在我的脑海中，我顿时觉得那梦境比现实还要清晰。他们不慌不忙，不羞不臊，其中的一个说，啊，这里还有人，我们走吧。他们没有羞愧，没有惊讶，没有一点点闯入者的不安，他们镇定地替我拉灭了卧室的灯，我重新被黑暗包围，重新向无边的梦境中滑去。另一间卧室的灯光灭了，客厅的灯光也消失了，越来越远的脚步声、关门声，然后，无比的寂静重新袭来，狂沙般吞没了我。我的身体直到半个小时后才从僵硬的状态下缓过来，我下了床，拉开灯，来到客厅和另一间卧室。房间里乱成一团，完全是刚刚被洗劫过。我坐在那堆乱糟糟的东西之中，仍然无法确定，我到底是在梦中还是现实中。那一夜，睡眠已经无法来到我的身体里。我坐在沙发上，等待着天光从窗户一点点地渗入，把梦境彻底从屋子中、从我的灵魂中赶走。在白日的激励下，我告别了恐惧，我把废墟一样的屋子重新收拾整齐，像你走时那样，我发现，他们没有拿走任何东西，甚至是一条香烟。后来，在我遍访你的师弟时，我印证了一个假象，那就是，他们并不是在我的梦境中出现。我看到了那天晚上挤在卧室门口的那三张脸，他们分别是你的师弟毛福林、张松涛和安振海。他们见到我，像是从来没有发生过夜间的闯入似的，他们一律笑容可掬地问我，大师哥不在，你有什么事需要我们办的尽管说。你想想，我能有什么事让他们办呢。我只不过是想从他们嘴里听到一句话，听到他们说，他们大师哥，并不是那个出卖师傅的人。可是没有。我没有听到。……"

这封长信，小苏写的时候心情很沉重，投到邮筒前她还在犹豫是不是应该给郭志强看，但是最后，她还是在寒风中伫立了许久之后，决然地投进了邮筒，仿佛她把一丝怀疑也投进了过去美好的时光中。

但是，这封信，郭志强永远没有看到。

小苏以每两天一封的速度，不停地给郭志强写信，开始她还感觉有些不习惯和别扭，毕竟，那一周一次的奔波似乎已经成为她生命中的一种必然的方式。但渐渐地，她发现，她开始慢慢地喜欢上以这种方式与郭志强交流，与他交谈，她可以更游刃有余，更畅所欲言。她可以撇开那个百里之外的小社会，那个郭志强必须要待在那里的地方。她给郭志强分析他所处的环境，分析他的师傅，他的师弟，他们之间的关系。信中，她写道，你师傅是一个权力的奴隶。我相信到现在，他也是一个非常出色的工人，是一个非常合格的师傅。但是他所习惯的环境，他要遵守的规则，让他懂得了权力的重要。任何渺小的权力都能让他满足，甚至迷失。

她渐渐地发现，她的理性已经完全超越了诗歌。她也剖析自己，我是不是一个生活在幻想的象牙塔中的人？诗意是不是蒙蔽了我的双眼？

最后，她解剖了郭志强，她写道，从各个方面分析得出的结论都要是一致的，你有可能会出卖你师傅。当她写下这句话时，大吃一惊，感觉到脊背发凉，手心冒汗。钢笔在她的手里被攥得湿湿的，滑滑的。那是一支英雄牌的钢笔，还是郭志强给她的生日礼物。现在，当她用这支笔写下对郭志强的怀疑时，她有些恶心，想呕吐。她匆忙地把那句话用蓝色的墨水抹掉，继而把那张写信的稿纸撕掉，但是躺在床上，她仍旧能看到那句话，赫然地浮现在她眼前。第二天、第三天她再次写下那句话时，恶心已经没有那么强烈。直到第四天，那句话才正式地落在纸上，成为信中的一句话，这一次那句话竟然不那么刺目，不那么令她反胃了。于是，她接着写下去：你选择了挑战权力，所以你就可能选择出卖权。

郭志强从来没有收到过小苏的信件。他也从来不知道小苏选择的交流的方式。他焦虑，无奈，心烦意乱，不知道该如何去面对他们之间缓缓变钝的爱情。而林芳菲，却在反反复复的爱情中遇到了最艰难的抉择。那天晚上，她把郭志强拉到操场上，跑啊跑啊，不知道跑了多少圈，郭志强早就累得瘫软在跑道旁边，林芳菲仍然在跑啊跑。每次经过郭志强旁边时，郭志强都会提醒林芳菲，好了，别跑了。这是郭志强见到的林芳菲最漫长的一次长跑，直到跑道上只剩下她一个人，她仍在跑。郭志强说，你会把自己累倒的。直到她再也跑不动了，她跌倒在离郭志强二百米远的跑道上。郭志强跑过去，根本无法把她扶起来，她软成泥。郭志强只好把她抱起来，向操场外走。怀里的林芳菲突然就放声痛哭起来。郭志强只好停下脚步，可是又不能把她放下来，他只好待在那里，静静地听着她的哭声漫过他们的身体，漫过他的视线，漫过他们的内心，与月光、与夜色牢牢地混在一起，不分彼此。哭完，怀中的林芳菲悲愤地说，师哥，他说要杀了我。

林芳菲说的他就是小魏。小魏终于无法忍受反复无常的爱情，他使出最卑劣的手段，四处扬言要杀掉林芳菲。没有人相信他真会那么做，连郭志强都觉得林芳菲是小题大做。他说："他怎么会做那种傻事，那么做对他有什么好处？"他劝林芳菲不要胡思乱想，要正确地对待和处理他们之间的事。林芳菲不满地说："你怎么和师傅说的一模一样？"

面对小魏的威胁，林芳菲惶惶不可终日。有一天，她没有来上班，郭志强奉师傅的命去家里找她。门响了半天，她确定是郭志强后才打开房门，她脸色憔悴，蓬头垢面，无力地说，她害怕小魏就躲在上班的路上，躲在通往检修车间的氮气站的后面，躲在每一棵树的后面，躲在她的身后。郭志强劝她不要疑神疑鬼，根本没有的事。为了印证他说的话的正确性，他拉着林芳菲去找了一趟小魏。小魏住在单身宿舍的三楼，一个人一个房间，据说，和他一个宿舍的同事忍受不了他孤僻的个性而搬了出去。因为有师哥陪着，林芳菲才能够坚持着走到小魏的宿舍，她紧紧地抓住郭志强的衣服。小魏笑眯眯的："郭师哥，我能下得了手吗？我能那么没有人性吗？我能那么冷酷无情吗？你看我是那样的人吗?"

郭志强说:"我不知道。我只知道菲菲很害怕。她怕得连工作都干不了。"

小魏不急不恼,"我不过是说说气话。我还真能杀了她,我是因为太爱她才说出过头的话。"

郭志强警告戴眼镜的小魏说:"如果你敢欺负我师妹,我饶不了你。"

也许小魏只是想以狠话来博取林芳菲坚定的爱情,林芳菲却信以为真,那种惶恐不安的生活开始让她离纯真的爱情越来越远。她越来越依赖师兄郭志强的保护,她觉得有师兄在身边,她才感到安全,除了跑步,上下班她都紧紧追随着师兄的脚步,师兄走到哪儿她跟到哪儿,她说她能在任何地方看到小魏那双想要行凶的红红的眼。她成了一只惊弓之鸟。

郭志强也在内心的煎熬中无法自拔,他决定再次去一趟邢台,已经两个星期没有小苏的任何音信。她像一个断了线的风筝,让他感到六神无主。可是他已经失去了曾经拥有的自信,他请求林芳菲陪他一起去。林芳菲慨然应允。

古都邢台,在一个夏日中显得困乏而慵懒。街道在热浪之中笨拙地伸向密密麻麻的远方,像是胡乱生长的树枝。林芳菲因为远离了炼油厂而兴奋异常。

他们见到了小苏。在小苏居住的那栋日式小楼下。小苏戴着墨镜,打扮一新,正准备出门。看到他们,小苏略微有些吃惊,她说:"你们怎么来了?"

经她这么一问，郭志强反倒不知道该怎么回答了，他一下子愣住了。林芳菲急忙说："我师哥想你了。"

小苏皱了下眉头，"今天我可能没有时间陪你们了。因为，今天是我母亲的生日，我要回去给她过生日，同时，我也要对她说一声对不起，我想从今天起搬回家里住。那间宿舍太小了，太孤单了。"

小苏毅然决然的爱情已经开始动摇，她选择了向母亲妥协，那么，她的下一步会是什么？他们挤在返程的列车上，一副丢盔弃甲的样子。一路上，郭志强的脑子里都在回响着小苏的那句话："我想要给你说的话，都在我写给你的七封信里，你难道没看懂我的意思吗？"

不知道为什么，郭志强没有告诉小苏，他根本没有收到她的七封信。不安、恐惧、彻骨的冰冷，让列车中的酷热都退居其次了。信，来自于小苏的信，从邢台，经过长途的奔袭，经过炎热的考验，在列车上和他们一样拥挤在一起，来到他的身边时，那会是某种的暗示，希望或者绝望。可是，信在哪里？

从邢台返回的数天之内，郭志强都在寻找应该属于他的信。按照小苏的说法，它们确切地已经离开了一个城市，来到了他的身边，却足迹皆无，他找到厂收发室，找到车间的办事员，他们都确信有他的信，信被统一地分发到了各个队、各个班组。但是，有了信的下落，信在哪里？这成了一个谜。他问了师傅，问了师弟们，问了铆工班、起重班、钳工班，连车间值班的临时工大爷他都问了好几遍，没有人看到过给他的信件。他甚至开始怀疑小苏，怀疑自己，也许根本就没有那些信件。他不安地对林芳菲说："真的没有一封信。"可是，就算疑虑那么强大，他也仍然没有放弃对信件的寻找。谁都知道，那些日子的郭志强为了几封莫须有的信而神不守舍，茶不思，饭不想，像一个梦游者。

信件，确切地说是其中的一封，一封残缺不全的信，在不经意间，很偶然地出现了。下午，越接近下班时分，郭志强反而越觉得焦躁，每一个特定时间段的到来，都像是对于失败一天的总结，空气异常凝固，眼中的同事们像行走在幻境中一样，动作缓慢，而且，郭志强有一个很明确的念头，同事们都在偷偷地瞄着他。这更让他心绪不宁，下腹突然下坠，带点轻微的疼痛，他四下看了看，一眼看到了工友们刚才打牌时垫的两张皱巴巴的纸，他不假思索地抓起来，跑向了卫生间。

蹲在那里，小腹的疼痛感在一丝丝地减弱，他这才徐徐地展开那两张揉得很皱的纸，是稿纸，上面有水渍，有油渍，居然还有文字，他一眼就看到了"志强"两个字，那是一封信，虽然字迹已经不甚了了，但依然能够看出那是一封信，是一封写给他的信。下腹的疼痛感瞬间就消失了。可以辨认的文字是如此的亲切，如此地温暖，他在跳跃的阅读中，在克服那些破洞，克服被油污、水渍侵略过的地方后，他读懂了信的大意，信中，小苏在给他讲一个道理，一棵小树是如何在森林里才能够长成参天大树。他蹲在那里，觉得自己是一棵即将被巨大的阴影吞没的小树，呼吸微弱，阳光在遥远的天际飘荡。

从卫生间出来的郭志强怒不可遏，像一头凶猛的狮子，他看到每个人都是一个偷窃者，一个窥伺者，一个刺探者。那封残缺不全的信，此时安稳地待在他的裤兜里。他碰到的第一个人是师弟左明阳，他抓住了师弟的脖领子，咆哮着让他交出信。他根本没有给师弟说话的机会，愤怒转化成了力量，他手上的力气越来越大。左师弟的脖子出血了，他依然不放手，他开始拳打脚踢。左师弟是个瘦弱的人，根本不堪一击，他也没有解释的余地。其他的人都停下来，或坐或站，待在原地，冷漠地看着这一幕。上来劝解他的是林芳菲，她喊着哭着，"别打了别打了，再打就出人命了。"左明阳真的有些上气不接下气，他的身体软软地倒了下去，满脸是血。这时才有人走上来，说了声，赶快送厂医院。

幸运的是左明阳没有生命危险，只是皮肉伤。而小苏写给郭志强的信，除了那封被当作打扑克的垫纸而外，其他的都杳无音信。愤怒的郭志强受到了主任的批评，被扣发了一个季度的奖金。但是倔强的他拒绝去医院看望左师弟。在车间里，他彻底成了一个孤家寡人、形单影只的人，没有人和他说话，没有人和他对视。他们甚至故意地冷落他，大声地说笑，疯狂地斗地主，好像他根本就不存在似的。他被师傅派到焦化的新建工地，看护材料和设备。晚上，他觉得那些崭新的钢板、管道、阀门，都像是小苏信里的文字，变得柔软而亲切，散发的不是钢铁的腥味涩味，而是芳香的蓝色钢笔水味。

越过堆积的管道和钢板，从黑暗中慢慢地靠过来一个人，她怯怯地叫了一声"师哥"。月光中，林芳菲的脸愁云密布。郭志强的目光从钢板上挪回来，他看着林芳菲："你又在躲避小魏？"

"不是。"林芳菲说，"我是专门来找你的。我想向你坦白。我想了好几天，看着你痛苦不堪的样子，好像在割我的心。师哥，你能原谅我吗？"

即使被发落到工地上来做看护，悲伤仍然没有水一样溢出他的身体，他只是叹惜生命在缓慢的时间中，毫无意义地流逝。而愤怒，竟然在仰望星空中，融入了茫茫的夜色之中。他说："你说什么呢？"

林芳菲抓住了郭志强的胳膊，暗夜中，师兄的胳膊如同他看护的那些没有生命的钢材一样，坚硬，冰冷。"师哥，我再也不能继续下去了。我要向你坦白。我是一个同谋者。我和他们是一伙的。他们让我待在你的身边，尽可能地和你多接触，观察你到底是不是那个出卖师傅的人。师哥，虽然我开始时并不情愿，但是你知道，我是个意志薄弱的人，态度并不坚定，所以我不可能拒绝，我没有任何自己的主张，没有任何自己的主意。我只能顺从，只能听之任之。"

"他们是谁？是师傅吗？"

师兄郭志强出奇地冷静让林芳菲反倒感觉到了一股犀利的寒意，她觉得师哥胳膊上的坚硬传到了她的手上，沿着她的胳膊，快速地遍布全身。她不知道如何回答，她的舌头都木木的，僵硬，说不出话来。郭志强说："算了，你是在安慰我吗？还是在可怜我？放心吧，我足够坚强。黑暗血一样漫过我的身体，我却看到了澄澈的河流。"

诗歌突然降临到郭志强的灵魂之中，如昙花般转瞬即逝。连他自己都感到惊慌。他想再找到一个合适的诗句时，却发现，它从来都没有到来过。

"我说的是真的。"林芳菲小声嘟哝道。声音如蝇声之小，连她自己仿佛都没有听到。

那个夜晚，孤独的郭志强坐在那里，仿佛忘记了身边的师妹，忘记了一个内疚而神思恍惚的姑娘，忘记了浓重的夜色如迷雾般袭来，忘记了师傅曾经的那句轻描淡写的话，忘记了友情与背叛，忘记了爱情与凋零，忘记了自己，忘记了一切。而陪着师哥的林芳菲，再也找不到任何的言语，她陷入了无边的惘然之中，不清楚到底是来谢罪的，还是来寻求自我的心理安慰的。

一旦林芳菲决定要把真相告诉给郭志强时，像是陡地放下了所有的包袱，在忏悔的路上开始狂奔。她甚至有些痛快淋漓地剖析着自己扭曲的灵魂，把自己装扮成一个可怜的怪物展示给伤心的师哥。告诉他，第一次去邢台时，她还忐忑不安，为自己的行为而羞愧。可是当她陪同师哥去荆门时，她感觉，那个谎话就像是被润滑的唾液浸泡过，就等在嘴边，一旦需要就脱口而出。她悔恨地诅咒自己："我怎么变成这样一个人！"

她不厌其烦地讲她的心灵的挣扎，讲她曾经那么近地侵入到郭志强身边的生活，她说，她的眼睛，变成了另外一个林芳菲，她自己都不认识的林芳菲。她说当时的她根本看不到那个林芳菲，她用眼睛去捕获郭志强的工作、生活细节，捕获他的内心，捕获他思想上的漏洞。她说她就像是一个仪表盘，一个记录装置

　　　　　　　　　　　黑眼睛

运转的登记表盘，温度、流量、压力……而师哥郭志强，就是一个装置。

而郭志强，似乎拥有的只是倾听。

"师哥，你是不是看不起我？你是不是鄙视我？"

郭志强反问："为什么？"

泪水在林芳菲的眼边等待着，"为什么?! 你沉默不语，你连愤怒都没有了，我做了那么多对不起你的事，那么多背叛你的事，你却一句狠话也没有对我说，哪怕是一句埋怨。"

郭志强显得有些木讷，他说："我在找一句诗，来表达我的心情。"

"什么诗？"

郭志强摇摇头，"我不知道，我一直在找，却找不到。"

诗歌的尽头，在深秋的萧瑟之中，坦露出来，如同收割过的田野。小苏不期而至，多少个周末，郭志强已经不抱有任何的希望。所以当小苏突然出现，他惊慌失措，不知道该如何应对了。小苏年轻的面庞光洁明亮，额头饱满莹润，目光明澈，她说："你的状况看起来不好，脸色灰暗，目光浑浊。真让人揪心。"

郭志强勉强地笑了笑，"我很好。一切照旧。"

小苏便不再追问。她的到来，目的不言自明，两人心照不宣。那天夜晚，除去身上的衣服时，小苏娇羞扭捏，如同第一次尝试鱼水之欢。郭志强也同样慌乱、莽撞，像一个渴望而又不懂男女的愣头青。他们的激情就在这种混合着开始与结束、迷乱与冷漠的复杂情绪中，缓慢、悠长、笨拙、珍惜。两人都尽量使这一夜丰满，能给记忆一个美好而充盈的空间，然后两人都热泪长流，相拥而泣，把那一夜弄得湿润而阴冷。之后，躺在床上，小苏突然就想到了诗歌，她说："请给我一首关于炼塔的诗吧。"

郭志强只读了一个开头："银色的炼塔……"便卡壳了，他搜肠刮肚，苦思冥想，绞尽脑汁，想把诗歌的语言、意象、断句，拉回到他的头脑中，再通过他沙哑的语言脱口而出。他失败了，诗歌，仿佛隐藏在了黑暗之中，在冲着他发笑，嘲笑他的无能、他的自以为是。他痛苦地说，我不能，我不能了。他突然悲伤地想起，在气分车间，他答应小苏的那句誓言："我们会永远在一起，我一辈子写诗给你，直到你老了，耳朵背了，听不见了。"

那一夜，诗歌便再也无法来到他的灵感中，而他也没有想到，那是埋藏诗歌的一个夜晚，从那夜起，一个叫诗歌的词便永远地告别了他的灵感、他的灵魂、他的思想、他的现实生活。

第二天一早，他们来到焦化装置的工地上。小苏从来没有见识过，焊工郭志强是如何把两个物体完美地焊接到一起，自她在火车上邂逅郭志强以来，"焊接"这个词就一直在她诗性的想象中，被幻化成一个美妙的意象。她要求郭志强，一定要让她的意象成为一个具象的时刻，好让它凝固在她的记忆中。

郭志强从工地上找到两截废弃不用的钢管，蹲在地上，戴上面罩，拿起焊钳，夹住焊条。刺眼的弧光喷射而出，焊花开始飞溅，刺鼻呛人的烟尘顷刻弥漫开来，包围了他们。小苏的眼睛无

　　　　　　　　　　　　　　黑眼睛

法承受那炫目的弧光，她戴上了墨镜，在墨镜褐色的掩护下，那弧光柔和了许多，光彩在蓝紫之间不断地变幻，红色的焊花如同儿时鞭炮释放的花朵，在那一刻，小苏真的有一种梦幻般的眩晕，她头脑中那个美妙的诗的意象，此刻，真的在现实中出现，她一度以为，她和那个制造弧光和焊花的人，一起回到了飞奔的列车上，回到了顾城的诗句中，回到了永恒而美妙的意象之中。她的眼睛湿润了。

在小苏从诗的意象到现实场景的涅槃之中，郭志强凝神静气，终于完成了他的焊接。他松开焊枪，摘下面罩，看到的是一个激扬并略带悲伤的小苏，肆意流淌的泪水纵横交错。他掏了半天也没找出一块手帕，最后只能无奈地说："擦擦你的眼泪吧。"

等小苏摘下眼镜，擦干了眼泪，小苏羞涩地笑笑说："你看看我，多没出息。看到这些焊花就流泪。你要是也这样，还怎么工作。"

郭志强点点头，"是，我早就麻木了。我倒是提防着弧光别灼伤我的眼睛、皮肤，焊花别溅到我的胳膊上、衣服上。它们像是一个朋友，又像是一个敌人。你爱它，又憎恶它。"

等焊接起来的钢管慢慢冷却下来，郭志强才让小苏来看他的成果。在小苏看来，两截钢管完整而神奇地连接在一起，这就足够了。她想要看到的也就是如此。郭志强却万分地沮丧，他说："焊接失败了。这是个不完美的焊件，你看到的只是表面、表象，两件物体被硬生生地连接到了一起，这很容易。可它的的确确是一个残件、废件。你看这个焊缝，焊边突起，过度得极不

完美的焊缝

自然，粗笨，歪歪扭扭，不美观，还有明显的气孔和夹渣。一看就是个新手干的。一旦这样的管道用在生产中，就是个极大的隐患。"

"为什么你会焊成这样？"小苏忧心地问，仿佛这个焊件真的即将被用在生产中。

郭志强一脸的茫然，呆呆地看着那极不完美的焊缝，沉默片刻，他说："我尽了力。有心做好，却无力回天。我蹲在那里，腿发软，手抖得厉害，就像我刚开始当焊工学徒时一样。不管我如何用意志来控制，也无济于事。对不起。我没有办到，让你失望了。"

小苏看着懊丧不已的郭志强，她试图抚慰一下，可还是放弃了，她的慰藉对郭志强，还有什么意义呢。

爱情的告别，匆忙、茫然和沮丧，却没有悲伤。和列车上的邂逅相比，那个最后的时刻，就如同一道轻轻划过的铅笔印，能轻易地被橡皮擦拭掉。在以后漫长的岁月里，在偶尔的回忆闪现时，那个告别的时刻都那么脆弱，那么轻淡，那么模糊。郭志强甚至都忘记了他是如何送走小苏的，忘记了小苏最后的表情。

倒是小苏离开的第二天，却在他的记忆中永不磨灭。

清晨，深秋的阳光阴冷却透明，像是穿越冰层而来。工地上冷冷清清，林芳菲奔跑着出现在郭志强的视线中，身影越来越清晰，她大声喊着："师哥，快救救我，快救救我！"郭志强惊愕地看着她跑到自己面前，抓住他的胳膊，摇晃着，表情惊恐万分，"师哥，小魏要杀我。"郭志强向她奔来的方向望去，没有看到小

　　　　　　　　　　　　　　　　　黑眼睛

魏的影子。突然间，小苏离去后空空荡荡的思想，像是射进了一缕耀眼的阳光，与林芳菲有关的场景快速地闪过，一股厌恶、愤恨之情顿时涌上心头，他甩开林芳菲因恐惧而哆嗦的手，讥讽道："你还在演戏。我已经受够了，受够了。你不用假惺惺的，博取我的同情，不用采取这种卑劣的手段来证明什么。你去告诉师傅，告诉他，我就是那个出卖者。我从小关家出来，深夜里到派出所举报了他们赌博；我看不惯师傅窃取仓库里的国家物资，把这个消息透露给了厂公安处；我对师傅以不同的名字，拥有两个家庭，感到困惑和不解，去了厂纪委。这一切都是我做的。你满意了吧？监视者，卑鄙的监视者。"

惊恐在林芳菲的脸上蔓延着，她脸色蜡黄，眼睛圆睁，瞪着双眼，嘴大张着，眼泪扑簌簌地掉下来，打湿了胸前的衣服。她尖叫了一声："师哥！"然后，猛转身，奔跑着离开，安全帽掉到地上，她有些不辨东西，被一堆钢管绊了一下，钢管骨碌碌散开了，她摔倒在地。她爬起来，继续跟跟跄跄地向前方狂奔。郭志强骂完，心情反而更加糟糕，委屈、愤怒、羞耻、痛苦……潮水般淹没了他。等这些情绪缓缓地坠入他内心深处，他四下望望，各种工种的工人们，安全员、技术员、监理、焊工、起重工……已经陆陆续续地来到了工地上，工地上突然就喧闹起来、沸腾起来。各种声音此起彼伏，电焊声、吊车声、电锤声……忙碌的人群中，好像少了一个人似的，那个人是谁呢？林芳菲哭泣的面容突然分开人流，奔到他的眼前。他猛地一激灵。发足狂奔，顺着林芳菲消失的地方追去。

路上，不断地有人向一个方向跑，有人说，减压塔上有人要跳塔，可能有人要杀她。郭志强跟着人流，跑到减压塔下，惊慌地向上望，果然站在塔的第三层平台的林芳菲已经跨越了护栏，一只手抓着栏杆，向下看了看。她一定看不到郭志强悔恨交加的那张脸。郭志强喊了一声"菲菲"，他想冲上塔去阻止林芳菲愚蠢的轻生念头，可是，一切都已经晚了。林芳菲听不到任何人的喊声，她听到的只有自己内心的声音，那声音催促着她：跳下去，跳下去！她松开左手，那巨大而坚固的塔便头一次变得轻盈、飘逸，她感觉那庞然大物正快速地与她分离，向天空弹去，和白羊似的云朵亲密地拥抱在一起。她听到了塔和云朵相撞击的声音，剧烈、沉闷而没有痛苦。

　　林芳菲没有死。死神拒绝了她的请求。她就摔在郭志强的身边，幸亏她没有爬到塔的最高层，同时，支在塔下面的一个临时的架子担了她一下，不然，死神想拒绝她都没有任何的理由了。在开往厂医院的救护车上，郭志强抱着她，她的脸上并没见到血迹，郭志强说："你怎么会那么傻，我不过是随便发泄一下。你怎么就当真了。我从来没有怪罪过你呀。我怎么会怪你呢。你这傻师妹！"不管他怎么呼唤，林芳菲都无法听到，她的脸冰冷而灰暗。

　　林芳菲在厂医院抢救了一天，随后被送到了市里的省第三人民医院，那是个优秀的骨科医院，坐落在省委大院的后面。她在那里躺了半年，等她脸色红润地从那里出来时，是被郭志强用轮椅推出来的。半年的时间里，他一直守在她的身边，看到她第一次睁开眼睛，第一个用勺子喂她饭，第一个告诉她，今生你已经无法再站起来了。郭志强第一次知道，眼泪可以流干，悲痛却仍旧没有停止。

师傅在林芳菲纵身从常压塔跃下之后没多久，被提拔为检修车间的副主任。而关于他的流言也从来没有被广泛地传播，半年中他带着不同的徒弟，到医院里看望过林芳菲六次，而每一次，师傅都会叮嘱郭志强，不要过多去想车间里的事，安心地把林芳菲照顾好，就是最重要的工作。

林芳菲出院时，夏天已经来临，郭志强给她买了一身漂亮的花裙子，对天发誓，从今往后，他会陪着她，永不分离，每年的夏天，他都会给她买无数的漂亮裙子。

郭志强推着轮椅上的林芳菲，再也没有回到八方炼油厂。他们在市区里租了一间房，住下来，郭志强找到了一个新的工作，仍旧干他的老本行。时光荏苒，林芳菲的轮椅已经更换了有七个，而她也拥有了属于自己的大大的衣柜，专门盛放花裙子的衣柜，各种花色的裙子散发着丝绸、棉织物的芬芳，她时常把头埋在那些裙子之间，拼命地吸着、嗅着，她再也嗅不到炼油厂那恣肆的油的味道、铁的味道、焊条熔化呛人的味道了。

郭志强后来自己开了一家化工设备维护公司，公司的规模越来越大，业务也越做越大，遍及北方的许多石化公司，但他告诫自己，不和八方炼油厂有任何的瓜葛。因为业务，他经常要出差，但不管他去哪儿，山东、内蒙古、东北，甚至新疆，他都会带着坐在轮椅上的妻子林芳菲，他说，他不放心把她一个人丢在家里，他要时时刻刻都能看到她。

在齐鲁石化，他们待了足足有一个月。他们住在淄博市区。在任何一个地方，郭志强都会细心地让妻子远离炼厂，远离塔，他害怕勾起她痛苦的回忆。林芳菲已经学会了上网，一个夜晚，盯着电脑的她突然喊道："志强，你快过来看。"郭志强从卫生间出来，来到电脑前。林芳菲指着电脑屏幕，"你看，这首诗。"屏幕上的诗叫作《分馏塔：上升或者降落》。郭志强心就猛地一沉，他别过脸去想躲开那首诗。林芳菲却抓住了他的手，轻声说："你知道这首诗的作者是谁？"郭志强惊讶地看着她。

"伊莲。"林芳菲动情地说，"这是她的笔名。她的真名你一定不陌生，苏春晓。"

郭志强一惊。林芳菲抬头看了看他，"二十年了。虽然时间那么长，你不可能忘记她。我也不能。有时候，我想想邢台，那个小城市，我还真想去看看，它现在是个什么样子。为什么邢台没有炼油厂呢？"

郭志强把目光从电脑屏幕上移开，静静地听着她说，"伊莲是个非常有名的诗人。得了很多大奖，包括鲁迅文学奖。她接受了无数次的采访，你知道她说得最多的是什么吗？不是她自己，而是你。她说，你是她所有诗歌的源头，是意象的开始。她说起你，说到一个焊工，说到她和一个焊工诗人的惊天动地的爱情，说到你们在列车上的邂逅，说到顾城的《黑眼睛》，说到每一首关于炼塔的诗，她说，她的每一首有关炼塔的诗都是与你共同完成的，她是在你的诗的基础上，饱含着对美好往事的追忆，用情用心用眼泪用血去改写的。每一次她都会读一首有关炼塔的诗，而每一次她都会热泪盈眶，激情洋溢。她在找你。她说她一直在找你，可是她找过你工作和生活过的地方，八方炼油厂，没有人知道你去了哪里。她迷茫地对记者说，你从这个世界消失了，仿佛是要考验她诗歌的神经。她发誓，这一辈子最重要的事就是要找到你。她和你的故事感动了媒体，感动了所有人，他们都在帮着她来找你，在网络上，在电台，在报纸上。"

"她还说了什么？"时隔二十年，郭志强的心仍然有一处是被师傅遮蔽住的，那一处，阴冷而疼痛。

林芳菲沉默了一会儿才说："我不知道该不该告诉你，当记者问她，为什么要那么执着地寻找那个焊工。她的眼里泛着泪光说，因为那是她最纯真的爱，是她最想回到的爱的起点。另外，她停顿了一下，泪光似乎消失了。"她也停顿了一下，"她说，二十年了，她当年给你提过一个问题，而你没有给她答案。她提的是什么问题？"林芳菲盯着郭志强。

郭志强目光躲闪着，显得有些慌乱，他没有回答，他突然觉得大汗淋漓。林芳菲伸出手，抚摸着他的脸颊、脖颈，那冰凉的细密的汗水传导到她的手上，她和他，早就有了心灵上的默契，她再也没有去追问。

郭志强没有再看那闪来闪去的电脑屏幕，他没有去看那首《分馏塔：上升或者降落》，他也没有去找有关小苏的消息，他不知道，小苏，已经变成了一个多么著名的诗人。他不知道，在未来的日子里，小苏仍然会在众多的场合，讲述一个焊工和一个女诗人感人至深的故事。那些往事，那些诗歌，早就与他没任何关系了。在那之后的几天，那个石化城淄博，在现实的雨中，变得潮湿如水墨画，而他却失去了用欣赏的眼光去端详这个城市的心情，他奔波于石化公司的维修现场，他感觉到，自己的生活注定就是在那些装置间、塔间、管线间，而诗歌，早就走到了它的尽头。

八方炼油厂，像一匹骆驼一样，在苦撑着没有水、没有食物的日子，像走进了永远无法走出的沙漠，越来越走下坡路，很多装置已经停工，在等待着被宣判死刑的那个时刻的到来。有一天，林芳菲试探着对郭志强说："你说，如果你那些师弟、我的师哥们，他们生活艰难，他们想要来投奔你，你该怎么办？"她看着灯光下的郭志强，她发现他的鬓角已经有了白发，她伸出手，摩挲着他的头发。

郭志强咬着牙，他看了一眼妻子，她温柔的目光仿佛能融化所有的仇恨，他说："你定吧。我都听你的。"

林芳菲含着泪说："委屈你了。他们找到我，他们的现状确实很困难，他们面临着人生中最难以渡过的难关。他们不敢直接求你。他们知道，我是那个软肋，我是你生命中最柔软的那部分。毕竟，我们曾经有过师兄弟的情谊。师哥！"

这一声师哥，把郭志强叫得伤感凄戚。他转过脸，感到自己的脸颊凉凉的。

郭志强的师弟们，纷纷地来到了他的公司，他们在他的公司里找到了自己合适的位置，他们不辞辛劳地到新疆、东北的工地上，承担了重要的工作。当他们偶尔在施工现场碰面时，他们小心翼翼的，谁也没有提到过师傅，没有提到过他们曾经拥有过的那段不堪回首的时光。

向郭志强提到师傅的那个人只能是林芳菲。深夜里，那是在新疆克拉玛依，狂风在窗外呼啸，像是要把整个大楼掀翻，风像疯狂的石子一样打在窗户上。林芳菲蜷在郭志强的怀里，"你为什么不停下来，让自己歇一歇。我算了算，今年一年里，我们在家里待的时间只有一个月。"

郭志强好像没考虑过这个问题，"是吗？这么多的业务，怎么能停下来。"

"任何事情都能够停下来。我不强迫你，你想让自己永远在奔波，永远在忙碌着。也许这是你最好的选择。不管你走到哪里，只要你不嫌弃我，不怕我是个累赘，我就永远跟着你。"林芳菲幽幽地说。

郭志强搂紧了妻子瘦弱的肩，"在上海的一个朋友说，有个医院能让你站起来，我想开了春，带你去试试。"

已经有过太多次的尝试，林芳菲已经不抱任何的希望，可是，只要郭志强想要这么做，她从来不拒绝。停了一会儿，她说："开了春，师傅就六十了。"

郭志强的手突然就松了，搂着妻子的力量明显地弱了，妻子从他的怀里滑开去一点，像一件往事，散落在黑暗中。

林芳菲深呼吸，她知道，要说的话总是要说出来的："师傅退了休。可是他的儿子、儿媳、女儿、女婿，都在炼油厂工作。师傅想重新出来工作，替他们分担一下经济的压力。"

郭志强没有像上次她提到师弟们时一样，把往事轻易地放下，他心灵深处的那个幽暗之处，是那么牢固，如完美的焊缝般坚不可摧。他没有回答。

在克拉玛依，林芳菲提到了三次师傅，那个已经六十多岁的老人。郭志强都没有回应。每次提到师傅，他都会感觉到内心的冰凉一浪浪地涌来。

一个夜晚，林芳菲被噩梦惊醒，习惯性地摸了一下身边，空荡荡的。她爬到轮椅上，来到窗户前，这是个难得的没有狂风的深秋之夜。院子里，白炽灯光下，一个人在孤独地走来走去，拖着长长的身影，他走得急促、慌张。宾馆里那个不大的院子，像是一个庞大的古罗马的斗兽场，郭志强，她的丈夫和师哥，就像一个角斗士，他的面前，似乎有着强大而难以战胜的对手。一行清泪便打湿了林芳菲的衣襟，连续几个夜晚，她都被噩梦唤醒，她都会从窗户里看到一样的情景，那个孤独而挣扎的长长的身影，像是一条粗壮的铁链，捆住了她颤抖的心。她恍惚觉得，她看到的情景其实只是一个夜晚，它们不过是反复出现在她自己的梦境中而已。

之后，林芳菲再也没有提到师傅。她悄悄地给师傅打了个电话。

三个月之后，在沧州炼油厂的工地上，郭志强和沧炼部的周经理边谈着边在工地上走着，视线中突然出现了一个非常熟悉的

　　　　　　　　黑眼睛

身影，那个人戴着安全帽，身形笨拙苍老，看到他，急忙躲避着，想要避免和他见面，可是因为太过慌乱和匆忙，他被脚下的东西绊住了，扑倒在地，他趴在那里，不知道该怎么办。小苏想要得到答案的那个问题突然闪现在脑海中——"你恨你的师傅吗?"这个二十年前的问题重重地击打着他的神经和血液。郭志强愣了片刻，身边的周经理非常尴尬，想要解释什么，郭志强摆摆手，走过去，在泪眼蒙眬中伸出了犹豫的手，叫了一声：

"师傅!"

黑眼睛

    躺在黑暗之中，我用黑色的眼睛看着这个即将离去的世界。世界像水一般向我的身体两侧流动，哗啦啦，哗啦啦，悦耳动听。我什么都可以放下了，唯有黄榍佳，我看到夜色中疲惫、衰老的我长叹一声，我想最后再从黑暗中抓住她的身影，可是没有。她在哪里，在哪个城市，哪个乡村，哪个荒郊野外，哪个陌生而冷漠的地方？这是一个多么漫长的夜。

    黑暗中，我看到了一块仪表，灰蒙蒙的，有太多岁月的痕迹，那就是我。

    我便是一块炼油装置上的仪表，走了四十多年的仪表，在时间的长河中，我崭新过，破碎过，慢过，快过，坏过，被修理过；我见过生命的突然陨落，也见过成功的突然绽放。历经沧桑，我仍然来到了生命的终点，我再也走不动了，生命之针已然从我的身体上慢慢地滑落，我，一个叫骆北风的男人，这块破旧的仪表，老了。

然后，黑暗像是漩涡快速地流转。我看到了年轻的骆北风。他在薄薄的晨曦之中，慢慢地苏醒。

我醒来时见到的第一个人是她，而不是她。

她在我的视线中慢慢地清晰起来，梳着一对又粗又黑的大辫子，冲着我笑。我本能地叫了一声"小炜"，她的笑容没有改变，仍然笑着，像是水面上的波纹。她说了句："醒了，你终于醒了。"她的身后是窗户，阳光把她的轮廓推送到我沉重的目光中，一下子就把我从那个魔鬼般的寒冷之夜拽了回来。我尴尬地说："对不起，我以为是小炜。"

小炜是我的徒弟，小我三岁。她比我晚进厂半年，所以做了我的徒弟。1965年，我从石油专业学校毕业已经两年，八方炼油厂还没有建好，那些装置还只是没有生命和温度的重金属，它们委屈地散落在华北平原南部的一片荒野之中，在那个春天成了一个凄冷的弃儿。建设了两年的炼油项目，国家突然下达了停建的通知。建设大军作鸟兽散，大部分回了东北抚顺，留守下来的人员各有原因，我是因为家就在石家庄，我的徒弟欧阳炜不愿意再回东北，一是因为老家再没有亲人让她惦念，更重要的原因是我们在一年多的工作中已经培养起了感情。爱情之芽在我们彼此年轻的身体里萌生了。建设指挥部便安排我们轮流看护装置，以防国有资产遭到破坏。岁末的一天，天空阴沉沉的，就像是房东家的屋檐那么低，这天是欧阳炜值班。而我一大早就不听她的劝告，骑上自行车去了二十多公里以外的市区，高中同学阎宏伟所在的拖拉机厂制作了一批毛主席像章，他给我争取了一枚。我想把它取回来，送给欧阳炜做礼物，因为第二天便是她的生日。走了一半的路程时，雪花就飘了起来，起初雪并不大，我骑到拖拉机厂时，大雪已经覆盖了整个城市，狂风也从漫天的大雪之后突然窜出来，暴风雪席卷了整个世界。视线也完全被阻挡住了。阎宏伟劝我别回工地了，二十多公里的路，我就是走到明天天亮也走不到。他说，你根本不可能骑自行车，你会后悔的。阎宏伟说得没错，当我固执地告别他，踏上返回炼油建设工地的路途中时，暴风雪成了一个无法克服的难题。大雪似乎是一堵墙，自行车成了摆设，我推着它，艰难地向城市的东南方向挪动着。可是我没有后悔。那枚崭新的像章就在我的怀中跳动，像是一团烈火，给我勇气和胆量。我当时只有一个念头，就是赶回装置，因为欧阳还在装置里巡检，她也一定被暴风雪困住了。她是不是安全？这个念头激励着我。我似乎忘记了疲惫，忘记了距离，我和我的自行车，深一脚浅一脚的，一步步地挪动着。我的耳朵里满是风雪呼啸的声音。时间已经失去了意义，身体已经从外向内冷透。暴风雪代替了时间，它们互相纠缠着，比赛着，咆哮着，怒吼着，它们比时针走得还慢。其间我无数次的摔倒，又爬起来，渐渐地，我觉得自己化身为一个雪球，一个沉重的雪球。

赶到工地时，已经是后半夜了。我早就把自行车扔在了半路上，我打着手电筒，跟跟跄跄地顺着她巡检的方向，一点点地寻找着，常减压塔，加热炉，催化塔……我在催化塔的三层平台上找到了因为摔倒而冻晕过去的欧阳炜，我喊着她的名字，我的身体也早就僵硬得如同木桩，意识也早就模糊了，我都不知道自己是如何把她背到我的后背上，连滚带爬地走下催化塔的。风和雪像是铁板和石子击打在身上，可我早就没有了疼痛感，我背着她，向装置外走着爬着，我的感觉越来越迟钝，越来越麻木。终于，我看到从暴风雪中摇摇晃晃冲出来的虚幻的人影，我的意识一下子就崩溃了。一切皆归于平静。

我醒来时，看到的不是欧阳炜，而是一个陌生的姑娘。工人报社的记者黄楣佳。

那场暴风雪冻坏了我的脚，让我永远成了一个瘸子。而欧阳炜则丢了三根指头：一根手指，两根脚趾。我意外地落下了终身的恶名，而她，则扶摇直上，成了一个声名显赫的人。我们俩的生活也向相反的方向快速地滑行。像是那场早就消失了的暴风雪，我一直在梦中见到它的毁灭性的壮观，它的末日般的铺天盖地，而我却像一个滑行者，在其中快乐地滑行，为什么我会经常梦到这样的场景？几十年来都令我百思不得其解。因为，这和我的生活完全相反。

我从未有过怨言。直到现在。

在以后漫长的人生道路上，医院中的场景再没有在梦境中重现，只是现在，当生命即将凋零，我黑色的眼睛，却如此清晰地看到医院中的那个年轻的骆北风，那个躺在病床上的我，平生第一次被谎言所感动的场景。

即将改变我人生轨迹的那个人此时就坐在我的床边，她要迫不及待了。和我一样年轻的热血青年，对自己的事业有着绝对的忠诚和虔敬。省工人报社的记者黄楣佳，和她一起来到我病床前的还有建设指挥部的孟庆祥指挥。孟指挥在抚顺石油二厂时，做过催化一车间的主任，懂生产，也更懂得人的内心世界。他曾经说过，人的身体就是一套生产装置，原油就是它的血液，塔、管线、泵就是它的躯干，而主控制室就是它的大脑，抓革命促生产，抓大脑，就能促人的进步。他说，人的思想就是那个主控制室。他的这番理论，对于我们还没有真实的生产经验的人来说，似懂非懂，等我真正懂得他这句话的含义时，已经是若干年之后。

是暴风雪把她吸引过来的。记者黄楣佳要采写一篇新闻报道，内容是有关年轻女工与暴风雪搏斗，保护国家财产的。年轻的女工就是当值的欧阳炜。可是她的稿子并没有被报社领导通过，说稿子没有政治高度，要求她重新采写。其实，当她和孟指挥坐在我的对面，和我商量如何让欧阳的事迹更加突出、更加有政治意义时，他们心里早就有了默契。谈话不过是一场谎言的开始而已。

"我们的时代呼唤英雄，也需要英雄。"她看了看孟指挥，这样说，脸色微微泛红，不知道是因为起的调子太高还是别的原因，"红花也是由绿叶衬托出来的。我了解到，你们充其量只能算是个未知数，还不是一个真正能为社会主义建设贡献力量的工厂。建设工人们士气低落，因为你们不知道，这个工厂的命运如何，它的前途是否光明。所以，一个英雄会鼓舞全社会，更直接的是能鼓舞你们炼油建设工人们的战斗热情。"

我被她的话语打动了，热血向上涌，我说："我知道。"

"如果英雄是欧阳炜，你愿意做那片绿叶吗？"黄楣佳年纪轻轻，说出来的话却有条有理。

我毫不犹豫地说："当然，我愿意。"

也许当时的我还没有做好应付以后生活改变的准备，也许我根本就没去想这些日后才显出沉重的事，可是，对于欧阳炜，我爱的那个人，在心灵深处，我早就准备献出一切。黄楣佳盯着我的眼睛，她似乎想从我的眼睛里看到一丝的游离。我看到了，我看到自己的眼睛清澈透明，充满着浓浓的爱意，无限的对美好事物的向往。她看到的是毫不防备的坚定，她的表情突然间就轻松了下来，脸上一度紧绷的皮肤也松弛下来，"那就好办了。我们需要一个配角，为了衬托欧阳炜这个主角。而这个配角非你莫属。你想想，如果单纯地写她为了生产装置和国家财产的安全，不顾生命安危，不顾暴风雪的袭击，坚守岗位，把自己冻伤，这样的故事能打动人吗？"她不容我说话，她看了一眼孟指挥，继续说，"不能。所以，这篇报道应该更接近和尊重我们社会的现状与真实，应该这样去写，一个对社会主义建设有仇恨的人要阴谋破坏刚刚建成的生产装置，他选择了一个能够充分隐蔽自己的时间，暴风雪来临之际，没想到，他碰到了对党忠诚、对社会主义热爱、对自己的工厂有着满腔热情的欧阳炜。她不顾个人安危，与这个坏分子搏斗，国家财产保住了，自己却被冻伤。"

"我不仇恨社会主义。"我说。

"我们知道。"她看了看孟指挥,"这只是一个……怎么说呢,就算是临时的一个玩笑吧。"

我也看了看孟指挥,我问他:"组织也要求我这样做是吗?"

孟指挥点点头,说道:"这不是你一个人的事,也不是欧阳一个人的事,这关系到我们大家,还有我们伟大的国家。"

后来当别人无数次质疑我为什么会答应记者的要求时,我都会平静地说,玩笑,只是一个玩笑。是历史给我开的一个玩笑,那个时刻,我相信,我是无法拒绝的。对欧阳炜的爱,对祖国的爱,都让我不容置疑。

我安慰自己说,那已经是组织的决定,我答应是那个结果,不答应,结局也是一样的。

第二天,报道就面世了。护士们把报纸递给我时,表情与平日有些不同。说实话,看到报纸上自己的名字时我一度有些不适应,他有些刺目,令人头晕,这显然不是因为手术的后遗症。甚至我没觉得那个人就是我,而是另外一个人。我只留意到了欧阳炜这个名字,和所有第一时间读到报纸的人一样,我被那欧阳炜所感动,被她的故事所打动,我真想第一时间看到她,给她一个热烈的拥抱。那个叫黄楣佳的记者,文笔非常好,是个虚构的高手。可是接下来,护士们的眼神让我冷静下来,夜深人静,我打着手电再一次看着报纸上的铅印文字时,突然就看到了自己。我看到在铅字的背后,自己在黑暗中狰狞的面孔,青面獠牙,看到了一个极端仇视社会主义的反动分子,趁着雪夜,要破坏国家的生产装置。他在暴风雪中露出的猥琐、阴险的笑容。他和正气凛然的欧阳炜在暴风雪中激烈地搏斗，他试图把阻拦他的欧阳炜打翻在地，因为危险近在眼前，迫在眉睫，可是欧阳炜如此地执着，如此地勇敢，他不得不在她的正气逼迫下，被风雪所吞没。那个叫骆北风的人就是我吗？我在深夜里问自己。突然间就被从那个暴风雪之夜吹来的寒风所包围，身体猛地打了个冷战。

我在医院里只见过欧阳炜一面，很短暂。显然是被特意安排好的。她比我要晚苏醒两天，我见她时，报纸已经出来了，想必她也看到了。她一脸的愧疚之色。她张口就说："他们不让我见你，我告诉他们，如果不让我见你，我就不配合治疗。"

我还躺在病床上，被护士推到她的病房。我总是觉得自己的左手还在，手伸出去时，才被隐隐的疼痛提醒着，它休长假了。我笑着说："你可别犯傻。你要积极配合治疗，我也是。我还等着和你一起去巡检呢。只是，别再有什么暴风雪了，它比老地主的脾气还坏。"

小炜被我说乐了，乐着乐着，眼里竟然涌出了泪水，她埋怨我说："你为什么要那么做？你成全了我，可是你想过你以后的人生吗？"

我安慰她说："没有。我从来没有想过，我想的只有你。只要你的努力得到了回报，我就知足了。"

实际上，我简单的表白只是命运转折的一个小小的注解，已经设计好的生命的轨迹无法再更改了，当多年之后，我想要表白时，一切都已经变得毫无意义了。

医院的会面十分短暂，因为不久，护士便破门而入，不由分说，把我推走了，给我们的理由是，欧阳炜需要足够的时间来静养。

这是我们可以敞开心扉地互诉衷肠的唯一的机会，却那么快地结束了，这之后，欧阳炜，我曾经的恋人，便像车窗外的风景一样，飞速地离我远去了。

在医院里，我再也无法见到她，有时候我会见到黄楣佳，那个女记者，她偶尔会跑到我的病房里，继续把我的罪行坐实。她会鼓励我把当时的细节深挖细挖，以便欧阳的事迹能更加真实可信，更加鼓舞人心。她激动地说："告诉你一个好消息，因为我的报道，市里、省里，都很重视，她的事迹已经报到了省里，据说还要报到中央，她很快就会成为一个全国的劳动模范，全国工人阶级的楷模和学习榜样。"

我在医院里只待了一个月，而欧阳炜却待了将近半年时间。我出院回去工作没多久，孟指挥便代表组织与我有一次语重心长的谈话，他说，要让我认清自己的身份，要有大局观，一方面要好好地工作，另一方面就不要与欧阳有任何的来往了。现如今，你们的身份地位已经不同。他说得很多，我没有反驳他。但是那次谈话，才让我突然间醒悟了一些事，我才发现，原来，做任何事情都是有风险和代价的。

虽然我已经承担了自己选择的风险和代价，但是我仍然准备不足，被这沉重的代价压得有些悲伤，我从指挥部出来，在空旷的装置间狂奔，不知道是不是因为我的腿脚不便，塔、管线、球罐、泵都在我的视线中模糊了，它们变了形，成了毕加索笔下的

　　　　　　　　　　　　　　黑眼睛

变形的物体，塔和泵扭抱在一起，球罐是方形的，管线则像是一滴滴的水。我不知道自己狂奔了多久，才筋疲力尽地停下来，此时，阳光羞怯地躲在加热炉的后边，也许它也在为我羞愧，不愿意见到我这样一个思想和灵魂污秽的人。场景在我的眼睛里暗下来，披上一层重重的暗灰色，其实夜晚的到来还早。我来到催化塔的二层平台上，拿出口琴，那是我最心爱的口琴，上面刻着"为人民服务"的红色大字。凉凉的口琴却让我一下子就想到那个暴风雪之夜，我吸了一口凉气，当乐曲声响起，我立即就忘掉了一切。口琴声是一剂镇静药，我的思绪立即就平稳了，呼吸也调匀了，一曲《梁祝》瞬间就从那灵巧的簧片间水一样流出。悲凉而沧桑的乐曲在装置间缓缓地流淌，阳光从加热炉后翻越过来，落在那乐曲中，我仿佛看到，在幽静的装置之中，阳光像是缓缓流动着的泉水，泛着梦幻般的星光。

这是我人生中开始忘记的起点，这是我的黑眼睛在茫茫世界中搜寻自己的开始，虽然有些悲壮，有些无奈，却还是跟跟跄跄地迈出了那一步。

欧阳炜还在医院时，就被省总工会授予了"护厂模范"和"党的好女儿"的称号。她还作为特邀代表进京参加了全国政协会，受到了毛主席的接见，回到石家庄，她在工人文化宫作了一场《我见到了伟大领袖毛主席》的报告会。我是现场人流中的一员，报告会人潮涌动，充斥着对革命领袖的狂热，标语随处可见，耳朵里灌满了震耳欲聋的口号。令我感到吃惊的是，欧阳炜坐在千人会堂的主席台上，在那刺眼的灯光下，她竟然神态自若，毫不怯场，声情并茂，慷慨激昂，抑扬顿挫，牢牢吸引着所有人的目光，让大家随着她的语言频频地跃上群情鼎沸的高峰。我有些迷茫了，那是我第一次真切地感到，我和她之间的距离。她那种沉着与冷静，热情与豪迈，那种天生的领导才能，她一个高中生，一个孤儿，一个工人阶级的后代，从哪里得到的这些天分？实际上，迷茫是短暂的，我赶快打消了这个极端自私的念头。不断响起的口号声，把礼堂里的气氛渲染得热烈无比，空气仿佛都蒸腾起来，我透过那已经有些快要燃烧的空气，看到的欧阳炜是一团烈火，是如此让人热血沸腾，我和周围的工人兄弟们，仿佛在她抑扬顿挫的话语之中，与她一起见证了那个伟大的时刻，我跟随着人潮，一遍遍地呼喊着"毛主席万岁""向欧阳炜同志学习"。

同样感受了报告会盛况的黄楣佳彻夜未眠，为此写了一篇《我见到了毛主席》的报道，那张报纸我一直留在身边，任岁月把它变黄变软。报纸上还有一幅欧阳炜戴着像章、带头高呼口号的照片，黑白的。她英姿飒爽，意气风发。欧阳炜很快就成了一个家喻户晓的人物，不时地被工厂、街道请去作报告。

随后不久，她就被送到省委党校学习。临走前，和我匆匆见了一面，她是来和孟指挥告别时抽出一点时间来见我的，她说："我请示了孟指挥，征得了他的同意。"

我没有问她，为什么见我要征得领导的同意。

她送给我一个红色封皮的笔记本，祝福我："让我们在各自的岗位上为革命而努力工作吧。"

因为事出突然，我并没有准备什么礼物。我掏了半天，兜里却什么也没有。她笑了笑，"除了组织，我只想和你告别。"

当她转身上了吉普车离去，我翻开那个红色塑料皮的笔记本，扉页上端端正正地写着保尔的那句名言："人，最宝贵的是生命。对每个人来说，生命都只有一次。人的一生应该这样度过：当他回首往事的时候，不因虚度年华而悔恨，也不因碌碌无为而羞愧；在临死的时候，他能够说：'我的整个生命和全部精力，都献给了这个世界上最壮丽的事业——为了人类的解放而斗争。'"在她面前，我的境界是多么渺小和无地自容。

文化大革命突然就降临了。临建指挥部虽然地处偏远、人少，却也未能逃脱大气候的铺天盖地。我和孟指挥成了被批斗的对象，我是阴谋颠覆社会主义的坏分子，孟指挥是当权派、走资派、反动权威。指挥部革委会给我们俩办了学习班，让工人师傅给我们上课，但往往是工人师傅也讲不出什么子丑寅卯，便让我俩读《人民日报》《红旗》杂志和毛选。这样，我和孟指挥有了更多交流的机会。我俩如此平等地相处，一开始彼此都不适应，但很快，就打消了顾虑，也就无话不谈。孟指挥和我谈得最多的都是学习毛主席著作的心得体会，他告诉我，不要怨天尤人，不要对形势悲观消极，要从毛主席思想中找到理论基础，深挖自己错误的根源。其实在和孟指挥交流的过程中，我有一个隐隐的私心，我希望他从毛主席著作中，从他自己的切身体会中，能够找到我沦落到这种地步的根源。有很多次我几乎就脱口而出了，想问问他，孟指挥，我为什么会成为坏分子。可是我没有，我看着他虽处逆境，却仍然保持着乐观健康的心态而感到万分羞愧，便无法张口说出我的疑问，这是多么耻辱的想法啊。所以我始终没有问过他，他是怎么让欧阳炜放弃对我的爱的。

有时候，全市举行批斗大会，也会给炼油指挥部一个名额，那个名额就在我和孟指挥之间轮流转。命运真是捉弄人，那年年关，为了迎接传统节日的到来举办的全市批斗大会，我竟然遇到了一个熟人，黄楣佳。我们在等待进入大会场的昏暗的过道里，目光突然就碰到了一起，虽然是如此的环境，她还是有些激动，并主动分开木然的人流，靠过来，小声说："来了。"好像我们是在大街上偶遇一样。我小声回答："来了。"然后她说："你是因为暴风雪那件事？"我点点头，她叹了口气，说道："对不起。"我笑了笑："玩笑，我记着你的话。没事。我都习惯了。欧阳不是挺好的吗？"这才是我最大的安慰。就是那次，我从黄楣佳嘴里知道，党校也早就停课了，欧阳炜想回厂里回不去，只好待在党校里，每天在宿舍里学习马列著作和炼油知识。我问黄楣佳是因为什么也与我为伍了。黄楣佳含糊其辞地说："我们主编，他被打倒了，我替他说了几句公道话。"实际上，她的事情远远没有她所说的那么轻松，当若干年之后，在她的陋室之中，她向我平静地诉说曾经遭遇到了绝望之时，我才知道，在这个世上，不只是我，内心是一潭深秋的池水。

我成了专制对象，被批斗成了常事。我渐渐地习惯成自然了，建设指挥部的批斗会纯粹是走形式，因为缺乏文艺人才，所以我必须在批斗会上身兼两职，分别承担两项任务，一个自然是被批斗的对象，这是天经地义，而另一个则是要担任批斗会的伴奏。环节倒也不复杂，会前为我准备的道具是小号，那是一支新小号，专门为批斗会准备的，之前他们还征询过我的意见，问我买个什么样的乐器。我给革委会柳副主任详细分析了几种乐器的伴奏效果，在我的建议下，买了一支小号。我把小号擦得亮晶晶的，能照出我的影子，我在小号上看到的我是弯弯曲曲的，我的头发有些长，它盘旋着有些怪异，我看不清自己的表情，是悲还是怒，或是喜？程序几乎是一成不变的：革委会主任，就是以前的副指挥尚卫国，宣布批斗大会开始。我一瘸一拐地走上主席台的一侧，庄严地举起小号，开始吹奏《东方红》，然后大家一起跟着我吹的节奏，高声吹着："东方红，太阳升……"小号和歌声高亢嘹亮，在装置间飞扬。歌声一落，我立即放下小号。旁边有人给我的脖子上套上一个大大的木牌子，上面歪七扭八写着几个大字"打倒坏分子 骆北风"，把我推到主席台的正中央，在我旁边是走资派、反动权威孟指挥。我的表情立即从庄严转化为愁苦，低下头，接受工人阶级的声讨。但是到区里，到市里的统一批斗我就没有这种待遇。往往是一场批斗会下来，像是灵魂出窍一般。而瘸腿演奏家的美名与坏分子的角色，在那个时代，在我的身上交相辉映。不仅如此，我在漫长的无所事事之中，慢慢地开发了许多新的乐器，其中最令我满意的一个乐器是用工地上残留的钢管焊接到一起的打击乐器，共用钢管十三根，敲打出的乐曲清脆明亮，宛如仙乐。

身在党校的欧阳炜也被叫回来参加了一次批斗会，批斗会的前一天夜晚，她突然出现在我宿舍门口，她站在那里，并不踏进来，轻声喊了一句："骆北风同志。"声音再小我也能听得出是她的声音，我急忙来到门口，伸手让她进去。她却没有要进来的意思，柔声说："陪我走走吧。"

路边是微风吹拂着的麦田，月光把挺拔的白杨画在我们的脚下，即使是影子，它们排列得都那么的整齐划一。走了很长一段，宿舍区已经消失在黑暗之中，欧阳才幽幽地说："他们非得让我表态。"

"表什么态？"我不解地问。

"站在你们一边，还是人民一边。"她的影子和我的影子斜斜的，时而远离，时而又靠近，但是并没有交叉起来。而白杨的影子此时成了我们影子的背景。

"我和孟指挥？"

"是的。所以明天的批斗会我要念一个批判稿，批判你和孟指挥，你不要怪我。"她的腔调很哀怨，又有些委屈。

我丝毫没有恨她的意思，相反有些兴奋，我语无伦次地说："啊，那很好啊。太好了。你一定要好好地批判我，从思想根源上给我找问题。孟指挥，你就少批判他点吧。我觉得他情绪不对头。对了，你还能听到我吹的小号。东方红，太阳升……"

那场批斗会上，我的表现极其优秀，我把它几乎当成了一个表扬会，小号吹得震天响，而欧阳被动地在会上说了什么，我根本没有听进去。

在市体育场的批斗会上，我见过黄楣佳两次，第二次相遇，便感觉到了亲切。她的心情糟透了，情绪已经跌入了深渊之中，眼里含着泪，对我说："我真想一死了之。"我劝她千万不要想不开，任何事情都有头有尾，我们无法预知开头，却可以预测结局，人总有一死，"或重于泰山，或轻于鸿毛，都一样"。她绝望地说："可我怎么就看不到头。"我告诉她我应对的秘诀："我心里想着其他美好的事物。我不知道什么能让你安神，但是我喜欢乐曲，一旦我进入了批斗的程序之中，我的内心深处就会被一首首的乐曲占据，《喀秋莎》《莫斯科郊外的晚上》……它们排着队，轮番在我的脑子里回响，那时候你就会被自己征服，完全没有了外界的干扰。而且从外表看，因为你心里想着其他，表面显得木讷，像是极其配合批斗似的。"我把她说乐了。为了证明我的方法的灵验，我送给她一只口琴，我说："你学了吹口琴后，那些乐曲才能列队涌到你的脑子里。"起初，她对我的建议很感兴趣，我们还约好了，定期在炼油工地，或者市区的东方红公园里见面，我来教她吹奏口琴的技法。

第一次地点是东方红公园的未名湖畔。这一次练习看上去还是极为投入和有效，她很快就掌握了口琴的结构特征、音位排列及基本的吹奏方法，而且能简单地吹出一段简单的音节。这让她暂时放下了内心沉重的负担。她看着湖边的垂柳，忧郁地说："我能学会吗？"其实她话里有话。我鼓励她说："当然可以。它能占据你的心。俗话说，一心不可二用，你拥有了音乐，就能忘

黑眼睛   205

掉烦恼。"

第二次是在炼油工地的装置区。她却完全把上一次学到的一点皮毛全部忘记了，我们只能从头再来。她抬头看了看高耸的炼塔，丧气地说："对不起，它们太陌生了，好像那些音节比那座塔还遥不可及。"我没有怪她，我循循善诱："慢慢来。我们慢慢来。就像我们要攀登催化塔一样，得一级级地来。你不能一下子就蹦到塔巅。"这一次，她勉强地学习吹奏，专心度大打折扣。于是第三次，东方红公园湖边的约会，她爽约了。我在那里等了她整整一个下午，看着白昼被夜色吸尽，被我的耐心吸尽，只能作罢，灰溜溜地离开公园。她学习口琴、忘记内心伤痛的努力就此打住。

在每天不厌其烦的学习中，孟指挥仍然未能从领袖的著作中找到答案，他内心一定经历了痛苦的挣扎过程，却从来不向我透露。我每天跟在他身后，打扫装置区的卫生。他不急不缓，动作均匀，上半身左右摇晃，像是老和尚手里不断敲打着的木鱼。我时常会感觉到累。这可能和我的腿有关。我偷偷地看着他镇定自若的身影。揣测着他内心的想法。但是，当换了环境，换了场合，他的表现就令人忧伤。有很多次，当批斗会结束，是他最灰暗的时刻，沮丧与绝望让他心灰意冷，他竟然出乎我意料地想到了死亡。那个有些迷人的夜晚，风轻拂着，月光洒在通向塔顶的铁梯上，铁梯子大大的缝隙，像是有无数只眼睛在看着我。我吓了一跳。我不知道那是不是我自己的眼睛，它们，如此多的眼

　　　　　　　　　　　　　　　黑眼睛

睛，在铁梯之下的黑暗之中，伸出乌黑的手一般的目光。那不是梦境，而是噩梦。我的腿软了，身体晃了晃。我急忙抓住了扶手。再向上看时，孟指挥并没有把我丢下很远。

在我的印象中，那是一个残云遮挡了一半月光的夜晚，月光像是已经燃烧尽了的弧光稀疏暗淡。他邀请我一起向塔上攀登，他说临死前想听我吹奏一曲。我们爬得很慢，确切地说是孟指挥爬得很慢，他像是在沉思，步履艰难。我跟在他的身后，一直在想，为什么他要死呢？为什么他要选择让我陪他走完最后的人生之路呢？这条路是通向高高的塔顶，还是通向死亡的呢？看着他的背影，我突然间萌生了一个念头，他临死前会不会想到我的屈辱，会不会想到我的命运只是因为一次偶然？毕竟我得到的一切都是他代表组织做出的决定。他会不会告诉我，他的决定是错误的？来到塔顶，微风轻轻地吹过，他稀疏的头发在皎洁的月光中微微地拂动着。我迷茫地问他，孟指挥，你想听什么曲子？他抓耳挠腮，想了半天，可怜的头发像是很硬，抓在他手里，像是乱丢乱放的焊条。我猜想，此时，他的脑子里空空荡荡，他一定想不出其他优美的旋律，所以他只能说，就《东方红》吧。他的要求很让我感到意外，可我没有多想，便把口琴送到嘴边，熟悉的乐曲在塔顶飘扬，高亢明亮，因为天空更加宽阔，口琴的声音有些弱，传得并不远。我专注地吹奏着，我想，我的一生，可能都是过于专注地吹奏乐曲，所以会容易忽略，容易忘记。那个夜晚，一样的月光，一样的曲子，却并不是一样的孟指挥，他在自己最熟悉的乐曲声中，慢慢走到塔边，向下看着，他要完成他生命的涅槃。我等待着死亡的到来。我知道我无法阻拦他。我连我自己的命运都把握不住，如何想要改变别人。我甚至在想，当别人的死亡到来之时，我会是一种什么样的心情。他就在那塔边站着，保持着向下观望的姿态。他被我制造的音乐陶醉了，然后他开口说话了，他回过头来，看着我，他说，为什么我要死？我相信自己，相信未来，为什么我要死？对于孟指挥的回心转意，我一直不大明白。在长达几个月的时间里，他都纠结在死亡与相信未来的矛盾之中，而那个致命的结局也迟迟无法到来。每一次，我都是那个同样矛盾重重的见证者。每一次，我的领导，建设指挥部的孟指挥，都会在我激越的口琴声中获得新生。有很多次，我独自一人，在黑暗之中爬上催化塔，站在孟指挥站过的地方，向下看着，那浓密的夜色软软的绵绵的，像是在召唤我。我有一次在黑暗中看到了手一样的眼睛，我吓得魂飞魄散，仓皇逃开了，我告诫自己，又不是我要寻死。

1973年，春天开始在路边的杨树上点缀出密密的绿芽，炼油建设项目重新恢复建设。工地重新恢复了往日的繁忙景象，装置像是从冬眠中苏醒过来一样，渐渐显出了生气和温度。暴风雪和"文革"很快就被人遗忘了，工厂转入了生产培训，大家像是期待孩子出生一样，奔走相告，兴奋异常。关于让不让我去抚顺炼油二厂参加培训，产生了截然相反的两种意见，反对一方占优。被批斗时我都没有被命运抛弃的悲凉，那个时候，我却头一次感到了无助和孤寂，头一次有了一种被世界抛弃的感觉。我来到孟指挥经常想要寻死的地方，催化塔的最顶端。站在那里，夜色像风一样吹过，第一次有了真切的死亡的想法，那想法在黑暗中牢牢地抓着我，就像是越勒越紧的绳子。我向下看了看，炼塔之下无边的黑暗中，那双眼睛浮上来，巨大无比，它变成了两个深渊似的洞，温暖而亲切。突然间，有人把那绳子解开了，是一只强有力的手，我回过头来，月光中看到了孟指挥慈祥的面孔，他说，你跳下去，我就听不到你的口琴声了。那时的孟指挥还没有完全恢复工作，可是即将开工的消息还是让他兴奋异常，他扫地的身影明显地失了分寸，动作没有那么从容了。他知道自己的话此时无足轻重，便找到欧阳炜，让她做通了革委会汪主任的工作，我这才获得了和其他工人一样的权利，搭上了到东北培训的末班车。而这一切，我并不知晓。我还以为自己的命运出现了转机。我激动地向汪主任保证，我一定不辜负组织的信任，早日学有所成，报效祖国，报效炼厂。欧阳炜党校的生活已经宣告结束。当我们坐在开往东北的列车上，列车向北方飞奔，在车厢的最前方的座位上，坐着培训队的领队——欧阳炜。她背着军用水壶，目光坚定地望着渐渐远离的华北平原，对即将开始的火热的生活充满着期待。

　　抚顺二厂的实习生活整整一年，直到第二年的春天，当我们返回时，平原上的草和小麦都已经绿油油的，看上一眼，都觉得那些娇弱的嫩苗已经被阳光晒得暖洋洋的，把全身都暖透了。东北的冬天漫长而难熬，而我的琴声，是实习工人孤独岁月的最好的陪伴。如果不是其间发生的一件不愉快的事情，瘸腿乐手骆北风的美妙乐曲会永远留在东北，那个冰天雪地的世界里。我发明了一件用冰做成的乐器，以打发漫漫的寒冷的冬夜。我把它叫作冰笛子，我设计了一个图纸，请机工车间的车工小梁给我车了一个模子，夜晚来临时，把水灌进去，第二天一早，拆开模具，一件晶莹剔透、冰清玉洁的笛子便大功告成，我在工友们的簇拥、起哄和围观中，拿起笛子，放到嘴边，人们立即安静下来。笛子凉气袭人，清脆悠扬的乐曲声却格外热烈，我吹奏了一曲《北京的金山上》，赢得了大家的掌声和热泪盈眶。美好的事物总是短暂的。我还没有学会一边抵御寒冷一边吹奏美妙的乐曲，我的嘴唇一会儿就冻得发紫，冻得发抖。那支透明的笛子便在大家的手里传来传去，直至它的生命快速地完结。实际上在被大家拥在中间时，我已经忘记了自己的身份，一种认同感在心里升腾为一股暖流，让我有些得意忘形。直到那一天傍晚，操作工庞华锋神秘地把我拉到宿舍外面，东北的夜晚是用温度来计量的，冷空气像是一扇慢慢关闭起来的门，把白昼留在了外面。庞华锋央求我给他做一支冰笛，二厂的一个电工姑娘喜欢，她要把它收藏起来，作为纪念。我想都没想，爽快地答应下来。但是那支冰笛子却引火烧身，庞华锋用它去勾引那位电工姑娘，遭到了二厂男青工的愤怒，由此引发了两边工人的群殴。事情发生后，庞华锋又来央求我，把责任都承担起来，他哭丧着脸说，我出来时我爹千叮咛万嘱咐，要我好好学，回去好好干，混出个人样来，当个段长、主任的，为我们祖上争光。他停了一下，意味深长地说，反正，你是无所谓的，你是指望不上了。他的话一下子就让我跌到了万丈深渊之中，像是被冰笛子打了头一样，不管我能发明什么稀奇古怪的乐器，不管我能吹奏出多么美妙动听的乐曲来，我在他们的内心深处，其实早就与他们不是一类人了。我万分沮丧地说，放心吧兄弟，我是个铁打的身子，什么都能承受。那次打斗事件，我承担了所有的责任。欧阳对此十分不满，她把我叫到了她的办公室。我进去时，她坐在办公桌后边，低着头像是在奋笔写着什么，我站了足足有五分钟，她才停下来，抬起头，脸色铁青，严厉地盯着我，说道，你太让我失望了，你知道，我在汪主任面前是怎么替你保证的吗？过几日，他就要来视察工作，我都不知道怎么向他交代。她那一副恨铁不成钢的表情，让我无法反驳，我默默地承受着她的批评，没有做任何的解释。

那次的群殴事件是一次重要的转折，它可能让欧阳彻底放下了心中的包袱，释然了，对我的愧疚在我笨拙的表现之中化为乌有了。因为在东北的一年时间里，在漫长的冬季，作为带队的领导，欧阳炜一直在躲着我，她像是怕和我单独面对面。而那次群殴之后，当我们在塔上走个对面时，她就像对待其他人一样坦然了，指挥我干这个干那个。

装置开工那年五一，欧阳炜结婚了，男方是党校的哲学教师董林生。那是一场经过深思熟虑的爱情。在简朴的结婚仪式上，欧阳炜誓言要为生产装置奉献她的一生，而还有些腼腆的新郎则有些局促，他对身后那些装置和塔，对油气的味道，都十分陌生，但他用哲学的思想去理解它，他表示："它们就是小炜的嫁妆。"我在她婚礼现场外徘徊时刚好听到董林生的那句表白，此时黄楣佳刚刚从市区赶来，她容光焕发，问我为什么不进去。我尴尬地说，我正要进去。我被她强拉进婚礼的现场，好在，一拨拨祝福的人们络绎不绝，欧阳炜根本没有留意到在角落里局促不安的我。我只待了一分钟就跑了出来，一口气跑到了田野之中，大声吼了几句。没想到黄楣佳也随后跟了出来，她追上我，我听得到她气息急促的声音。她站在一边，等我吼了几嗓子，才说："你大吼的时候，我看到麦子都听话地向一边倒去，它们就像是你的士兵。"我看了看麦地，麦子们静悄悄的，它们是阳光的士兵，不是我的。我再看她，才看到她脸上狡黠的笑容。我胸中的一口气立即就舒畅了许多。

她靠近我一些，说："其实我来并不特意为了欧阳，而是你。"她的话令我颇感意外，站在春意萌动的田野之上，黄楣佳感伤的讲述把我重新带回到了几年之前。

她说，要不是你，我现在就不可能站在这里。

"我差点自寻短见。很奇怪，我在最绝望的时刻突然想到了你。可能是在体育场昏暗通道里相遇时的那个场面，让我印象太深刻了。想到你乐观的样子，想到你给我出的应付绝望的主意。所以我决定在离开人世之前来看看你，问问你还有什么办法没有，能让我回心转意，其实我内心深处，对于生命是多么的留恋呀！我很庆幸在我看到了死亡的身影时想到的是你。我来到炼油建设工地时，你们正在开批斗会，我看到了一个令我震惊和不可思议的场面，一个被批斗的人，一个人民的对立面，一个应该垂头丧气地接受人民斗争的人，竟然吹起了小号。我一时不知道发生了什么。看着你吹响了《东方红》，你面色坦然、镇定，好像你不是那个被批斗的对象。但是很快，你的角色就突然发生了转变，当音乐结束，你也坦然地放下手中的小号，让别人挂上牌子，低下头，在口号声中，把腰弯得越来越低。那一刻，我突然明白了一个道理，人的角色可以在小号和牌子之间游刃有余地转换。我释然了，陡然间放下了心中沉重的心理负担，放下了伤痛和绝望，放下了死亡。"

我问她这是什么道理，她说："嘲笑，对命运的嘲笑是最伟大的哲学。"

春风吹拂着我们仍然年轻的面庞，那一年，距离黄楣佳所说的那个场面仅仅过去了八年。我问她："你现在要做什么？"

"做我该做的事情。我回到了自己的工作岗位，我要把失去的一切都找回来，我要和时间赛跑，你看看，这么壮观的一个炼油厂，像是一夜之间拔地而起，一个新的生命正在我们注视下茁壮成长。你不觉得有太多的事情等着我们去做，有太多的激情等着我们去释放。"彻底告别死亡阴影的黄楣佳是一个充满活力的记者，她的表情让我看到了那个曾经第一次出现在我视线中的姑娘，意志坚定，对未来充满信心。

我的感情生活也在这一年瓜熟蒂落，但与欧阳不同的是，有些匆忙而无奈。秋天，爱情像是突然从头顶上掉下来的红枣，砸在我的头上，不疼也不痒。女方是我租住的邱头村的房东家的姑娘小纪。她长相一般，脸上有点点的雀斑，低眉顺眼，目光很亮，她很单纯，仅仅是因为喜欢听我的口琴而爱上了我。秋天，田野上收割的味道浓烈馥郁，玉米的香气在道路上弥漫着，像是一层纱一样的雾。我说，你准备好了吗？你的家庭准备好了吗？我是个有历史污点的人，我不可能给你幸福。小纪低着头说，我准备好了，我早就准备好了。我问，你家里呢？小纪说，顾不了那么多了，是我要嫁人。我叹了口气说，可是我还没准备好。我和小纪约法三章，不办婚礼，不要孩子，不能进厂当工人。这三条对于小纪来说其实是不公平的，她完全可以选择放弃，可是她没有，她义无反顾地爱上了我，毫不犹豫地答应了我无理的要求。我匆匆上路的婚姻与我已经确定的身份一样，注定会是坎坷的。

我的婚姻生活持续了三年零三个月，我们小心谨慎地信守着约法三章，除此之外，生活也倒平淡而满足。有一天，小纪突然忐忑地告诉我，她怀孕了，她期待地看着我，眼睛眨都不眨地盯着我，我知道她内心的想法，她多么希望我收回约定，让她把孩子生下来。我没有回答她，我突然间万念俱灰，仿佛看到自己的命运从我的身体里飘出来，附在一个柔软的孩童身上，他在哭泣。我没有回应妻子的期盼，掏出口琴，吹着，口琴声阴冷地在我们之间飘荡。妻子小纪，明白了一切。她没再说什么，整整一个晚上，夜晚是唯一可以感觉到的世界，我都感觉不到屋子里有任何人，包括我自己在内。我听不到任何人的呼吸声，我的，还有她的。第二天一早，我看到她的脸，惨白惨白的，像是一只被风干了的蛇皮。

在接下来的几个月时间里，小纪经历着一个悠长而痛苦的反应过程，她笨拙而缓慢，任凭着自己的肚子一天天地大起来。她显然是看到了我眼睛里越来越强烈的恐惧，那恐惧像是一根细弱的树干，支撑着那个膨胀的肚子，以及不可预测的未来。直到树干越长越高，越长越细，她的肚子已经承受不住我恐惧的目光时，她才无奈地选择了妥协。晚上，北风呼号，炼油厂像是被远处的城市遗弃的孤儿，挂在荒凉的田野之间，黑暗披在身上，沉重而潮湿。她一早就从家里出门，出门时她低着头说："我去把孩子做掉。"就像是告诉我说，我去地里摘一棵白菜。我晚上下班时，她都没有回来，天一黑，我心就慌了，心像是被吊在半空中，揪得慌。我骑上自行车，投入黑暗中，快骑到市区时，我在路边的一棵枯萎的白杨树旁看到了歪在那里的一团黑影，我突然就看到了黑暗中的那双眼睛，那是我的眼睛，我能感觉到它在跳动，像是心脏一样在跳动，在茫茫的黑暗中跳动。它亮亮的，没有一丝的恐惧，只是一双闪亮的眼睛，它照亮着我令人心惊胆寒的旅程。它停留在那团黑影上，附着在上面。我从自行车上摔下来，顾不得疼痛，扑过去，那是我的妻子小纪，她已经彻底地沦为了一团黑影，挂在漆黑而庞大的夜幕中，她停止了呼吸，她的肚子鼓鼓的，那孩子还在。那个无辜的孩子，此时与她一样，冰冷，僵硬。她们拥抱在一起，与夜晚一起做着一个有关黑暗与死亡的梦。我忘记了流泪，我的手摸着两人，感觉到自己的呼吸骤然停止了。我大声喊着，我给你婚礼，我给你孩子，我给你想要的生活。可是那声音在我的内心深处回荡，重重地砸在我的心上。她的死对于我是一个永远无法原谅的错误，为什么我要那么顽固地坚持着自己的那一点点自尊，而完全忽视了她的感受。在她和我短暂的三年多的夫妻生活中她得到了什么？而她的死也永远成了一个无法解释的谜团，她为什么会死在那里，她是已经去过医院又后悔了，还是在犹豫不决的路上伤心而死。在这之后的几十年间，那个寒风刺骨的夜晚，那冰冷的黑影，都会在梦中出现。

那个冬天，妻子小纪的离开几乎是对我的致命打击，即使是被冠以破坏社会主义的坏分子，我都没有如此的消沉。我几乎成了一台死气沉沉的加热泵，失去了任何的动能。而口琴，这个世界上我最可依赖的，也像是要躲开我一样，从我的生活中消失了。

我在装置间、在乡村的土路上徘徊，在寻找一双眼睛，一双胆怯的眼睛，一双期盼的眼睛。我甚至不知道那是谁的眼睛，我的，还是我的妻子小纪。

那个冬天，和口琴同时消失的还有我自嘲的本领。而从我的生命中重新唤醒它的是黄楣佳，那个从我这里得到启发的记者。她为我而来，并非因为工作，她把我带到市区，在第一幼儿园的门口等待着。我们都没有说话。幼儿园的门是那种红色油漆的铁门。刚刚刷过油漆，透着那种阴沉的亮光。从铁门向里张望，小径深处的园子寂静无声。我没有问她为什么我们要在这里等待，我们在等待谁，等待什么。她也不做过多的解释。时间就在无望

　　　　　　　　　　　黑眼睛

的等待中慢慢流逝。好像是突然间，园子深处就沸腾了，孩子们像是滚沸的水，溢了出来。她拉住了一个跑过来的女孩的手，女孩看了看我，很友好地伸出她的手，我没有拒绝，我握住了她的手。她的手热乎乎的，软软的，像没有骨头。在我们三人手拉手向东走时，小姑娘不停地扭头看着我。我们上了一栋筒子楼，三层最靠南的一个狭窄的房间，是我们的目的地。房子小，却很素雅整洁，黄楣佳说："这是我家。"我再次看了看小女孩。黄楣佳解答了我的疑问："这是我女儿小韶。"我又看了看那个女孩。黄楣佳把女孩送到邻居家玩，这才言归正传，她说："该失去的就得失去，该来的必定要来。我没有告诉你我为什么会成了批斗对象，为什么会绝望想死，都是因为小韶。我一参加工作，就爱上了我们报社的主编。小韶就是我们爱情的结晶。他有家庭，而且忠于家庭。这些我都知道，爱上一个不该爱的人，从一开始就是个无可挽回的错误，但是我停不下来。我甘愿做一个影子，一个紧随着他的影子，哪怕是一生一世。他被打成了走资派，我也成了他反革命团伙的重要成员。他们让我揭发和交代他的罪行，我却只说他的好。后来我的肚子慢慢地大起来，他们猜得到那个孩子的父亲是谁，可是不管我受多大的委屈，都没有承认。在你真诚地教我学口琴的时候，那个小生命已经在我肚子里孕育，即将成熟。我就是那个最困难的时候去找你的。我想死，因为我不知道没有他的日子该如何度过。我站在众人身后，看着那滑稽的场面，从你镇定自若的身上得到了最大的安慰，在批斗会上，你的行为虽然可笑，却自如和安宁，看不到一丝的悲观。已经走到绝路的生活突然间就为我而开。我从你那里得到的不仅仅是对生命的嘲笑，更多的是对生命的尊重。从炼油工地回来之后，我发誓，不管遭遇多大的委屈和磨难，也要活下去，乐观地面对一切。我做不到你那么对生活自嘲，活下去总是简单的。这不，我都挺过来了。孩子成长得很健康。”

“孩子知道吗？”我问她。

“不。她不知道，我给她最好的生活，让她无忧无虑地生活。”说到女儿，黄楣佳的脸上挂着幸福的微笑。

“那个男人呢？”

黄楣佳略微犹豫了一下说：“他恢复了原职。我们重新回到了以前的状态，我爱他，而他爱我，也爱他的家庭。”

“你想告诉我什么？”我问。

黄楣佳面色凝重，“我很担忧你。我知道了小纪的事。你不要以为，我去炼油厂只是为了采访欧阳，每一次，我都在留意着你。我都会向欧阳问起你的事。”

“为什么呢？”这让我很不解。我这样一个边缘的人，一个有历史污点的人，是生活在最底层的。

她重重地叹了口气，“我有一种负罪感，深深的负罪感。自从上次在工人体育场被批斗时遇到你之后，我就陷入了无法自拔的愧疚之中。”她低下头，仿佛重新回到了那个人山人海的体育场。

我笑了笑，“这是我自己的选择，与你无关。而且这就是历史，历史岂是你一个人能承担的了的。”

　　　　　　　　　　黑眼睛

她摇摇头，"我们都有责任，但是有的人责任更大一些。"

我知道，当她向我敞开她的生活之时，对于那个冷酷的冬天而言意味着什么，但是我知道，是她，或者是时间给了我找回自己的勇气。

我突然有些冲动，对黄楣佳说："我给你吹口琴吧。"可是令我尴尬的是，掏遍了所有的口袋，却没有找到那只曾经紧紧跟随着我的口琴，那个印着"为人民服务"、亮亮的镀铬的外壳、绿绿的音孔的口琴。它曾经是有温度的，温暖着我孤独的内心。黄楣佳变戏法似的从抽屉里拿出一只口琴，崭新的口琴，递给我，说："送给你。这只口琴还是你送给我的，我学了两次，就把它丢在抽屉里了。现在物归原主吧。"

我接过口琴，惭愧地说："好像，我也忘记了所有的音节。"

黄楣佳鼓励我，"你被批斗时，那些音乐都能像水一样从你心里流出。"

我犹豫片刻，把口琴含在嘴里，脑子里突然就冒出一首优美的旋律，于是，在那狭窄的房间里，我第一次给黄楣佳吹出了《我爱这蓝色的海洋》。在悠扬的乐曲声中，我仿佛看到了众多的炼塔在蔚蓝色的海洋中漂浮，看到那长长的管线深入到碧蓝色的海水中，在波涛汹涌中一路向前。我还看到，在那海水之中，有一双蔚蓝色的眼睛在深情地望着我，温暖着我。

我离开时，黄楣佳的女儿小韶，大大的眼睛瞪着我，她紧紧地抓着我的手，依依不舍地说："你下次什么时候来？"

黑眼睛

我很奇怪，问她为什么让我来。

她忽闪着长长的睫毛说："我想换个人接我。"

那之后曾经有半年的时间，我都会利用中班和夜班之间的时间去接小韶。有的时候有黄楣佳陪伴，有的时候纯粹便是我一个人。我接她的时候，小韶非常兴奋，她趴在一个小姑娘耳朵根不停地说着，我问她在说什么悄悄话。她嘟着嘴不说，我便装作不感兴趣，不问了。她的手被我握在手里，她听话地跟着我的节奏，唯恐那只握着的手离开。走着走着，对我说："你不想知道我给小芳说了啥？"我摇摇头，"不想知道。"快走到她家时，她终于憋不住了，说："我告诉你吧。我说你是我爸爸。"我哈哈大笑，笑得她害羞地脸红了。

黄楣佳过意不去，她劝我不要这么辛苦，只是为了让小孩子高兴一下。我没有听她的劝，我说："我是个对社会基本无用的人，能让一个孩子高兴我就十分满足了。"黄楣佳只能听任我继续不厌其烦地在炼油厂和幼儿园之间奔波。有时候我和小韶说笑时，能感受到有另外一双眼睛在看我，那目光落在我的背上，略显沉重。那是一双幽怨的眼睛。

那只口琴，黄楣佳保存过的口琴，回到我的手里之后，竟然产生了神奇的魔力。在装置停工期间，在塔上、在管线间、在连接厂区与生活区的乡间小路上、在缺少了家庭主妇的冷清的宿舍里，《军港之夜》《外婆的澎湖湾》《喀秋莎》等曲子从我的口琴里流淌出来时，就像是一块巨大的吸铁石，吸引着年轻的工人们，他们围拢在我周围，和着我的曲子一起唱着那些动听的歌曲，其乐融融的场面，根本不可能分辨出我曾经是隐藏在他们当中的阶级敌人。我是工人兄弟中的音乐家，是炼油战线的刘秉义，我还自编了一首歌颂炼油工人的歌曲，名字叫《塔林颂歌》。在不同的场合，它都成为炼油厂的厂歌，在重大的活动中被当成压轴的歌曲，反复传唱，没有人知道，那首歌出自我手，那首歌的冠名是另一个人，王胜利。我是没有资格作为如此昂扬上进的歌曲的作者，这是协商的结果，王胜利是政工部的干部，他为人低调，爱好音乐、戏曲、杂技、曲艺……而且他还特别喜欢请我去喝酒，由他作为这首歌的作者我是尊重了组织的安排的，是自愿的。无论如何，当坐在工人们之中，听着那首熟悉的旋律响起，内心升腾起来的是无比的自豪。王胜利凭借此歌获得了无数的荣誉，后来做了厂工会的主席。

在口琴声中，我获得了内心完全的释放；在口琴声中，悲伤慢慢地退去；在口琴声中，我突然赢得了更多人的欢心，尤其是女人……

春天杨树飞絮的季节，我和仪表工段红霞频繁约会的季节，要不是"三种人"核查工作组的到来，我看上去快乐的生活会继续细水长流。

此时的欧阳炜已经是催化车间的主任，她突然成了"三种人"的重点嫌疑对象。那天我看到孟厂长从砖红色的三层办公楼上下来，面露愁容，他抬头看到了我，问我："小骆，你在这里干什么？"

我嗫嚅着说："我听说，欧阳，欧阳主任被工作组审查了。"

孟厂长愣了一下，然后把我拉到一边，"你消息倒灵通。你来得正好，她的历史，你、我，还有工人报社的那个记者黄楣佳，我们仨是最清楚不过的。有人给工作组写信，说她是造反派，是'四人帮'的帮凶，带头批斗过我。"

"那你怎么说的？"我紧张地问。

"我当然不认同了。欧阳是我亲自培养的接班人，我当然信得过她。他们还是将信将疑。正好，你也去做一个证人。"孟厂长的额头急得冒汗了。

孟厂长也是病急乱投医，他忘了我的身份，而我自己也早就忘了这一点。所以当我站在工作组面前，为欧阳炜辩护时，我慷慨陈词的样子很英勇，大无畏的状态让自己都感动。可是当我说完，工作组的一位中年男人正色道："我们知道你的历史。"

他一下子点到了我的死穴。我愣在那里，羞得满脸通红，一时不知说什么好。我张皇失措地看着他们，他们看着我，也不说话。气氛十分怪异，我当时有一个冲动，就是想掏出口琴，吹奏一曲《东方红》，把这沉闷和令人羞愧的气氛打破。那严肃的场面让我窒息得喘不过气来。还是那个中年男人张口道："我们是有问题要问你的。1965年，你试图破坏炼油厂的生产装置；1966年，你被定性为破坏社会主义建设的坏分子。有人反映，这是无中生有的事。都是欧阳炜编造出来的，为自己捞取政治资本，这是典型的诬陷迫害普通群众的行为，如果属实，情节非常严重，非常恶劣。关于这一点，你有什么要说的。"

我立即情绪激动起来，分辩道："不是那么回事。事实是确凿的，根本没有编造的成分。我给你们详细讲一下那天的情景，实际上我早就预谋好了要破坏刚刚建好的生产装置。我爷爷是个恶霸地主，他解放前跑到了台湾，一直想着反攻大陆。所以我心里埋藏着一颗仇恨的种子，就等着这天爆发。那天的天气正适合施放我阴暗的内心。我提着炸药，从西边破墙而入……"

我讲得栩栩如生，连我自己都相信，那个场景千真万确，由不得他们不信。

对于欧阳的调查最后无疾而终。她的前程无忧，孟厂长兴奋异常，他特地安排了一场家宴，把欧阳叫到家里压压惊，他并没有忘记我，把我叫到他的办公室，给了我一瓶石家庄大曲，对我说："这次你功劳不小。这是奖励你的。"我接过大曲，其实我是想和厂长说几句掏心窝子的话，想从他嘴里告诉我，我自己说的那些话、那些事，都是假的。老厂长知道欧阳委屈，当然也应该知道我委屈。我就是想听到他说一句，你受委屈了。我张了张嘴，想说什么。厂长突然又说："小骆，酒可不能多喝，喝多了也不能和年轻女工们拉拉扯扯的，在一块疯，影响不好。我最近可听有人反映你，总和女工们在一起，和她们唱歌跳舞的，不好。"我突然就泄了气。看来，厂长从来都没想过我，这怎么能怪他呢。我提着厂长给的大曲，感激万分，"孟指挥，我记着您的话呢。"

老指挥的话中听，可我已经听不进去了。我和仪表工段红霞中断了的约会继续进行，她说她自己是一台运转正常的仪表，一听到我的口琴声，仪表就跑得快了。"仪表跑得快，装置要出大事的。"可是她乐此不疲。她是众多喜欢听我吹口琴的女工之一。我揣着老指挥赏赐给我的石家庄大曲，在仪表车间西墙，吹了一段《白毛女》中的插曲《红头绳》，段红霞很快就跑了出来，她戴着黄色的安全帽，急匆匆地说，你稍等一下，我交完班就走。

那天我们跑到厂西区还未开工的焦化装置塔上，在那里把一瓶大曲喝了个精光，她嗓子好，特别喜欢唱歌，尤其喜欢邓丽君的歌，要是她生在艺术世家，而不是生在一个炼钢工人家庭，她就不会成为一个普通的仪表工，而是成为一个歌唱演员了。我安慰她，不是人人都能按照自己的理想活着的。我越安慰她，她越伤心，喝得也就越多，到后来就与我抢酒喝。害得我瘸着腿把她背下塔，骑着自行车歪歪扭扭地回到家，把她安顿在我的床上。我坐在床边的椅子上，视线中，我明明记得那是个大夏天，天长得很，天突然就暗下来，越过那个醉醺醺的身体，我看到了一双眼睛，它挂在巨大的黑色的幕布之上，狰狞地看着我。我惊出了一身的冷汗。我狼狈不堪地从家里跑出来，一个人跑到俱乐部，放电影的老张喜欢写点古体诗，和我是忘年交，我对老张说："给我放部电影吧。"我坐在电影院里，放的什么电影我根本不知道，我只是坐在空荡荡的俱乐部里，眼睛盯着荧幕。从身后飘过来的光柱，在头顶呼啸而过。而人物嘈杂的声音，像是来自遥远的过去与未来。在很多个日子里，我都是那么孤独地坐在空荡荡的俱乐部里，在黑暗之中，麻木而无聊地度过一个个下午或者上午。所以晚上正式放电影我是从来不去的。我已经无法适应那种人头攒动的氛围。

我那间冷清的屋子，在好几年的时间里成了青工们聚会的地点。在仪表工段红霞和机工林曼丽的鼓动下，我们正在筹备举办一个小型的舞会，地点当然在我的宿舍里。这个时候，欧阳把我叫到了她的办公室，她开口说的第一句话令我有些意外，她真诚地说："谢谢。"

我挠着头，不知如何回答。很长时间我们都没有这样正面相对了。她已经完全成了一个陌生而有威望的领导。

"我知道，你替我说了不少的好话。"

我笑了笑，没有说话，事情已经过去了很长时间，我知道，她肯定不是为了说这句话。果然，她柔和的脸色变得严肃了，与我谈起了我的音乐，我的小屋。她说："你知道吗，厂里的那些女青工，都把你那里叫作快乐小屋。"

我说："很贴切啊。"

"你看上去还很得意？"欧阳很不满地说，"这是什么行为，你自己得掂量掂量。你不能把什么都不当回事，如此游戏人生。"

我没有反驳她，我觉得我始终无法与她对视，我躲避着她锐利的目光，含糊其辞地说："我知道了。"

而实际上，即将开始的舞会仍在紧锣密鼓地准备着，但是欧阳不死心，她看透了我，所以她搬来了救兵。

救兵是黄楣佳。我和黄楣佳之间保持着一种特殊的感情，这一点欧阳显然听黄楣佳说起过。那天中午，我在车间门口碰到了黄楣佳，她居然带着女儿小韶，她解释说："她感冒了，没有去幼儿园。她非要来看看你。她说好像有几年没有见你了。"

小韶已经上小学了。她凑到我跟前,把手递到我的手里,让我握着。

我问她:"又来采访欧阳?"

"不是。专来找你。"

我们回到我的宿舍。黄楣佳左看看右看看,她说:"我也看不出是快乐小屋啊。"

我一听就笑了,"你是来当说客的吧。"

黄楣佳也不否认,"欧阳还是挺关心你的,她是怕你对自己的人生失去了目标,也是希望你能走在正道上。"

"我一直走在正道上呢。"我解嘲道。

实际上,她并没有说服我,反而被我说服了,我给她吹口琴,吹邓丽君的歌,她听得如痴如醉。我还教她跳舞。她从来没有跳过,那天却破天荒地跟着我的节奏转来转去。那是一个完全放松了自己内心的黄楣佳,是一个没有任何伪装的女人。而且,她还在我的鼓动下,喝了一点白酒。最后累得躺在我的床上,她说:"我今天真是疯了,都不是我自己了。"

我送她到班车站的路上,她突然提起了欧阳被诬陷的事,她幽幽地说:"他们也找我核实情况。我说的和我写的一样。"

我像在说别人,"我也是。不过,我说的细节比你写得可丰富许多。"

黄楣佳叹了口气,"我可以那样写,可是我也可以不那么说。这么多年,我内心最煎熬的不是我自己的生活,而是你。"

我轻松地说："我过得很好，你不也看到了。"

黄楣佳摇摇头，"你不要骗我，你只是在骗你自己罢了。我一直有深深的愧疚，自从与你在东方红公园学口琴开始，你知道我为什么一直心不在焉，一直学不会吗？并不是因为我纠结于自己的境遇，而是因为你。如果不是因为我，不是因为我的那篇报道，你完全可以有另外的人生轨迹，也许会和欧阳一样那么辉煌。这也是我完全没有意料到的，当我把你编织进一个故事时，你就成了一个别人人生的附属品，一个反面教材，一个阴暗的影子。这么多年以来，我都想对你说一句，'你能原谅我吗？'"因为终于说出了埋藏在内心的秘密，像是卸下了一块石头，她的眼里含着泪花，脸上却很坦然。

我一直想要从孟指挥那里得到一句话，而这句话从黄楣佳嘴里说出来，也让我大感安慰，我竟有些不能自已，泪水夺眶而出。小韶一直被我握着，一路上她都紧紧跟着我。她说："骆叔叔，你怎么哭了？妈妈也哭了。"我伸出左手，摸了摸她的头，掩饰着自己内心的不平静，我说："叔叔没哭。叔叔是笑呢。"

班车迟迟不来。黄楣佳接着向我坦露她矛盾而挣扎的内心，外表坚强的她内心竟然因为我而如此脆弱，"可是我又不能否定自己，不能否定历史，更不能否定欧阳。所以，有些话只能对某个人讲，却不能对所有人讲出来。"

我感激地说："谢谢你。有你这番话就足够了。你不能讲，我也不能讲。这是我们之间的秘密。永远不能与他人分享，永远埋藏在我们心中。我提议，这是我们两人的约定，我们将永守这个约定。"

　　那是一个无奈的约定，在长达一生的时间里，黄楣佳和我，为了这个约定，我付出了我坎坷而令人尴尬的一生，而她，则将一直在焦虑和矛盾的阴影之中踌躇前行，慢慢变老。

　　舞会还是如期开张了。仪表工段红霞是一个积极的组织者，她快乐地幻想着与未来有关的一切，她认为一切的努力都是为了离开炼油厂做准备。很长一段时间里，我和段红霞的故事在装置里油气味道一样传播。整整一个礼拜，她都在召集跳舞的人。周末，空气仿佛是加热后在管道中、蒸馏器中奔腾的原油，即将变态为汽油、柴油和液化气。开始只是三五个人，在黑暗来临之前，他们用眼色偷偷地交换了一下愉悦而又默契的信息，然后，趁着夜色一个个地鱼贯而入。我的小屋立时就像是水中的油花一样滚开了。我把单卡录音机的音量放得尽量地小，我们说话的声音也尽量地压得很低。我们偷偷摸摸的行为仿佛是在干一件隐秘的好事。我一直住在妻子小纪留给我的房子里，所以有着得天独厚的先天条件。我和段红霞之间其实一直保持着一种非常暧昧的关系，她有着极高的天赋，唱歌、跳舞，都是个天才。就像她说的，她生不逢时，生不逢地。我想，她与我亲近，只是感觉到，在这个远离城市的荒凉的地方，在这个日益被机器和装置包围的地方，她能从我身上看到一丝理想的安慰，虽然寻安慰遥不可及，也许永远无法实现。像是装置西南角的那束火炬之光，它永远在那里不厌其烦地燃烧，却不只是为了照亮别人。我们从来没有过真正的身体的接触。如果有的话，也只是眼神与眼神的交流与沟通。在温度越来越高的屋子里，我那些可爱的工友，他们忘我地跳舞，把自己的身心彻底地从装置、仪表、焊枪中解放出来，交给了不断移动的身体，交给了那些缠绵的音乐。屋子里，光线因此显得迷离而恍惚，而我，坐在角落里，听凭音乐声在内心慢慢地升腾，仿佛搅起一池春水。偶尔投向我的目光来自段红霞，她的目光犹如从水里反射而来的日光，照在我的身上。

除了快乐小屋的舞会，我时常会应段红霞之约，到厂区附近的麦田之中，帮助她练习唱歌，她希望有一天梦想能成为现实，她走上舞台，成为一名正式的歌唱演员。我既是伴奏，也是一个满腔热忱的指导老师。唱起歌来，她似乎永远也不会疲倦，我坐在田埂上，看着她蓝色的工装，在夕阳之中，披着绚丽的色彩，红艳艳的。我问她，百灵鸟，你什么时候能停下唱歌？

她说："我不是百灵鸟，而是不知疲倦的仪表工。"

她这句话启发了我，为此，我创作了一首歌叫作《不知疲倦的仪表工》。风吹动着她的乌发，我问她，你为什么不恋爱呢？

她说，我在恋爱啊，我一直在恋爱啊！

"和谁呀？"

"你呀。当然是你呀。"她笑着说。

我摇摇头，"我不算的。我给你说过。我这一辈子都不会再结婚成家了。"

"你会改变主意的。"段红霞在她自以为是的恋爱感觉中，自信而有些盲目。

我叹了口气，便又听到了她的歌声。

后来我在监狱中仍然能够听到她的歌声，那是因为，她给我录了整整十盘磁带，里面全是她自己唱的歌。那些美妙动人的歌声，陪伴我度过了艰难的牢狱岁月。

快乐小屋还是沦为我人生仪表上的一个休止符。时间定格在那年的夏天，我以聚众流氓罪被判了三年徒刑，检举人是小纪的父亲，我的岳父。他是个少言寡语的人，但是在举报我时，据说说了很多话。段红霞受了处分，保留了公职，还做她的仪表工。我被抓走那天，我的目光扫过围观的人流，没有看到段红霞，却看到了车间主任欧阳炜。她冷酷而无情的目光盯着我，钉子一样的几乎要把我的身体钉穿。我顿时沮丧万分，低下了绝望的头颅。这目光后来一直追随着我，让我在整个的牢狱生活中都无法逃脱。那目光仿佛悬在我的头顶一样，压得我喘不过气，抬不起头来。

时至今日，为什么我还那么容易被她的一举一动所左右？还那么在乎她的目光？这一疑惑让我痛苦不堪。

牢狱，我命运的车辙拐向了另外的方向。段红霞，每隔一段日子都会给我寄来一盘磁带，里面是她自己录的歌，那歌声没有口琴声的伴奏，显得孤冷而寂寥，像是在高高的炼塔顶端录制的，因为我在歌声中仿佛听到了夹杂在其中的装置的轰鸣声；又像是在野地之中，因为她的歌声明显地被狂风所胁迫着似的；或者仅仅是在一个孤寂的屋子中，她的歌声小心得像怕唱破嗓子。在不到半年的时间里，我竟然收到了六盘磁带，一个月一盘，看来，没有我的陪伴和指导，她的效率奇高。夜晚来临，我躺在床上，看着狭窄的窗户外面的月光一点点地挪动，听着她的歌声。月光便跑得快一些了，夜晚像是树影般摇曳起来。我的狱友们，也静静地成为忠实的听众。那些歌声，竟然比我以前听上去更加悦耳动听，像是天籁之音。

那年冬天，正参加劳动的我突然被狱警叫了出来，我看到了欧阳炜。她看着我，眼里含着泪花，她低声说："老指挥，快不行了。"厂长孟庆云同志，于冬天凛冽的某天上午，晕倒在工作的岗位上，在"文革"期间，他坚守岗位，也产生过怀疑；他向往过死亡，又抛弃过死亡，可是在他最不想告别的时刻，死亡却偏偏找上了他。他苏醒过来时已经嗅到了死亡的味道，不知道为什么他突然提出要见我。我匆匆赶到医院时，我的身后始终跟着一名狱警。一路之上，我和欧阳没说一句话，悲伤好像在我们之间砌了一堵厚厚的墙。医院里，老指挥的目光暗淡无光，他颤巍巍的手搭在我的手上，他已经没有力气抓住我的手了。泪水已经爬满了我的脸，我说："孟指挥，您想说什么，我都听着呢。"

老指挥已经说不出话来了，他盯着我看了半天，像是在辨认，又像是在疑惑，他浑浊的眼睛里包含着太多我看不懂的内容。他的头稍稍歪了歪，眼睛向旁边的欧阳炜扫了扫，又眨了眨，像是在叮嘱我什么。欧阳已经泣不成声，她变戏法般地从背包里掏出一把口琴，递给我，说道："吹《东方红》吧。这是他人生最后的一个要求。"

我掏了掏口袋，空空的，我忘记了我是从监狱里过来的。欧阳适时地递过来一只口琴，她显然深谙老指挥的心思，提前准备好了。我接过口琴，却感到有一些生涩，我下意识地看了一眼身边的狱警小赵，他别过脸去，没有看我。我尝试了三次，才找到《东方红》的调。当激越的口琴声在病房中响起，我的老指挥，坚定的共产主义者孟庆云同志，极度虚弱的脸上露出了幸福的微笑。一曲未了，老指挥已经安然逝去。

在返回监狱的车上，我回味着悲伤，回味着老指挥的话，回味着那有些变调的《东方红》，也回味着我的人生。警车上，已经没有了欧阳的陪伴，我突然意识到，我荒唐的人生，仍将继续前行。回到监狱之后，几乎有半个月的时间里，我的眼睛里都是老指挥的影子，他在我前面扫地，在塔上犹豫着是不是跳下去。我最终还是无法抵抗内心巨大的疑惑，给欧阳写去了一封信，信中寥寥几笔，只是问她，老指挥临终前，除了想听我吹奏《东方红》，还给我留下什么话没有。信寄出后，我每天都盼望着送信的狱警能叫我的名字，那就意味着有我的信件。没有，欧阳没有给我回信。也许她觉得已经没有这个必要。也许她根本就没有拆开我的信。可是，我到底想要得到什么呢，想要老指挥对我有什么样的临终遗言？

随行的狱警小赵，在到达监狱前突然开口说："你来组织一个乐队吧。"

这次探望临终的老指挥，使狱警小赵发现了我的音乐天赋，他回到监狱后立即就向监狱长做了汇报，在他的大力鼓吹和组织下，我东拼西凑，组织了一支非常业余的乐队，在第一次的汇报演出中，我上台唱了一首自己创作的歌曲《不知疲倦的仪表工》。"美丽的姑娘，你是一个仪表工，头顶烈日，脚步匆匆，像是蜜蜂，飞入花丛中……"台下，狱友们竟然听得感动落泪，好像那个仪表女工，已经走到了他们的心田中。在很多个场合，上级领导来视察，节日庆贺，我都会登台演唱这首歌曲，它几乎成了我的保留节目。而这首歌也让我成为监狱中的明星，享受到了更好的待遇，可以干更体面和轻闲的劳动。我突然感觉到，我的人生在最低谷的时候做了一个鲤鱼打挺，咸鱼翻身。人生得意须尽欢。我第一次感觉到了活得是如此精彩，这真是一个莫大的讽刺呀，我竟然在监狱中找到了自己人生的价值。我精彩的人生还在继续，我做了一回演员，在一部反映监狱改造生活的电影《泪痕》中出演一个小角色，一个对昔日自由和快乐生活无限留恋的犯人，在电影中我演唱了那首《不知疲倦的仪表工》。

促使我无意中成为一个电影小角色的人是黄楣佳，她时常来监狱里看我，有一次正好赶上我们为十一演出彩排。即使看到了我精彩的表现，听完了我唱的那首《不知疲倦的仪表工》，她仍然情绪低落，脸色灰暗，声音喑哑，坐在我对面的黄楣佳没有一丝工作时的专注和风采，"如果是我的错，请你原谅。我知道，你无论表现出多么的快乐，多么的不在意，多么的洒脱自如，多么的知足，你内心都是在怨恨我的。"

我安慰她说："人生何处不飞花。你别总把你自己当成一个加害者好不好。我都不把自己当成那个受害者，你又何必呢。你看看，这是我的乐队，是我的世界。我心满意足，非常快乐。你难道想让我回到以前的生活中?"

黄楣佳毕竟是记者出身,她的思维敏捷而凌厉,她反讥我:
"难道你想在监狱里待一辈子?"

不管她如何良言相劝,如何循循善诱,我陶醉于现状的事实
是不容改变的。她把我的顽固当成她内心罪恶的进一步加深,走
的时候,她悲切地责怪自己说:"是我把你变成这样一个不可救
药的人的。"回去后她把我的故事讲给了一个朋友,她的朋友又
讲给另外一个朋友,那个朋友讲给了一位导演朋友。

电影上映后,我收到了一盘磁带和一封信,来自段红霞。磁
带里只录了段红霞唱的一首歌,就是那首《不知疲倦的仪表工》。
她唱了十遍,而每一遍,我都听得惊心动魄。说实话,她唱得
比我好,比我动情。而那封信,有两页,纸上画满了大大小小
的仪表,她的画工不好,歪歪扭扭,有的方有的圆,但基本上我
还是能够看出,那是一台台的仪表,它们是她调试过、维护过的
仪表。

监狱的生活很快就过去了。根据我的表现,他们还给我减了
刑,我在里面待了两年半。确切知道自己要离开了,我反而心神
不定,有一种非常失落的感觉在心里萦绕。狱警小赵把我叫到他
的办公室,问我出去后有什么打算。我迷茫地说:"不知道。"随
后我恳求他说:"赵同志,你给首长说说,能不能别让我走?"小
赵就笑了,"你这个人真逗。别人都巴不得赶快离开这里,你却
想赖着不走。这可不行,这又不是集贸市场,你想来来想走走。
领导都决定了,因为你表现出色,我们与你原来的工作单位联系

好了，让他们接受你，你重新回到你来的地方。老骆，广阔天地，大有作为，社会才是改造人的大课堂。"他拍拍我的肩膀。为什么我要犹豫，为什么我会那么焦虑？这些，我都无法理清。

就这样，我被组织重新送回炼油厂。快接近炼油厂时，妻子小纪去世的那个地方很快就要到了，我以为我能再次看到她的眼睛，希望她的眼睛能给我某种暗示，可是没有，汽车一眨眼就把那棵树甩在了身后。

我从一名中专生，到工厂的国家干部，一夜之间变为一名仇视社会主义的坏人，再到一名普通工人，沦为阶下囚，现在重新做回工人。感觉像是走了一个人生的轮回，没有凤凰涅槃，有的只是一种无地自容的羞愧。我突然之间觉得自己失去了自我解嘲的能力，木讷，笨拙，身体的残疾如此明显地突显出来，我时常会留意到自己的身影，在暴烈的日光中，清冷的月光中，那一斜一斜的影子如此的丑陋，又如此的令我厌恶，我竟不知道如何应对一切了。

我发现自己的变化是在回厂不久的中秋晚会，轮到我上台表演时，礼堂里鸦雀无声，他们都知道我的故事，也都看过我出演过的电影《泪痕》，他们的眼睛在台下的黑暗中闪着光，像是离我非常的遥远，又如此的近，给我强大的压迫感，音乐响起，这次不是孤独的口琴，而是伴奏带。前奏风一样刮过，我张开嘴，脑子里却空白一片，那曾经如此熟悉的歌曲，那首《不知疲倦的仪表工》，跑到礼堂外边的田野之中了，我身体里长出无数的手，要把那首歌拽回来，拽回到我的嗓子里，可是它没有了，彻底地消失了，它消失在了监狱岁月中，在那个特殊的时间段里冻住了。我嘴里哼了几句。台下仍然没有声音，那幽暗的光在闪烁。他们仍然充满期待地盯着我。他们太想亲眼目睹我本人演唱的那首歌了，那首歌在他们眼里几乎就是一个工厂。我尴尬地站在那里，汗水从身体的每个毛孔里冒出来。我的身体有些发抖，可我仍在努力，我不相信会有这样的事情发生。我示意重新播放伴奏带。在监狱里，我屡次地登台唱这首歌，根本用不着排练，一上台我就兴奋。可是，发生了什么？当我再次张嘴时，那首歌，还在荒郊野地里孤独地流浪。我发出的声音只是"啦啦啦……"我的身体一下子就向一边歪过去，那时候，他们一定看到了一个瘸子的本来面目。台下，涌上来的是潮水般的嘘声。

我回到了原点，甚至回到了羞涩而不谙世事的童年。

我开始躲避段红霞。她在调试、校验、维护仪表中，想的也还是她的梦想，她想离开炼油厂，她说她就像仪表盘上的指针，始终只是在那么小的天地里。"鱼儿还想游到大海里呢。"她说。她想重温旧日时光，恢复到以前的生活，仍旧由我来指导她练习唱歌，但我却有些畏缩不前，在她的一次次的约请面前怯阵，屡屡爽约，把她自己晾在田地中。她希望我再次为她写一首歌，我鼓足勇气安慰她，我试试吧。实际上我搜肠刮肚，苦思冥想，熬了几个通宵，连一句完整的歌词都没写出来。她并不气馁，她认为我只是得了监狱后遗症，一时还无法适应正常的生活。她有了更高的梦想，可以曲线实现自己的梦想，"你能演电影，我也能啊。"她央求我去找那位导演，给她一次演电影的机会。我无法打消她的热情，也许我对自己在监狱的那段光辉历程还抱有幻想，我和她，怀揣着不同的期待登上了去北京的列车。导演姓周，自称与周总理沾亲带故，他在片场见了我们，请我们吃了一碗方便面，外加两个鸡蛋，然后段红霞便迫不及待地唱起了《不知疲倦的仪表工》，导演粗暴地打断了她，随后说了一句话，让段红霞彻底失去了信心，他吐出一句国骂，然后说："你要是能演戏，我他妈都能当国家主席了。"我们离开片场，向永定门火车站走时，在公交车上，我们都沉默无语。北京，秋天，显得萧瑟而清冷。直到下了公交车，段红霞才泪如泉涌，扑在我怀里，失声痛哭，这引得不少路人向我们侧目。在北京的秋风之中，段红霞对天发誓："我要踏踏实实地生活、恋爱、结婚、生子，做一个好女人。"突然明白了自己的命运之后，段红霞反而超脱了许多，悲伤仅仅持续了一个小时，留在了穿越北京城的公交车上。她心情一下子变得轻松起来，她兴致勃勃地要完成我们早就计划好的行程，我们没有立即返回石家庄，而是按原计划去了香山，爬了山，有生以来第一次看到了满山遍野的红叶，她爬得比我快，我无奈地对她说："我是个瘸子，你得等等我。"

回归正常生活的段红霞不再等我，她很快地放弃了所有的梦想，离我而去，谈了恋爱，结了婚，生了孩子，好像换了一个人似的。她挺着大肚子时，在装置的管廊间，我们不期而遇，她手里拎着一块报废的仪表，脸竟然红了，羞涩地冲我笑了笑，我一时也不知说什么好。我们俩僵在那里有几分钟。还是她打破了僵局，随手把那块仪表递给我，"骆师傅，这块仪表送给你做个纪念吧。"

　　我懵懂地接过来，还没有回答，她又说："我回到了仪表里，我还是那枚指针。"说完她飘然而去。回到仪表内的段红霞从此就从我的生活里彻底地消失了，她和那些穿着蓝色的工装、头戴安全帽的工人没有任何的区别，在装置间穿梭劳作，按时上下班，相夫教子。有几次我看着她匆忙的身影从我眼前一晃而过，我都本能地产生了一丝的幻觉，好像她要迎面向我走来，与我一起到焦化塔上喝酒，到野地中歌唱。可是没有，曾经留存在某人身体里的梦想已经消耗尽了，她融入了装置中，成为一台有用的仪表了，而我，这只不断地损坏，还在坚持着的仪表，却仍旧在未知的命运中沉浮。

　　那块仪表后来一直放在我的床头柜上，每天晚上睡觉前我都擦拭一下它，盯着里面的指针看半天。它静止着，指向偏右的一方，永远停留在那里。就像是段红霞的梦想，停留在即将到来的无尽的平淡之中。

　　1988年，我已经步入中年，我失去了初恋，失去了妻子，失去了尊严，失去了红颜知己，唯一没有失去的是那个仍然挣扎在自我忏悔中的黄楣佳。她写了一篇稿子，希望告诉世人，以缓解她内心的痛楚。那天我们在寒风中的中山大街上相见，背后是东方红公园的大门，大门前是毛主席挥手的巨大雕像，不时有人与雕像合影。不过，此时，它已经改叫长安公园，世事难测，连名字都是无法确定的。

我们坐在未名湖畔，游船孤独地靠在湖边，冰牢牢地把它固定住，柳树只剩下稀疏的树枝在随风摇荡，风在湖面上恣意地吹来吹去，像是一缕缕白色的烟。回廊间的椅子很坚硬，如同我的人生一样。我很纳闷，为什么我们不在一个更舒服的地方相见？黄楣佳裹得严严实实的，只露着两只眼睛。她交给我几页纸，让我看看。我就坐在冷风飕飕的湖边，读着她新写的稿子。我读得心潮澎湃，热血沸腾，这让那个冬天变得从未有过地温暖和善良。稿子的名字叫《被遗弃的人》。稿子并不太长，大约有一千五百字，我却感觉到那是一篇浩瀚的文字的海洋，仿佛我看了很久，很多年。大致内容是重提那段往事，还原真相，告诉大家，在那个动人的英雄故事背后，有一个被误解的人，那个人一直默默地承受着，忍着，被社会所抛弃，人生被改变，命运被颠覆。我泪如雨下。我抬起泪眼，说，我要再读一遍。因为在我的内心深处，我还无法确切地判断出，文字中所写的那个人是不是我。黄楣佳对我的反应很震惊，她以为我会依然故我地对此不屑一顾，对自己的命运不屑一顾，她悲痛地说："你变了。"在她的眼中，可能我真的变了，就是我自己都感觉到自己的变化，每天都在发生，我变得敏感，胆怯，羞涩，羞愧。以前的那个我，在梦中都不会出现，他是另外一个人。我常常在夜里醒来，我能看到，在屋子的黑暗深处，有一双眼睛在盯着我，那个躺在床上的人，他的内心坦露无遗。为自己而感到羞耻，我摸黑拿过那只仪表，我觉得我能触摸到那里面静止不动的指针，那不是段红霞戛然而止的梦想，而是我的生命。

我问她："你要怎么办？"

黄楣佳摘下口罩，她的脸隐藏在呼出的白白的哈气中，"我下定了决心，要把它发出来，说出来，这是我生命中最大的痛处，最重要的事。它积压在我心里，已经二十多年了，不解决掉，我寝食难安，良心也不安。"

我把那三张写满字的纸小心地叠好，不知道是要把它交给黄楣佳还是我自己留着，就如同那是我随波逐流的命运。我拿着它，一时间竟然有些失意与苍凉，一股悲苦之气贯通身体，贯通我四十多年的人生。我叹了口气，"算了，随它去吧。"

黄楣佳对我的表现十分不满，她怒其不争，哀其不幸。"你怎么能说这种话呢？谁这样说我都能接受，唯独你不能。你不想想你二十多年是怎么熬过来的，你不想想你内心有多大的苦楚无法诉说，你心里压抑的那部分恐怕比火山的力量还要大，你说是不是？"她盯着我，目光像是两道冰柱，寒意直抵我的心脏。

我躲闪着。

"你是顾及欧阳吗？一定是的，这么多年，你还是放不下她。你内心深处，还是有一颗心为她跳动。是不是？"

我结结巴巴地说："我只是不想，把我的生活，再翻转过来，给每个人看。"我仿佛看到我的身体被再次剖开，像是一台被拆开的仪表。

"你不是为了欧阳？"她怀疑地看着我。

我摇了摇头，又点了点头，"就这样吧，你不能改变什么了，我也不能。欧阳很快就要当副厂长了。"

　　　　　　　　　　　　　　黑眼睛

黄楣佳怒目圆睁，"你还是为了她。"

"你就甘心让她突然改变了人生方向？"我反问她。

这句话直击她的软肋，她像是被雷击中一样，身体晃了晃，语塞了。

我接着说："你让她如何面对。实际上，二十多年过去了，她早就适应了，早就觉得一切都顺理成章，一切都是真实发生过的。如果这篇文字见了报，工人们会怎么看她，家人会如何看她，社会舆论会怎么对待她，会不会像对待我一样地对待她，那她的人生会是什么样？会和我一样，从此暗淡无光，她所有的荣耀都烟消云散？我不想让她和我一样。我也不想，我的人生重新聚集在别人的目光之中。她又将如何面对社会，社会又怎样去适应她。而且，你将如何面对她，我将如何面对她。我不同意你这么做。坚决不同意。"其实说出这样的话也令我对自己感到惊讶。在这件事上，我丝毫没有胆怯。我到底是个什么样的人？

"那你是如何面对社会，面对你自己的？"黄楣佳不解地问。

"我已经习惯了。"我说。

黄楣佳脸上先是面无表情，死灰一般，然后泪水突然就扑簌而下，她自问："我怎么办，我怎么办？"在我毫无准备的情况下，她丢下我，狂奔而去。在萧瑟的公园里，她奔跑的身影慌张而惊悸。

在那个难以决断的冬天，结了冰的湖面，僵硬的柳枝，沉默的假山，还有一个仓皇奔跑的女人，这一切在我的视线中交错，重叠，我仍然坐在冰凉的椅子上，感受着从未有过的荒凉沙漠一般漫过我的身体。那几页纸仍在我的手中，它是一颗越冬的果实，曾经成熟，现已凋零。

我是个时间的凶手，把那果实碾碎，撕成碎片，扔进了冰湖之中，纸片在风的作用下，打着旋儿，飘向远方。

从那之后，我们再也没有谈起过那件事，就像是什么事也没有发生过。黄楣佳曾经涌起的冲动，在我们的犹疑与坚定、羞愧和不安之中，重新回到了内心的深处，在它应该的地方找到了栖身之所。那是无可逆转的大势，是我们应该遵守的规则。

她内心的沉重也许只有她自己知道，我们俩极少见面，她做了新闻部的主任，所有有关炼油厂的采访报道她都不会再来，时常看到的那个小姑娘戴着眼镜，书卷气很浓，像极了当年的黄楣佳。有一天，她突然撇下陪同她的厂报社的社长徐志国，冲到我面前，张口就问："你是骆北风吧？"

我回厂之后没有回到生产一线，而是到了污水处理车间，我抬起迷茫的眼，"你是？"

"我是《工人报》的记者，陈楠。我看过你演的电影，感人至深，我都哭了。"

她重提那部为我失败的人生赢得最大荣耀的电影，令我茫然不知所措，我笑了笑，想走开。她快人快语，"我还看过我们黄主任写过的那篇报道。"她直盯着我的眼睛，想要从我眼睛里看出点什么，记者们的好奇心真是强啊。

我躲闪着，我日益变得封闭和自我，多年以来，我早就学会

　　　　　　　　　　　黑眼睛

了忘记，她重提旧事，让我很紧张。

"你别紧张，我没别的意思，我也不是想采访你、写报道，你们的事早就成了历史，没有人会感兴趣。我就是想把现在的你，和黄主任报道中的那个人，电影上的那个人，对到一起。"她侧目看着我，"可是我怎么也看不出来，这三个人是一个人。"

我再也无法承受她审视的目光，那目光像是一个漫长的时代，我逃之夭夭了。后来我在厂里又碰到过她几次，她是故意要来和我聊天，以便套取我生活的秘密，仿佛我是一个可以深入挖掘的宝藏。每次我都躲着她，直到有一天，我实在忍不住，我约黄楣佳见面，地点仍然是长安公园的湖边，湖边的椅子已经被年轻人占领，我们只能绕着湖走来走去，她顾及着我的腿，尽量与我的步伐合拍。走了半天我们都没有说话，直到我们已经第三次看到北山的吴禄贞墓时，我们俩同时开口道："我们?"我们相视一笑，黄楣佳说："是你约我来的。"

我便说出了我的烦恼，我提醒她，告诫一下年轻人，别来打扰我正常的生活。

黄楣佳若有所思，"为什么她那个年龄的人，会对你那么感兴趣?"

我哪里知道。

黄楣佳显然并没有希望我给出答案，她沉浸在自己的想象之中，那一年，步入中年的黄楣佳似乎已经失去了激情与棱角，她从陈楠身上看到了当年的自己，她沉吟着说："也许，生活的本身就是一个谜，自己都无法给出答案，留给别人的更是无尽的猜想。她这个年龄的女孩子，对我们所经历的事情总是充满了疑惑与不解，这也可以理解。我知道，她对我也充满了好奇，她很想知道，我为什么一直独身一人，却带着一个孩子。可是她不敢问。她只能去深究你。我也觉得她很特别，思想很敏锐，像是一个章鱼的须子，伸向她从未经历过的远方。"

又沉默起来，在我们之间，那个稿子的事是一个小心翼翼的地雷，谁也不敢去触碰。又转了一圈，她突然指着一个地方说："就是那里，我跟你学吹口琴的地方。那个时候，小韶还在我的身体里，那么安静，从来不闹，从来不打扰我、烦我……"她说着说着，突然就抽泣起来。

我一时间不知道该如何安慰她，因为我不知道她为什么哭泣，为谁哭泣，长时间以来，没有女人的日子让我对异性失去了感觉，不知如何与她们相处，不懂得她们的心思。我张开双臂，她却主动扑在我怀里，索性号啕起来。我愣了一下，脸上明显感到一些灼热之气升腾起来，我还是把僵硬的双手，放到她的背上，我说："哭吧。"

哭完，她才感觉到自己的失态，她从我怀里挣出来，擦拭着眼泪说："对不起，我想起了小韶，也想到了我自己。你不知道，自从我开始怀疑自己，怀疑自己对你所做的事情，为你的人生而自责后，我对自己所有的生活都有所怀疑了，包括那个我深爱着的男人。以前，我几乎是他的影子。我甘愿为他做任何的事情，我仰视他，把他当成一个神，他十全十美，无可挑剔，他做的任何事情都是正确的，不容置疑的。可是突然间，所有的一切都坍塌了，信念没了，崇拜没了，形象也没了，我在问自己，我所做的一切到底是对还是错，值不值？"这是个春天，春意勃发，她脸上的怀疑和那个季节的阳光一样，是如此的明确、坚定。

我其实感到了羞愧与不安，我忐忑地说："我们在错误的时间、错误的时机相遇。如果没有那场暴风雪，就什么也不会发生。"

黄楣佳苦笑道："我不这么认为。命运选择了你和我，我们就无法自我选择。我们如此渺小，又是多么无助。"

在分手之际，黄楣佳向我提到了小韶，她问我还记得小韶吗。"有一段时间，她对你特别依赖。你每周都去幼儿园接她。"

我说，当然。多么安静的一个小姑娘。想起第一幼儿园的街道、树木和周围的建筑，仿佛就是昨日。

黄楣佳沮丧地说："世道人心，都已经变了。我觉得自己好累，我已经无法左右任何事情，就连自己的孩子也无法左右。请你替我照顾好小韶。"

她留下的这句话，我一时没有反应过来，我已经习惯于自己这种顺天安命的生活方式，思想处在一种半悬空的状态，飘着，被生活的气流托着。直到有一个雨天，属于我的泵房突然被人推开，淋得透透的一个姑娘站在我面前，叫了我一声："骆叔叔。"此时此刻，那个牵着我的手的怯怯的小姑娘小韶，早就在漫长的时间河流中，随水流而去。她进了炼油厂，成了一名普通电工。

她可不是一个普通的电工。她染发、抽烟、喝酒、进舞厅，频繁地换男友，自从进厂以后就成为一个令所有人头疼的女工，她很快就纠集起一帮狐朋狗友，气味相同的人，俨然成了他们的帮主。

她用我的毛巾擦着脸上的雨水，说："骆叔叔，我可不想在这里混一辈子。太乏味，太他妈的无趣了，天天就是装置、生产、安全。是我妈非让我来的。我只能听这一次，我的生活她可做不了主。"

我大吃一惊。

她接下来说："骆叔叔，你咋越活越抽抽了。真没劲。听说你年轻时虽然腿有残疾，可懂乐器，玩音乐，特招姑娘们喜欢。你是她们心中的白马王子。你还给一个姑娘写了一首歌，演了电影，你在电影里就唱的那首歌，是不是？骆叔叔，你给我讲讲呗。我一说这个，我妈就黑着脸，特严肃，一句也不和我讲。"

我只是笑，没有搭茬儿。不管她如何疯癫，如何令人头疼，如何胡作非为，我却总能在她的身上找到当年的那个静悄悄的小韶的影子。实际上，正是因为若干年前的印象，我一直对她抱有好感，确切地可能是一种爱。即使后来她做了那么多令人深恶痛绝的坏事。

她经常会光顾我的泵房，我不说话，却只听到她在滔滔不绝地讲，讲她做的那些惊世骇俗的事，从小学到中学，到技校。讲她怎么勾引她的体育老师，怎么用打拳用的皮手套打得体育老师乌眼青；讲她怎么领着一帮社会青年打群架，人生第一次被请进了派出所；讲她在南马路一带呼风唤雨，像是啸聚山林的山大王。她边讲边大声地笑。孤独的泵房，因为有了她的声音、笑声，而顿时有了生气。她说："要不是我妈看得紧，我早就进监狱了。"她讲黄梄佳是怎么盯她的梢，怎么把她从舞会里拽出来，怎么教训和她在一起的那些抽烟喝酒的小男孩。她像是找到了一个认真而合格的倾听者，把她的老底全部倒水一样都倒给我。那些故事倾盆而下。她并不想听我的反应，也不要我的评价，她只是说，说得昏天黑地。我也听得津津有味。

她还邀请我去参加他们的聚会。都是小年轻。我一进去就觉得掉进了一个陷阱。烟雾缭绕，酒气熏天，全是玩世不恭的目光，嘲笑地看我，像看一个误入虎穴的猴子。小韶挽着我的胳膊，警告那帮人，"我叔叔。谁要对他不好，就是他妈的黑我。知道不，电影明星，演过电影，看你们一个个的搡性，知道演电影叫艺术不。"

那个陷阱没有让我反感和不自在，我和他们斗酒，划拳。他们很快就收回了嘲笑的目光。小韶一直在我旁边，寸步不离，亲密地挨着我，像是我的孩子。她看我的酒意蒙眬的目光都是那么依恋。后来她突发奇想，她说，叔你唱那首歌吧，就是给仪表姑娘那首歌。

这是时隔多年之后，我第一次唱歌，我竟然忘记了当年自己站在俱乐部舞台上无比尴尬的样子，忘记了音乐早就从我的身体里飞走了，我坐在那里，张嘴便唱了起来："美丽的姑娘，你是一个仪表工，头顶烈日，脚步匆匆，像是蜜蜂，飞入花丛中……"我唱的过程中，小韶把头依偎在我的肩上，表情很陶醉。

那样一场奇怪的聚会，出乎我自己意料之外的是，我居然那么投入，也那么适应，音乐也像泉水般从我干涸的心灵深处流出。可是我没有注意到，在众多年轻人之中，有一个人对我产生了极度的仇恨和愤怒，后来我知道，他是小韶的男朋友小梁子。当我唱完歌，头发长长的那个小伙子便上来挑衅，问我敢不敢打架。我兴致正浓，站起身说："打！"

我们跑到外面的空地，摆开架势，货真价实地打了一架，当我被那小伙子踢倒在地时，我还听到了小韶的尖叫声。我伤了肋骨，后来在医院里躺了半个月，不过，那年轻人也没有好哪去，他头上被我用啤酒瓶开了个大口子，缝了十几针。

黄楣佳还到医院里看我，我和小韶都守口如瓶，对她说我是不小心摔的。我们为此还大笑了一通。从医院里出来那天，我在自己家门口碰到了小韶，她背着一个背包，说，她得在我这里躲躲，要不梁子总是缠着她，找她麻烦。

她把我那里当成了自己家，屋里很快就到处有了她的痕迹，衣服、化妆品、洗漱用具，甚至胸罩也在沙发上随处乱扔，一见到类似的我都小心地放回到她的房间里。她唱歌，有时候突然吼出一嗓子不着调的词，吓我一跳。她喝酒，非要与我一起喝个烂醉。她甚至赤裸着身子在屋子里走来走去，根本无视我的存在。这个时候我只能躲到自己的屋里，而她却不依不饶地推开我的门，像是故意示威似的转一圈。晚上，当黑夜慢慢地覆盖着我，就像是沉重的过去，让我无法入眠，我能听到她的脚步声，轻轻的，她肯定是光着脚，推开我的屋门，蹑手蹑脚的。她爬到我的床上，挨着我躺下，她一反常态，幽幽地说："我知道你没睡。我一直以为你是我爸爸。从你那次到我家开始。"

黑暗中，我的眼睛湿润了。

她是一个在不正常的生活状态中成长的孩子，之所以成长得如此不健康，不能埋怨她。我决定带她去见她的亲生父亲。提前我没有告诉她要去干什么，只是告诉她我们要去和一个人吃饭。班车上，她一直都在问那个人是谁，是不是和我演过电影的明星。我都含笑不答，这给了她极大的好奇心。她嚼着口香糖，不一会儿就偎在我身上，随着班车的颠簸睡着了。我提前去见了黄楣佳的主编，主编姓王。高高的个子，已经有些谢顶。我告诉了他，他女儿想见他一面，他有些激动，他说，他一直惦念这个孩子，开始时是黄楣佳不想让孩子知道有他这个人，他只能远远地观看着她的生活，可是后来她突然绝情地与他分手，他要见孩子更不可能了。我听得出他戚然的语调。我一点儿也不同情他，相反还有些憎恶。

也许我想得过于天真，我以为让她知道她拥有一个真正的父亲，让她认为自己有一个完整的家，她能够心安，能够回到正确的生活轨道上来。看到我们，坐在椅子上的主编慌张地站起来，露出一种不自然的讪笑。挽着我的胳膊兴高采烈的小韶立即就变了脸，愤怒地看了我一眼，甩开我径自跑出去了。我冲主编尴尬地撇撇嘴，丢下更加慌张的他去追赶小韶。在饭店门口，我看着她气愤的表情，后悔不已。她没有和我一起回炼油厂，而是头也不回上了一辆摩托车，开摩托的是个瘦瘦的小伙子，我从来没见过，也不知道她是何时叫他来的。小韶给我留下一句狠话："你要是觉得你能改变我的生活，你就是个大傻×。"看来她早就知道有这样一个人存在，可她不认可。

追出来的主编，光光的大额头上顶着密密麻麻的汗珠，他搓着手，求助地看着我，我拍拍他的肩膀："老兄，好自为之吧。"

从那天起，她搬出了我的家，再也没有回来。而黄楣佳也知道了我带小韶去见主编的事，她把我叫到长安公园，对我一顿数落，我一瘸一拐，一脸苦相，我说："你们娘俩，我是都得罪了。"

发泄完，黄楣佳还是流了泪，"我知道她心里也苦，她从来没问过我爸爸的事。"

她又说："为什么我的生活一团糟，就是因为我开始怀疑了吗？怀疑有什么错吗？"

她陷入了过于沉重的思想的泥沼之中，我丝毫不能解放她、帮助她，只能看着她越陷越深，这是我最痛心的。我突然想到1968年，我在这里教她吹口琴的情景，我突发奇想，也许往日再现，能够排遣她内心的矛盾与挣扎，这让我兴奋异常，我问她，你想听我吹口琴吗？黄楣佳眉头略微舒展开，点了点头，说道："这是个好主意。"

没有人带着口琴，自从我出监狱之后，口琴便从我的生活中消失了，我说，你等等。公园的对面就是北国商城，我一溜小跑，买了把崭新的口琴，回到湖边时，她还在耐心地等着我，看到我，目光从湖面上的游船上收回来，期待地说："很久没有听你吹口琴了，还真让人怀念。"

口琴握在我手里，既亲切又有些陌生，我即将吹奏的样子像是一个仪式，把黄楣佳逗乐了，"咱们又不是开批斗会，你这么

黑眼睛

紧张干吗"?

我试着放轻松些……可是我越从内向外地要强迫自己安静下来，越有些不能自已地颤抖，我提醒自己，在与小韶们的聚会中，歌声不是已经从我心里流淌出来了吗？可是，面对黄楣佳，她脸上写满了历史，写满了我们共同的记忆，我憋得面红耳赤，也没有吹出一句完整的曲子来。看着我百折不挠却吹不出音调来的样子，黄楣佳笑了，笑得流了泪。她说，算了，我又不是小孩子，让你来哄。

"我不是哄你。我是对自己悲伤，以前都像是长在我身上似的，现在却全都跑了。这是怎么了？"我焦虑地说。

黄楣佳说："也许是你不需要它了。或者是，它不需要你了。"

我想想她的话，茫然而又无奈。我的生活，被人为地安排着，还要被口琴、被歌唱调侃着，真是一件令我头疼和疑惑的事。

我与黄楣佳，都没有提及，我们的过去与历史的阴影，我们刻意地回避，避免让对方受伤。我们像是明明看到横在我们面前的一块巨大的石头，却假装没看到，还向上撞。

黑暗之中闪现了一丝光，我看见自己倾斜的身体更加不平衡，它弯向一边，我看到了地面，地面如此清晰，它陡峭地向上挺立着，越过我的身体，犹如山的峭壁。

……

我是山脚下那倾斜的人，那个被巨大的山影所遮蔽的人。

那个叫陈楠的女记者，并没有听黄楣佳的话。当她又来找我时，我就感觉到了时光的倒流，仿佛那是黄楣佳第一次出现在我面前，在医院里，我刚刚从一场犹如暴风雨的袭击中醒来。她拦住我，说："我知道你不喜欢我。可我就是对你特别感兴趣，我知道你、欧阳厂长、我们黄主任，你们之间的关系。可是还有一个人，也和你们有千丝万缕的联系，你们却忽略了他。"

我没有说话。我觉得我像是一个守护自己森林的老人，会一直随着树木枯萎老去。

我不得不佩服现在的年轻人的执着与勇气，是因为陈楠真的把我说服，带我去见了那个人，去继续我们旧日生活的探秘，我不自觉地成为她好奇心的同谋，连我自己都非常惊讶。为什么我会被她牵着走？难道仅仅是她的一句话？她耸人听闻的话显然不是来吓唬我的，"那个人让欧阳厂长伤心不已。"

她神秘地透露给我的那个人是欧阳炜的丈夫董林生，党校的哲学教师，据陈楠说，他早就不是个教书育人的老师了，在重视文凭的那几年，他被提拔到市政府从了政，做了官，现在已官至厅级。一路上，陈楠都在给我讲董林生的政绩，讲他步步高升的官运，"我认识他时，也是因为工作的关系，采访，他是那种很有男人味的男人，成熟、稳重，又平和、幽默，中年男人的魅力十足。"

在她的讲述中，那个叫董林生的男人浮现在我的脑子里时，我没有一丝的印象，记得在他们结婚的现场像是见过一面，早就忘记了模样，而她刻画出来的这样一个人物，显然与她所说的那句耸人听闻的话南辕北辙，风马牛不相及。她看我迷茫的表情，

　　　　　　　　　　　黑眼睛

安慰我说："我真搞不懂，为什么你们是那么让人摸不着头脑，表面与内心有着巨大的反差，是社会人与自然人的矛盾体，但这样一个矛盾体又充满诱惑、令人痛恨。"

我问她："你是学哲学的？"

"不是，我学的是新闻。"陈楠摇摇头，"你觉得你自己是个什么人呢？"

我说："我，我，我……"

这个问题可把我难住了。要回答她的问题，不应该由我自己来作答，应该由欧阳炜、孟指挥、黄楣佳……还有悄然逝去的时间去回答。

"算了，"陈楠摇摇头，"连你自己都搞不清，我又能明白什么呢？"

我们进了一家很有名的酒店，在大堂的一角找到一个大大的沙发，坐下来，眼睛盯着电梯口。我问她，我们在等什么。她说："董林生。"我就默不作声了。

大约半个小时后，才看到一男一女从电梯里出来。男的五十多岁，和我的年岁相仿。女的很年轻，三十岁左右的年龄。女的挽着男的胳膊，两人说说笑笑，很亲密的样子。陈楠小声说："董林生。"我有些迷茫，一时搞不清是怎么回事。陈楠又说："这是另外一个董林生。"我依旧茫然地看着她："你把我带到这里干什么？"陈楠说："我是想让你看清楚，你一直维护的过去，有时候是很虚假的、不可信的。"我被她激怒了，我抛下她，径直走过去，拦住了那一男一女。我站在他们面前，两个人惊愕地看着我，我的样子一定是这样的，凶神恶煞，怒发冲冠。男的本能地把女的护在身后，"你干什么？"我抬起胳膊，手已经成为一个拳头，力量汇聚到一起，狠狠地砸在那个我早已经认不出来的董林生脸上。我看到了血飞溅的神奇时刻，血滴向我视线的四周快速地射去，有一滴来到了我的脸上，像是雨滴。我还听到了身体倒地的声音，年轻女人的尖叫声。宾馆安静的大厅乱作一团。陈楠趁乱把我拉了出去。我们快速地走了两个路口，才停下来，陈楠看着我，突然放声大哭，我更加茫然。

半个月之后，在不同的地点，我与董林生偶遇，他的身边仍然有一个年轻貌美的女人，一个亲热的姑娘，这个姑娘曾经在炼油厂的小道上，拦住我，对我说，我看过你演的电影，我感动得哭了。我已经失去了任何的勇气，这样的场面足以证明，我错过了属于我的时代，同样，我也错过了属于别人的时代。我错愕地看着他们，放他们扬长而去。

小韶最终还是失踪了。没有任何的征兆。她一连一周不见踪影，先是那个深恋着她的小伙子梁子，就是和我打架的那个年轻人，他总是在我家楼下转来转去，盯着我的窗户，无论白天，还是夜晚。有一天，我忍不住走下来，我穿着拖鞋背心，一看就不是找碴儿的。我告诉他，我可不想和你打架，我还有几个月就退休了，我想好好活几年。小伙子愁眉苦脸地说，骆大叔，我不是来打架的，我是来找小韶的。

两天后，南下的列车里，黄楣佳像是散了架，头依在我身上。一路上，她都在不停地问我，小韶在不在深圳？她为什么要离开我？给我们提供信息的是小韶最后的男朋友的母亲，那位衰老而憔悴的母亲目光灰暗，无动于衷。说起自己的儿子的出走，就像是说一件平常事。黄楣佳虚弱地说，如果她有个三长两短，我活着还有什么意义。

深圳是一个巨大的迷宫。而两个早已被历史抛弃的人，两个即将垂垂老去的人，行走在其中，便陷入了巨大的惶恐之中，我有些后悔陪她来寻找小韶了。我说："还是装置里让我安心。不管我多委屈，多难受，只要看着那些装置，那些仪表，那些泵，日夜不停地在转动，所有的一切就消失了，好像这个世界上只有它们。"高楼的影子俯冲下来，像是鹰的翅膀，给我压迫感。我开始怀念炼塔温柔的身姿，它是一个庞大而宽容的墙，能把我脆弱的心，隔绝在它的身影之下。

黄楣佳没有觉察到我心理的变化，她的目光迅速地在繁华的街道、林立的高楼之间逡巡，步伐慌张而迅速。她忧虑地问我，我们到哪里去找？

我茫然地说："我也不知道。这可不是我们厂，我知道哪个装置在哪儿，哪个车间在哪儿，说得清哪是原油罐，哪是成品油罐。你觉得她会去哪里？"

同样，心力交瘁的黄楣佳已经丧失了一个记者应有的敏感，她看着我，目光有些犹疑不定，试探着说："她是个涉世未深的孩子，她能够到哪里？无非是宾馆，饭店。你说是不是？"

我应和着她："也许是的。"实际上我内心里有一股强烈的担忧，这种担忧让我对我们的寻找充满了绝望。

我们几乎找遍了我们能够找到的宾馆，可是一无所获。大海捞针的工作徒劳而令人窒息。我们坐在路边的椅子上，我看着坐在我身边的黄楣佳，头发蓬乱，目光无神，手里拿着一个有些干硬的面包，这个有过梦想、有过信仰、对自己的人生轨迹曾经相当自信的记者，此刻，失败弥漫了她的全身。爬满她身体的阳光是苍白的，皱纹正在侵蚀着她的灰暗的面庞。我终于说出了我的担忧，"我们先要了解小韶，她是个什么样的孩子，才能决定我们寻找的方向。"

黄楣佳万分诧异地看着我，"我不了解我自己的孩子吗？"

我躲避着她的目光，"我是在假设。开始，我一直觉得我了解我自己，我知道自己是个什么人，我和社会是什么关系。可是后来，我就分不清自己了，我到底是个坏人，还是一个好人，是一个对社会有益的人，还是社会的一个毒瘤。那天，陈楠说，电影《泪痕》里改过自新的那个人，泵房里的那个普通的工人，报道中的那个坏人，哪一个才是真正的我。我不知道。我真的不知道。你能说得清你是一个什么样的人吗？"

阳光缓慢地在她的脸上爬动，她的目光突然就呆滞了，嘴角抽搐了两下，面色铁灰，她一定是在想她自己。我静静地等待，我想听她告诉我一个答案，一个发自肺腑的回答。可是沉默良久的黄楣佳对我说："我是我，小韶是小韶。她那么年轻，没有那么复杂。"

"那你说，她是个什么样的孩子？"我盯着她的眼睛。

她说："她是个听话的孩子……"犹豫片刻，"她又有些任性……"顿了顿，"她开始说谎，打架，交男朋友……我……"她说不下去了，捂住了脸。

我拍拍她的肩膀，"我们回去吧。我们不了解她，根本找不到她。"

她拿开双手，声嘶力竭地说："我了解她。她是我女儿。"

我无力地靠在街边花园的椅子上，抬头看看南方的天，蓝色在慢慢地变化，颜色加深，洇为黑色。

我们在深圳待了足足半个月，在派出所报了案。我们找了许多地方，有一天来到一个歌厅门口，是黄昏时分，陆续有打扮妖冶的女子向里走。黄楣佳说："我们为什么停在这里？"

我心里是想说，也许这里面也是我们寻找的方向。但是黄楣佳拽上我，快速地逃离了那个令她惊悸的地方。她告诫我说："你不要把我女儿想得太龌龊。"

她在回避一个真实的人，同时也在回避着自己的内心。我们的寻找注定会无疾而终。当我们踏上返程的列车，当绝望使她看上去消瘦了许多，头发几尽全白，她做出了一个惊人的决定，提前退休，去寻找女儿小韶。

从此，小韶便消失在了茫茫人海中。而她的母亲黄楣佳，也踏上了一条不归路，任失去生活目标的自己在人海之中漂流，幻想着与女儿小韶的奇遇。

梁子不相信小韶会平白无故地消失，他对我恨之入骨，他找到我，认为是我把小韶藏在某处。他叫嚣着要给我点颜色看看。

黄楣佳奔波在全国各地寻找小韶时，她会不时地给我写信，打电话，告诉我一些好的或者坏的消息，她把我当成了一个忠实而可靠的家，让那些纷繁的信息，像是雪片似的飞回来，飞到我内心这个家，驻扎下来，不管是好还是坏，不管是失望还是希望，那都是一个寄托、一个牵挂。我替她整理那些信息，试图帮她从中获得可靠的线索。我把有用的信息从她的信息和来电中摘要出来，记在一个单独的笔记本上，寻找其中的关联处，得出自己的结论，然后把我的想法再传给她。关于小韶的确切去处，在时间的暗流中，不断地发生着变化，深圳、四川、广东甚至新加坡、台湾。我们在一个个信息面前收获期待，也跌入绝望。我和她，就是靠着这种关系互相维持着紧密的联系，我们是两个走夜路的人，互相挽着手，相互鼓励。有时候，在黑暗之中，我会从梦中醒来，透过浓密的黑夜，我会看到急急地行走在苍茫夜色中的黄楣佳，她的身体闪着光，向无边的黑暗中疾疾前行。

这之后两年，刚刚退休的厂长欧阳炜病了，她得了疯语症，胡言乱语。我去看她，她抓住我的手不放开，端详我半天，突然温柔地叫了我一声："师傅。"那叫声一下子就把我带回到暴风雪之前，带回到炼油指挥部的初期阶段，让我想起我第一次见她时的情景。我不禁潸然泪下。可是她随即就变了脸色，表情转阴，怒斥我："混蛋，谁让你把那个阀门打开的。你算老几。"她抓着我的手不松开，一会儿现在，一会儿过去。表情一会儿阴一会儿晴。一会儿夸夸曹副总王段长，一会儿又大骂马主任齐干事。她自己就像是一台高潮迭起的戏，让每个人看得都心痛不已。她从来没有认出过我是谁，但是她喜欢抓着我的手说东道西，有时候还压低声音，要告诉我一个秘密。我侧耳细听，却什么也没有听到，她显然在想着，可突然想法就转了向，骂起人来。

夜晚，厂医院的三楼病房里，她屋子里的灯光总是亮着，她不允许黑暗的到来。她告诉我，一旦她看到黑暗，就是有人要害她。每次，当我疲惫不堪地走出医院，回头看到她病房里的灯光，我都会想起那个暴风雪之夜。

我在给黄楣佳的信中提到了欧阳炜的病情。那时候，她在四川绵阳。我在信中写道：她彻底忘记了一切，时间在她眼里已经失去了意义，历史与现在都混合在她的意识里。从某种意义上说，与我们相比，她是幸福的。至于她为什么会胡言乱语，为什么会堕入这样的一个世界之中，我十分不解。回忆让我对此更加的迷惑，记忆路途中的欧阳炜是个幸运的人，她被历史的一个意外推上了一条光明的坦途，不管她接受与否，她都得在那条路上一路前行。就像我也被历史的意外所抛弃一样。我们都得认同命运的安排。老天是公平的，在送一个人进天堂的同时，必然会把一个人投入地狱。这是不是马克思的辩证唯物主义？我们本来是并行着的，暴风雪把我们分开了，是一棵树的枝杈，越分越远。病中的她是痛苦的。那她的痛苦何来，她为什么失去了语言的正常的逻辑与思维？这些疑问，让我走在回家的途中，百思不解，让我的失眠越来越重。夜晚，与她正好相反的是，我必须挡住任何的光亮，我的窗帘厚厚的，能够让月光在我的梦境之外徘徊。

我抚摸着段红霞留给我的那块仪表，那首歌，早就变了调的歌的旋律，穿越时空，在我的夜晚中响起。

我在几封信中提到了欧阳炜的疯语症，我相信黄楣佳一定看到了。我无法想象她读到此类信件时的反应，我只能确定一点，在她匆忙的回信中，只字未提欧阳炜，从来没有。我在她慌乱而缺乏条理的回信中，在众多无法分辨的线索当中，努力想找到她留给我的某些痕迹，比如她是不是把有关欧阳的话放在了杂乱的文字之中？但是没有。

小韶仍旧没有任何消息。欧阳却在狂乱之中走到了生命的尽头。她还是在冬天的某个夜晚离开了我们，据护士说，她离开时病房的灯是亮着的。我在天亮之前赶到了医院，看着她静止的身体、紧皱的眉头，她的嘴半张半闭，我试图把她的嘴完全地闭合上，可是没能做到。我掏出珍藏了几十年的毛主席像章，就是因为那枚像章，暴风雪把我们相连在一起的命运给分开了。我把像章别到了她的胸前，那是我承诺给她的，直到现在，才真正地属于她了。眼泪模糊了我的眼睛。

欧阳离开的那个冬天，与20世纪60年代的冬天相比，寒冷已经退却了，我们曾经遭遇过的暴风雪也极其罕见了。而催化塔，时隔四十年，仍然屹立在那里，在寒风中保持着它的尊严，只是它的身体就经过历史的洗涤，风雨的冲刷，无数次的改造，身躯更伟岸了。我爬上去，像是耗费了我毕生的精力，疲惫、心跳加速、虚汗淋漓，这是一个老人典型的特征，我站在塔顶，看着密密麻麻的管线，层层叠叠的装置，不断延伸着的球罐和运油铁路，这是一个让人忘记的时代，它看着我，肯定在嘲笑着我，嘲笑我现在的软弱，嘲笑我还站在历史的塔顶，回望早就消失的一切。

就在几天前，退休了的段红霞突然找到我，提议我们在厂庆的晚会上，演唱那首《不知疲倦的仪表工》，由我来伴奏，她来演唱。段红霞已经是孩子的奶奶，她天天忙碌着接送孙子上学下学，花白的头发浑浊的目光，与那首歌中的仪表工已经是天壤之别了。可是她却念念不忘。我拒绝了她。她愤愤不平，最后给我撂下一句话，你要是不参加，我可以找别人，你以为世上只有你一个人会那首歌吗？

那天晚上，睡眠很快就进入了我的身体。梦境平稳而没有波澜。半夜，我的生命终于来到了尽头，响动把我惊醒，我下意识地抓起了那块报废的仪表，黑暗并不能掩盖一切。我看到了那个人的脸，那只是一张惊恐的脸，一个小贼？我这里有什么值得惦记的？我的一生都是个空白。这真是一个愚蠢的窃贼。也许是梁子？是小韶？是欧阳和黄楣佳。或者仅仅是一个梦境。在梦境中，我拿起了那块仪表，下意识地把它举起来。它很快就脱离了我的手，被黑暗中的那个人夺过去了，我抓住自己命运的力量太小了。我听到了仪表在我的脸上破碎的声音，那声音就像是雪在融化。

我黑色的眼睛，渐渐地要闭上了，它会被更浓重的黑色所覆盖，一层一层，我突然想唱歌，唱那首《不知疲倦的仪表工》，我张开嘴，"美丽的姑娘，你是一个仪表工……"声音缓缓地沉入我的心底，那是一片广阔的天地，越来越深。对不起了，黄楣佳！

窗外，黎明已经到来。

图书在版编目（CIP）数据

黑眼睛／刘建东著. -- 北京：作家出版社，2017.6
ISBN 978 - 7 - 5063 - 9487 - 1

Ⅰ.①黑… Ⅱ.①刘… Ⅲ.①中篇小说 - 小说集 -
中国 - 当代 Ⅳ.①I247.5

中国版本图书馆 CIP 数据核字（2017）第 101715 号

黑眼睛

作　　者：刘建东
责任编辑：李宏伟
装帧设计：申晓声
出版发行：作家出版社
社　　址：北京农展馆南里 10 号　　　邮　　编：100125
电话传真：86 - 10 - 65930756（出版发行部）
　　　　　86 - 10 - 65004079（总编室）
　　　　　86 - 10 - 65015116（邮购部）
E - mail：zuojia@ zuojia. net. cn
http：//www. haozuojia. com（作家在线）
印　　刷：三河市华业印务有限公司
成品尺寸：142 × 210
字　　数：169 千
印　　张：8.375
版　　次：2017 年 6 月第 1 版
印　　次：2017 年 6 月第 1 次印刷
ISBN 978 - 7 - 5063 - 9487 - 1
定　　价：36.00 元